SEPARADOS

PELO

HOLOCAUSTO

SEPARADOS

PELO

HOLOCAUSTO

MONICA HESSE

São Paulo
2022

Grupo Editorial
UNIVERSO DOS LIVROS

They went left
Copyright © 2020 by Monica Hesse

© 2022 by Universo dos Livros

Todos os direitos reservados e protegidos pela Lei 9.610 de 19/02/1998.
Nenhuma parte deste livro, sem autorização prévia por escrito da editora, poderá ser
reproduzida ou transmitida, sejam quais forem os meios empregados: eletrônicos,
mecânicos, fotográficos, gravação ou quaisquer outros.

Diretor editorial **Luis Matos**	Preparação **Bia Bernardi**
Gerente editorial **Marcia Batista**	Revisão **João Rodrigues** e **Nathalia Ferrarezi**
Assistentes editoriais **Letícia Nakamura** e **Raquel F. Abranches**	Capa **Renato Klisman**
Tradução **Jacqueline Valpassos**	Diagramação **Saavedra Edições**

Dados Internacionais de Catalogação na Publicação (CIP)
Angélica Ilacqua CRB-8/7057

H516s

    Hesse, Monica
    Separados pelo Holocausto / Monica Hesse ; tradução de Jacqueline Valpassos. —
São Paulo : Universo dos Livros, 2022.
    288 p.

    ISBN 978-65-5609-269-0
    Título original: *They went left*

    1. Ficção norte-americana 2. Guerra Mundial, 1939-1945 – Ficção 3.
Holocausto judeu – Ficção I. Título II. Valpassos, Jacqueline

22-2687   CDD 813

Universo dos Livros Editora Ltda.
Avenida Ordem e Progresso, 157 — 8º andar — Conj. 803
CEP 01141-030 — Barra Funda — São Paulo/SP
Telefone/Fax: (11) 3392-3336
www.universodoslivros.com.br
e-mail: editor@universodoslivros.com.br
Siga-nos no Twitter: @univdoslivros

NOTA DA EDITORA: O ALFABETO USADO NAS ABERTURAS DE CAPÍTULO
DESTE LIVRO É O CORRESPONDENTE À LÍNGUA POLONESA.

Para Andrew, meu próprio irmãozinho.

A última vez que vi Abek:

Arame farpado, nós de metal enferrujado. Eu estava sendo transferida. Todas nós estávamos, nós, garotas de sorte, que podiam costurar e ainda estavam de pé, e, enquanto os guardas nos faziam passar pelo lado masculino do campo, os homens estavam fazendo fila para a chamada. Nossos olhos passaram por eles, ávidos, procurando, entre os esqueletos vivos, nossos pais e primos. Éramos bons em sussurrar sem fazer barulho; éramos bons em ler lábios. Rosen? Rosen ou Weiss?, *nós, garotas, murmurávamos, passando sobrenomes de família pela cerca como orações. Algum Rosen de Cracóvia? De Łódź?*

Suas bochechas ainda estavam redondas. Seus olhos ainda estavam límpidos; eu notei isso. Os homens mais velhos deviam estar lhe dando o pão. No começo, pelo menos, às vezes fazíamos isso pelos mais jovens entre nós. Vi um Abek saudável e agradeci por todas as vezes que dei pão à irmã de alguém em meu próprio barracão, uma troca com o universo: outra pessoa deveria estar fazendo o mesmo por meu irmão.

— Abek Lederman — sussurrei para a garota ao meu lado. — Terceira fila.

Ela pegou o nome dele e sussurrou através da cerca, e, do outro lado, vi os homens se separarem, alcançando seus ombros e o empurrando para mais perto.

Eu sabia que não teríamos mais do que alguns segundos. Mal deu tempo de eu pegar sua mão ou passar alguma coisa para ele. O que eu tinha para passar? Por que não guardei meia batata, um pedaço de barbante?

À minha frente, uma mulher parou para tirar uma pedra do sapato. Estúpida. *Aquele guarda vai bater em você por tal infração, qualquer um deles o faria.* Assim que a mulher se curvou, o guarda desceu o malho nas costas dela, que gritou de dor. Mas, enquanto gritava, ela também olhou para mim, e eu entendi que aquele atraso era um presente; aquele atraso me daria tempo suficiente para falar com o meu irmão.

— Zofia! — ele chorou. — Para onde estão levando você?

— Eu não sei — articulei com os lábios. Eu já podia sentir as lágrimas se acumulando em meus olhos, mas as segurei para não perder tempo. Peguei sua mão através da cerca, seu punho de garotinho que eu ainda podia envolver com a palma da mão.

— De Abek até Zofia — disse a ele.

— A a Z — ele disse de volta.

— Quando eu o encontrar novamente, vamos preencher nosso alfabeto. E seremos completos, e tudo ficará bem. Eu prometo que vou encontrar você.

Essa é a versão que às vezes tenho nos sonhos. Clara como o dia, penetrante como uma agulha, de modo que posso ver cada fio de cabelo de sua cabeça. E, quando sonho com essa cena, Abek assente para a minha promessa. Como se ele confiasse em mim, como se acreditasse em mim. Por um momento, eu me sinto em paz.

Contudo, algo muda. Então, o rosto de Abek do sonho se contorce, e suas palavras saem dolorosas:

— Algo aconteceu — diz Abek. — Mas não precisamos falar sobre isso ainda.

PARTE UM

Baixa Silésia, agosto de 1945

Filas. Sou boa em ficar enfileirada. Sou boa nisso porque você não precisa pensar no assunto, só ficar ali, e essa fila é fácil porque agora só há algumas pessoas na minha frente, e fácil porque entendo a razão de eu estar nela, e é uma boa razão, e sou boa em filas.

Diante da fila, uma mulher com aparência de oficial — da Cruz Vermelha, eu acho — está sentada atrás de uma mesa. É uma bela mesa interna, como se tivesse sido levada da sala de jantar de alguém para a rua. Só que, em vez de estar sobre um tapete, apoia-se em paralelepípedos e, em vez de castiçais, está adornada com pilhas de papéis e tem cheiro de lustra-móveis, ou imagino que seja; parece esse tipo de mesa. Uma xícara solitária também repousa sobre ela, ao lado dos papéis em posição diagonal perfeita de um lugar imaginário como um vestígio da vida anterior da mesa. Uma xícara de chá para a funcionária oficial.

— Próxima — ela anuncia, e seguimos em frente porque é assim que as filas funcionam; elas avançam.

Olho para trás, em direção à porta, mas as outras garotas-nada não saem para se despedir. Sou a primeira de nós a deixar o hospital. Nas primeiras semanas após a guerra, sempre havia despedidas dos pacientes mais saudáveis, sempre havia planos em desenvolvimento. Você podia olhar pela janela da enfermaria quase a qualquer hora e ver um caminhão passando, cheio de soldados alemães a caminho de casa, soldados poloneses a caminho de *sua* casa. Russos, alguns canadenses, todos viajando em uma direção diferente, e cada direção era o lar de alguém, como se o mundo fosse um jogo de tabuleiro e todas as peças tivessem se espalhado nos cantos errados da caixa.

Mas nenhuma das garotas-nada estava bem o suficiente na ocasião. Portanto, ainda não temos um protocolo sobre o que fazer quando uma de nós sair. Não temos endereços para trocar. Não temos nada. Não pesamos nada, não sentimos nada, existimos no nada, durante anos.

Nossas mentes são nada. Esse é o maior nada, a razão pela qual ainda estamos no hospital. Nossas mentes estão frágeis. Confusas.

— Zofia? Eu não sabia se você iria querer guardar isso.

Viro-me para a voz, a pequena enfermeira loura correndo pela porta, a boca como um laço vermelho. Ela me entrega uma carta, endereçada com minha própria caligrafia. *Retornar ao remetente.* O remetente era eu; o destinatário era… nem tenho certeza de quem era o destinatário desta vez. Durante meses, desde o dia em que fiquei bem o suficiente para pegar uma caneta, tenho escrito cartas para todos cujos endereços já conheci. *Você o viu? Diga-lhe para esperar por mim.* Mas seus endereços não eram mais seus endereços, e o correio não era mais o correio. E eu não era mais eu, mas ficou claro que não podia fazer o que precisava em uma cama de hospital. Se eu quisesse encontrá-lo, teria que sair dali.

Mesmo que minha mente ainda esteja frágil, é por isso que estou do lado de fora e as outras garotas ainda estão na janela.

Diga a ele que os médicos não me deixarão sair sozinha até que eu esteja melhor, escrevi. *Diga-lhe que não estarei melhor até sair e encontrá-lo.*

— Tome, também fiz isso para você — informa a enfermeira loura, passando-me um embrulho de pano, ainda quente. Comida. O calor é bom contra a minha barriga. Começo a desembrulhar o pano para poder devolvê-lo, mas ela diz para eu ficar com ele.

Então, agora possuo este pano quadriculado. É meu, e isso elevará para seis o número de bens que possuo neste mundo. Mais tarde, posso dobrá-lo e usá-lo como lenço para o cabelo ou posso cortá-lo ao meio, em triângulos, e ter dois lenços; isso faria meu número de posses subir para sete. Tenho também um vestido, roupas íntimas, um par de sapatos, uma nota de dinheiro de grande valor doada e um documento dizendo que fui prisioneira em Gross-Rosen. Tal documento poderá me conectar com organizações de assistência humanitária, ajudar com rações de comida. Os funcionários que o deram para mim disseram que seria meu bem mais valioso.

— Próxima — chama a oficial. Ela tem a idade da minha mãe, com linhas na testa que apenas começaram a suavizar seu rosto. A fila atrás de mim aumentou, à medida que mais pacientes prestes a receber alta saem. Outra funcionária chega para ajudar.

A enfermeira loura ainda está me observando.

— Esqueceu mais alguma coisa? — ela pergunta. *Urbaniak*, eu me lembro. *Seu sobrenome é Urbaniak.*

— Meus sapatos. Onde estão os meus sapatos?

Por que não percebi antes? Acabei de olhar para os meus pés, e as botas de couro marrom que estou usando são de uma desconhecida.

— Esses são seus sapatos. Seus novos sapatos. Lembra? — Ela é gentil, e então eu me lembro: essas botas marrons são minhas agora, porque quando fui levada ao hospital, meses atrás, estava usando os sapatos que os nazistas me designaram, mal ajustados e cheios de buracos. Meus pés congelados estavam tão inchados que uma enfermeira não conseguiu retirá-los; ela teve de cortá-los na lingueta. As enfermeiras disseram que chorei; não me lembro de chorar.

Acontece que, se você tiver que perder os dedos do pé por congelamento, é possível perder o terceiro e o quarto e ainda conseguir andar e se equilibrar.

— Tem certeza de que não quer ficar mais tempo, Zofia?

— Eu me lembro dos meus sapatos agora; apenas esqueci por um minuto.

— Já me perguntou sobre eles uma vez hoje.

Forço um sorriso.

— Dima está indo embora; ele está indo para o seu novo posto e tem um carro para me levar.

Dima-o-soldado foi quem me trouxe para o hospital, que na época não era um hospital, apenas um prédio abarrotado de macas e frascos de iodo. O jipe do Exército Vermelho de Dima também estava abarrotado de gente. Os russos haviam liberado Gross-Rosen três dias antes, mas por fim ficara claro que nenhum de nós, incluindo os soldados russos, sabia como deveria ser a liberação. Centenas de nós ainda estavam dentro dos portões, fracos demais para sair. Dima me encontrou quase inconsciente no barracão das mulheres, como ele me contou mais tarde no polonês capenga de sua mãe. Foi sorte eu ter desmaiado, porque, quando ele estapeou a vida de volta ao meu rosto, todas as boas rações já haviam sido distribuídas: chocolate ceroso, carne enlatada.

Nosso estômago estava fraco demais para alimentos gordurosos. Vi pessoas que viveram meses à base de uma batata por dia comendo carne e nunca mais se levantaram. Fomos libertos e ainda morríamos às dezenas.

Acabou agora, disseram-nos os soldados em fevereiro. Não acabara, não oficialmente, não por alguns meses, mas o que eles queriam dizer era que os oficiais da SS não voltariam para o campo.

Agora acabou mesmo, as enfermeiras nos disseram em maio, dando-nos água com açúcar e mingau. Podíamos ouvir aplausos e gritos no corredor; a Alemanha havia se rendido.

O que eles queriam dizer com "acabou"? O que acabara? Eu estava a quilômetros de casa e não tinha nem meus próprios sapatos. Como tudo aquilo "acabara"?

— Próxima — chama a oficial, e dou mais um passo à frente.

Uma baforada de fumaça, o ronco de um motor. Dima para em seu jipe. Ele salta para fora quando me vê esperando, e fico novamente impressionada com o quanto ele se parece com um pôster de cinema, como a versão cinematográfica de um soldado: queixo quadrado. Belas maçãs do rosto. Olhos bondosos. Dima, que postou minhas cartas para mim. Que, quando lhe implorei, perguntou a seus amigos soldados sobre Birkenau e descobriu que o campo havia sido liberado poucas semanas antes de Gross-Rosen. E que repetiu a mesma coisa para mim novamente quando me esqueci, e de novo quando me esqueci de novo. *"Lembra, Zofia? Já falamos sobre isso"*. Minha mente é uma peneira, e Dima é o meio pelo qual posso deixar este lugar — porque ele está partindo comigo.

— Eu teria entrado, Zofia. — Ele coloca as mãos em meus ombros. Seu cabelo está mais curto acima de uma orelha. Deve tê-lo cortado sozinho de novo na frente do espelho. — Você fica muito cansada. Sabe que me preocupo com você.

— Tenho que ficar nesta fila agora.

— Ela precisa ser processada — explica a enfermeira Urbaniak. — As organizações de ajuda estão mantendo registros.

Um tilintar no vidro, como um pássaro. Olho para cima. Na janela do hospital do segundo andar atrás de mim, as garotas-nada acordaram; elas estão tocando o vidro e acenando. Para Dima tanto quanto para mim; elas o amam. Ele acena de volta.

— Próxima — volta a falar a mulher da Cruz Vermelha. Espero um minuto antes de perceber que finalmente é minha vez. Seu uniforme é um terno azul. Meu vestido também é azul-claro. A enfermeira que me deu disse que combinava com meu cabelo e meus olhos. Mentiras amáveis. Meu cabelo então era falhado na minha cabeça cheia de crostas, curto como o de um menino. Ele crescera quase até o queixo, mas num castanho fino e tímido em vez de em madeixas lustrosas. Meus olhos ainda estão da cor do vazio.

— Senhorita? — chama a matrona. — Senhorita?

— Zofia Lederman. — Espero pela verificação de meu nome em seus papéis.

— E você vai para casa?

— Sim. Para Sosnowiec.

— E quem você gostaria que eu colocasse na sua lista? — Eu a encaro, e ela percebe minha confusão. — Estamos perguntando se você tem alguns nomes.

— Nomes? — Sei que o que ela está perguntando deve fazer sentido, mas meu cérebro está enevoado novamente; não consegue analisar as palavras. Começo a me virar para a enfermeira Urbaniak e Dima, a fim de pedir ajuda.

A funcionária coloca a mão na minha até eu olhar para ela. Sua voz suavizou em relação ao tom oficial e cortante.

— Entende? Estamos registrando aonde você está indo, mas também a família que está procurando. Existe alguém que poderia estar lhe procurando?

Nomes. Já fiz isso uma vez, meses atrás, com funcionários de organizações humanitárias assim que fiquei consciente. Não deu em nada, e agora seu nome dói na minha garganta.

— Abek. Meu irmão, Abek Lederman.

— Idade?

— Ele teria doze anos agora.

— Sabe alguma coisa sobre onde ele pode estar?

— Ambos fomos enviados para Birkenau, mas fui transferida duas vezes, para uma fábrica têxtil chamada Neustadt e depois para Gross-Rosen. A última vez que o vi foi há mais de três anos.

Vejo-a fazer anotações cuidadosas.

— Quem mais? — ela pergunta.

— Apenas Abek.

Apenas Abek. É por isso que preciso ir para casa. Birkenau foi liberado antes de Gross-Rosen. Abek já podia estar me esperando.

— Tem certeza de que é só isso? — Sua caneta hesita na linha em branco seguinte. Está tentando descobrir como ser delicada comigo. — Descobrimos que o melhor é lançar uma rede o mais ampla possível. Não apenas a família imediata, mas primos, parentes distantes. Tudo vai melhorar as chances de você encontrar alguém.

— Não preciso adicionar mais ninguém.

Parentes distantes. A mulher não quis dizer, mas isso me lembra de quando meu antigo professor trazia doces para as aulas. *Não seja exigente*, ele avisava, andando pela sala com uma tigela.

Não seja exigente. Você teria sorte se tivesse algum parente; pegue qualquer coisa.

— Olhe para todas essas linhas vazias. — A funcionária gesticula para seu papel, paciente, como se fala com um bebê. — Há muito espaço para acrescentar quantas pessoas você quiser. Se você está procurando apenas uma pessoa, uma em todo o continente, pode ser impossível.

Uma pessoa. Impossível.

Olho para suas linhas vazias. Não são suficientes, nem de longe. Não há espaço suficiente para eu contar a história das pessoas de que sinto falta. Fecho os olhos com força, tentando evitar que meus pensamentos vazem, porque sei que as enfermeiras sempre estiveram erradas: às vezes, não é que eu tenha dificuldade para lembrar as coisas, é que tenho dificuldade para esquecer.

Atrás de mim, Dima muda seu peso de pé, preocupado. Dá para ver que ele se pergunta se deveria ajudar.

Se houvesse linhas vazias suficientes naquela folha de papel, começaria assim: contando a ela que, em 12 de agosto de 1942, todos os judeus remanescentes de Sosnowiec foram instruídos a ir ao estádio de futebol. As instruções diziam que receberíamos uma nova identificação.

Parecia suspeito mesmo, mas você precisa entender — eu diria a ela, *você precisa entender* — que os alemães já ocupavam nossa cidade havia três anos. Estávamos acostumados a ordens arbitrárias que às vezes se tornavam aterrorizantes e às vezes benignas. Eu lhe contaria como minha família havia se mudado de nosso apartamento para outro no lado oposto da cidade, por nenhuma outra razão além de limites imaginários terem sido traçados em um mapa, e os judeus depois disso só poderem viver dentro deles. Ou como Baba Rose e eu já havíamos feito estrelas para pregar em nossas roupas, recortadas de um molde do jornal.

Papai já havia se apresentado ao estádio uma vez: os alemães fizeram todos os homens se apresentarem. Eles foram levados, mas foram devolvidos, pálidos e sem querer falar sobre o que viram. *Eles retornaram.*

Eu diria àquela funcionária da Cruz Vermelha que nossos cartões de identificação eram como sobrevivíamos: sem um, você não podia comprar comida ou andar na rua. Então, tivemos que ir, e vestimos nossas melhores roupas. As instruções nos diziam para fazê-lo, o que nos confortava, porque talvez eles realmente fossem tirar nossas fotos para identificação.

Mas, então, chegamos lá, e não havia câmeras. Apenas soldados. E tudo o que eles estavam fazendo era nos classificar. Pela saúde. Por idade. Os de aparência forte num grupo; fracos, velhos ou famílias com crianças pequenas em outro. Uma fila para trabalhar em fábricas. Outra para os campos.

Demorou horas. Demorou dias. Milhares de nós estavam na zona rural. Todos nós tivemos que ser classificados. Todos nós tivemos que ser questionados sobre termos habilidades ou conexões especiais. A SS cercou o perímetro. Atrás da minha família, um velho que reconheci da farmácia estava rezando, e dois soldados se aproximaram para zombar. Um arrancou o chapéu do farmacêutico; o outro o fez ajoelhar no chão. Meu pai correu para ajudá-lo — eu sabia que ele faria isso; ele sempre foi gentil com os idosos — mesmo quando minha mãe e eu imploramos para que não o fizesse, e eu pensava: *De que adianta?*

Minha mãe e eu nos revezamos abraçando Abek e narrando-lhe contos de fadas: *A Princesa Sapo. O Urso na Cabana da Floresta. O Redemoinho*, seu favorito.

Abek era alto para sua idade, o que o fazia parecer mais velho. Quando percebemos como os soldados estavam nos classificando, dissemos a nós mesmos que isso importaria.

Abek, mamãe disse. *Você tem doze anos, não nove, certo? Você tem doze anos e já trabalha na fábrica de seu pai há um ano.*

Inventamos essas garantias para todos nós. Olhamos para Baba Rose, minha doce e paciente avó, e dissemos a nós mesmos que ela parecia ter muito menos de sessenta e sete anos. Dissemos a nós mesmos que ninguém em Sosnowiec chegava aos pés dela em matéria de costura. Os clientes que compravam ternos e saias da empresa da minha família o faziam por causa do bordado de Baba Rose, feito à mão, e certamente isso contava como uma habilidade especial.

Dissemos a nós mesmos que a tosse de minha mãe, aquela que a deixara fraca e ofegante nos últimos meses, aquela que Abek estava começando a ter também, era quase imperceptível. Dissemos que ninguém notaria o manquitolar da tia Maja.

Belisque suas bochechas, tia Maja me disse. *Quando eles vierem até você, belisque suas bochechas para torná-las cheias de vida.*

O rosto da linda tia Maja era tão bonito, e sua risada, tão alegre, nenhum de seus pretendentes jamais se importou que ela tivesse nascido com um quadril defeituoso que a fazia cambalear em vez de deslizar. Era muito mais nova do que mamãe, apenas nove anos mais velha do que eu. Ela costumava me dizer para beliscar minhas bochechas para que eu ficasse tão bonita quanto ela. Agora, era assim que nós duas estaríamos seguras.

A escuridão se abateu; começou a chover. Abrimos a boca para pegar as gotas; não comíamos ou bebíamos há dias. A água em nossa pele, agora queimada de sol, pareceu agradável por um minuto, e então ficamos com frio. Ao meu lado, Abek enfiou a mão na minha.

E o príncipe Dobrotek entrou no ouvido do cavalo, eu disse, contando *O Redemoinho* novamente. Sempre fui boa em contar histórias. *E, quando ele rastejou para o outro lado, você consegue se lembrar do que ele estava vestindo?*

Uma armadura dourada, disse Abek. *E aí ele montou o cavalo para a montanha em movimento.*

Aperte suas bochechas!, tia Maja sibilou para mim. *Zofia, aperte suas bochechas e sorria.*

SEPARADOS PELO HOLOCAUSTO

Mantive a mão de Abek na minha e o arrastei comigo até os soldados. *Quinze*, eu disse a eles. *Sei costurar e operar um tear. Meu irmão tem doze anos.*

Percebe por que não há espaço suficiente no formulário de admissão daquela mulher para eu explicar tudo isso? Ela levaria horas para escrever. Ela ficaria sem tinta. Há muitos outros judeus, milhões de desaparecidos, cujas informações ela também precisa coletar.

Dima dá um passo à frente.

— Zofia não tem mais nomes; ela não está bem.

— Eu posso fazer isso — protesto, mas nem tenho certeza do que quero dizer com *isso*. Posso continuar de pé nesta fila? Posso ficar bem de novo?

A oficial adiciona meu registro à sua pilha. Dima estende a mão e eu a aceito. Acomodo-me no lado do passageiro de seu jipe e permito que ele arrume seu casaco no meu colo enquanto a enfermeira Urbaniak garante que o embrulho de comida esteja seguro no assoalho.

O que eu deveria ter dito à mulher oficial é o seguinte: sei que não preciso colocar mais ninguém na minha lista, porque, quando os solda-dos classificaram minha família, nos mandaram todos para Birkenau. E quando chegamos a Birkenau, havia outra fila se dividindo em duas. Nessa fila, os sortudos eram enviados para trabalhos forçados. Os azara-dos — podíamos ver a fumaça. A fumaça eram os corpos em combustão das pessoas azaradas.

Nessa fila, Abek e eu fomos enviados para a direita.

Neste continente, preciso encontrar apenas uma pessoa. Preciso ir para casa, preciso sobreviver, preciso manter meu cérebro funcionando por apenas uma pessoa.

Porque todos os outros: papai, mamãe, Baba Rose, a bela tia Maja — todos eles, todos, já que a população de Sosnowiec estava devastada — foram para a esquerda, para a fileira da morte.

Dima dirige lentamente na que parece ser a principal rua desta cidade, uma mulher de avental varre sua varanda. Pelo menos, suponho que seja dela, suponho que houvesse sido uma varanda. O que está fazendo é varrer pedrinhas para uma pá e depois esvaziar a pá em uma lixeira, e atrás dela não há nada. Destroços. Os restos de uma estrutura de tijolos na altura da cintura, o mais vago indício de uma porta. Podem ser escombros novos, dos Aliados, ou anteriores, dos alemães. A Polônia foi invadida duas vezes. Esta é a Polônia? As fronteiras continuam mudando. Isto é o mais longe que estive do hospital. Da janela, eu só conseguia ver uma loja de modas meio fechada com tábuas, sem vestidos na vitrine. *O que você acha que vamos comprar quando estivermos bem?*, a mulher que chamávamos de Bissel havia perguntado sonhadoramente. *Acho que não vamos comprar nada*, eu disse. *Porque não há nada à venda.*

O polonês de Dima é um polonês de bebê, palavras de uma e duas sílabas entremeadas por pontos e gestos.

— Com fome? — ele pergunta quando os paralelepípedos dão lugar à terra. — Balas debaixo do seu banco.

— Não, obrigada.

— Olhe mesmo assim — diz ele com orgulho. — Surpresa.

Para ser gentil, tateio debaixo do banco do carro. Um embrulho de papel com balas duras e, ao lado, algo retangular e liso. Uma revista de moda. Americana, ao que parece. Uma mulher com um chapéu vermelho cheio de estilo. A primeira vez que Dima me visitou e eu estava realmente acordada, ele perguntou o que poderia levar para o hospital, e eu disse: *batom*. Dava para ver que ele não tirara isso da cabeça, a ideia de uma garota machucada e destruída querendo ficar bonita. Não lhe disse que eu só queria algo que tirasse a dor de meus lábios rachados. Achei que ele não conheceria as palavras polonesas para *cera de abelha* ou *vaselina*. *Batom*, achei que ele poderia saber.

— Confortável? — ele pergunta.

— Sim.

— Cobertor? — ele oferece, gesticulando para o banco de trás.

— Não estou com frio.

— Mas todos os dias você está com frio. — Ele franze a testa. Estava tão satisfeito consigo mesmo por ter pensado nisso e tão desapontado por eu talvez não precisar. Pego o cobertor no banco de trás e o coloco sobre os ombros. Dima sorri com aprovação.

— Obrigada — digo. — Você é muito gentil.

— Dia emocionante — comenta. — Estaremos lá em breve. Este carro é rápido. Até lá, descanse.

Inclino-me contra a lateral do carro, mas não fecho os olhos. A estrada está pontilhada de detritos. Rodas de carroça quebradas, cangalhas viradas para cima, latões de leite com o fundo enferrujado. Cada item, creio, é uma família que não conseguia andar mais antes de ser parada, ou levada, ou simplesmente cansada demais para carregar excessos. As posses foram deixadas para trás dessa maneira, as coisas frívolas primeiro, como caixas de música e xales de seda, e depois tudo, menos o que um corpo precisa para sua própria sobrevivência. E como um corpo pode sobreviver com quase nada, tudo foi deixado para trás. Rodas de carroça quebradas, cangalhas viradas para cima, latões de leite com o fundo enferrujado. Cada item é uma família que não conseguiu andar mais antes de ser parada, ou...

Pare com isso, digo a mim mesma, tentando quebrar o loop. *Pare.* Isso é o que acontece com meu cérebro agora. Ele tropeça. Vai em loops. Não me deixa pensar em algumas coisas nem parar de pensar em outras. Às vezes, meu cérebro está bem. Melhorando. Mas ainda com esses episódios desencadeados por coisas que nem sempre posso prever e irregulares como gelo negro.

Olho para o outro lado da estrada, em direção às terras agrícolas onduladas, tentando me soltar do loop. Não há escombros nessa direção. Mas há um grande trecho de terra revirada, marrom e farinhenta, e também não suporto olhar para isso.

Às vezes, não foi porque as famílias se cansaram. Às vezes, elas foram executadas no local. Às vezes, eram cidades inteiras, em valas comuns. Eu fecho os olhos com força.

Acabou, acabou, acabou.

Eu costumava gostar do cheiro de terra. Nas férias no campo, Abek e eu fazíamos desenhos com gravetos; eu lhe ensinava o alfabeto.

A é de Abek.

É possível que agora eu possa sentir o cheiro de algo sob esta terra, algo fétido e aterrorizado?

B é de Baba Rose.

— Paramos para almoçar? — Dima sugere, e fico aliviada com o som de sua voz, interrompendo meus pensamentos.

— Você se importa se continuarmos dirigindo? Eu quero chegar a Abek. A menos que você queira parar — apresso-me em acrescentar. Este é o período mais longo que já passamos juntos, a primeira vez que ele me vê fora do hospital. Mas, se Dima achou estranho, não deixou transparecer.

— Não, nós podemos dirigir. Eu quero levar você lá, em segurança. Você precisa de mais alguma coisa? Água? Andar com as pernas?

— Esticar as pernas — eu o corrijo.

— Esticar?

— É assim que se diz. É uma expressão. Um modo de falar, quero dizer.

— Você precisa esticar as pernas? — Ele está satisfeito com a nova frase; estende a mão e dá um tapinha no meu joelho. *Sortuda*, as outras garotas-nada tinham dito. *Seja gentil com ele.*

Não sei se o posto de Dima em Sosnowiec foi obra do acaso. Ele pode tê-lo pedido. Eu não queria perguntar; achei melhor não esclarecer nossos termos.

— Não, eu... podemos continuar dirigindo? — pergunto. — É o que eu mais gostaria. Talvez você possa me contar uma história. Ou eu poderia tentar descansar de novo.

De imediato, seus olhos se enchem de preocupação.

— Sim. Você deveria descansar. Você descansa, e vou nos levar para casa.

Eu nem queria que meus olhos fechassem; estava procurando sossego, não sono. Mas devem ter fechado, porque de repente sinto o carro parar.

— Zofia. — A mão de Dima está no meu ombro, gentilmente me acordando.

Meus olhos se abrem, eu me oriento. O solo é mais plano. O sol está no meio do céu; horas se passaram. Dima sorri amplamente, gesticulando através do para-brisa.

No começo, não consigo dizer o que ele quer que eu veja e depois não consigo acreditar no que estou vendo. Uma placa de madeira com caligrafia meticulosa.

— Já? — Suspiro.

— Eu lhe disse, este carro é bom. Este carro é rápido.

SOSNOWITZ, diz a placa. Os alemães chegaram a Sosnowiec e lhe deram um nome alemão.

Eu não quis dizer que o carro é rápido, no entanto. Eu quis dizer: *Como podemos estar aqui? Como posso estar de volta em casa?* Era mais fácil imaginar que as coisas más aconteciam longe. Em um continente diferente. Mas Birkenau, o primeiro campo, ficava a apenas vinte e cinco quilômetros da minha cidade.

— É aqui, não é? — pergunta Dima. Ele para o jipe e me olha com curiosidade. Eu não estou tendo a reação que ele pensou que eu teria.

— É aqui.

— Diga-me: para onde devo ir agora?

Engulo em seco, oriento-me.

— Para casa. Abek.

— Qual caminho?

Estamos nos limites de Sosnowiec agora. Pequenas fazendas, pequenos lotes de terra. À medida que nos aproximamos da cidade, as casas vão se aglomerando e se transformando em prédios residenciais de três e quatro andares. À distância, posso distinguir o bairro fabril; se estivéssemos mais perto, eu poderia ver a fuligem produzida pelas fábricas pairando no ar acima das linhas de energia dos bondes. Praças amplas e pavimentadas. Postes elétricos, lanchonetes cheias de trabalhadores apressados.

— Zofia?

Reúno meus pensamentos. Há dois endereços para os quais eu poderia direcionar Dima. O primeiro é no bairro de Śródula, nos arredores da cidade, o gueto judeu para o qual minha família inteira foi forçada a ir quando eu tinha treze anos. Lixo nas ruas. Paredes em ruínas, terrenos baldios. Seis de nós amontoados em um quarto.

O segundo endereço é do meu apartamento, o meu verdadeiro lar, que pertencia a Baba Rose, em que minha mãe foi criada e para onde meu pai se mudou depois que eles se casaram. Mais perto do centro da cidade.

— Vire à direita — decido. Nossa verdadeira casa. Esse era o plano, Abek e eu nos encontrarmos lá. Isto é o que disse a ele. *Repita o endereço, Abek. Lembra-se das bétulas do lado de fora?* E se ele estiver lá esperando por mim sozinho? *Tentei melhorar mais cedo, Abek. Tentei.*

Dima vira e a estrada de cascalho se torna pavimentada. Passamos por alguns homens com roupas de trabalho simples e, depois, por mais homens, mas eles estão de terno e chapéu. Dima levanta a mão em saudação; um acena de volta, cautelosamente, e os outros não tomam conhecimento da nossa presença.

— O que é isso? — Dima aponta pelo para-brisa para uma grande extensão de verde no meio dos prédios.

— Parque Sielecki. Às vezes, vínhamos aqui em excursões escolares.

— Ah! — Alguns minutos depois, ele estende a mão novamente, apontando para outra coisa. — E aquilo?

Está tão animado para ver esta cidade, como se ele próprio estivesse em uma excursão escolar, como se estivéssemos de férias juntos. No hospital, eles tentaram nos preparar para o fato de que poderia ser estranho voltar para casa, mas eu não esperava o que estou sentindo agora. Minhas entranhas se revirando, o gosto metálico na boca.

— Isso é um castelo? — Dima aponta para o prédio mais ornamentado que já vimos.

— Estação de trem. Costumava haver um mercado lá nos fins de semana. Nós o chamamos de... — eu paro, porque mesmo essa lembrança inconsequente me faz sentir uma pontada de familiaridade. — Chamamos de Frigideira.

Minha bela e feiosa cidade. Sosnowiec não é um lugar impressionante como Cracóvia, onde mamãe me levava para almoços de aniversário. Sosnowiec foi o destino dos barões industriais para construírem seus moinhos: ferro, aço, cordas e corantes. Tem estradas largas, edifícios práticos, ar poluído. Eficiência, não charme. Quem poderia amar uma cidade cujo apelido mais afetuoso era "A Frigideira"?

Minha família amava. Não tínhamos ideia de quão pouco a cidade nos amava de volta.

Sei que muitas pessoas resistiram ao Exército Alemão: o Exército da Pátria, as Forças Armadas Nacionais, a União Militar Judaica, todos lutaram contra a ocupação. Sei — ou fiquei sabendo mais tarde — de uma revolta em Varsóvia em que a cidade se levantou por mais de sessenta dias para protestar contra os nazistas, e sei que é por isso que essencialmente não há mais Varsóvia: os alemães puniram a cidade arrasando-a.

Mas também sei que, quando os alemães invadiram, muita gente na minha cidade conhecia a saudação nazista.

O cenário torna-se mais pessoal. Passamos pela biblioteca, ou pelo que costumava ser a biblioteca. O mercado onde compramos comida na semana da invasão. Era verão; nossos armários estavam vazios porque tínhamos acabado de voltar de férias. Na loja, itens básicos como pão já haviam sumido. O que ficou para trás foram iguarias. Nalesnikis finos como papel, esperando para serem enrolados com carne picada. Vidros de conserva de ruibarbo, em fileiras ao lado do merceeiro de aparência atordoada.

— Compro tudo — minha mãe disse calmamente.

Nas duas primeiras semanas da ocupação alemã, comemos como se estivéssemos em uma festa.

O jipe circula um prédio de tijolos vermelhos com arcos de pedra calcária, e não espero que Dima pergunte o que é.

— Palácio Dietel — explico. — Heinrich Dietel iniciou as fábricas têxteis em Sosnowiec.

Mas quando digo as palavras, meu batimento cardíaco acelera, minha boca fica seca. Palácio Dietel significa que estamos perto de casa. Meu pai costumava fazer esse caminho para chegar à nossa própria fábrica.

Olho com mais atenção. O tecido que cobre o portão da frente do palácio não é o brocado usual que representa a fortuna da família Dietel, mas um vermelho ondulante com uma estrela amarela e uma foice.

— Deve ser onde você deveria se apresentar, Dima. — Aponto para a bandeira soviética.

Seu rosto se ilumina.

— Acho que sim. Vou parar aqui e depois vou levá-la para sua casa?

Meu pânico aumenta, meu coração bate mais rápido.

— Não! Preciso chegar à minha casa antes.

Seu rosto desanima.

— Vai levar apenas um minuto.

Engulo o aborrecimento, e já estou alcançando a porta.

— Minha *casa* fica a apenas um minuto.

— Mas Zofia. — Ele está atordoado, creio, por minha repentina força, e eu também estou atordoada.

— Você deveria ir. Tenho certeza de que quer se apresentar aos seus oficiais superiores.

E meu irmão já pode estar em casa, e eu não quero esperar. E não quero ter um reencontro com outras pessoas assistindo.

— Você estará segura sem mim? — ele diz com relutância.

— Vou anotar o endereço... você pode ir quando terminar.

Eventualmente, eu o convenço. Eu não estava mentindo. Estou a apenas alguns quarteirões de minha casa, uma caminhada ainda mais curta se eu cortar pelas vielas, que é o que meus pés fazem de memória, correndo, correndo, enquanto meu pé ruim começa a doer nas pedras. Não posso correr; estou fraca demais para correr há anos e, no entanto, aqui estou, correndo enquanto meu coração explode no peito.

Então, lá estou eu, parada sob uma placa de rua branca: MARIACKA.

É uma rua curta, constituída principalmente de prédios de apartamentos de frente para outros. O nosso fica no meio do quarteirão. Quatro andares de altura, feitos de arenito rosado.

SEPARADOS PELO HOLOCAUSTO

Já ensaiei esse momento mil vezes. O que eu faria se nosso velho porteiro estivesse lá? O que faria se fosse um novo porteiro que não me reconhecesse?

Ninguém está parado na entrada, no entanto. Não há ninguém para me impedir de entrar, então empurro a porta de carvalho. No lobby: as mesmas lajotas de mármore. A mesma lâmpada piscando. *Lar.*

Na fileira de caixas de correio, paro. Passando a mão pela nossa, sinto um murundum de latão: a chave reserva, colada bem no fundo, onde ninguém a sentiria se não a estivesse procurando. A chave cai na minha mão, pesada e cinzelada, fita adesiva se desfazendo em flocos marrons.

Talvez Abek já esteja em casa, esperando por mim. Meu coração palpita com a possibilidade enquanto corro escada acima. O fogão aceso. Lençóis limpos nas camas.

Mal toquei na maçaneta quando ela se abre.

—A bek! — Corro para o hall. — Abek? Você está aqui?
Bem à minha frente, na sala, há móveis, mas não suficientes, e não os nossos. Um grande tapete moderno demais para o gosto de Baba Rose. Em cima dele, uma chaise longue desconhecida e algumas cadeiras dobráveis.

Devo estar no apartamento errado, um andar abaixo. Devo ter me confundido novamente.

Mas, não, daqui posso ver: o centro do chão está marcado com três manchas redondas de água. As manchas também podem ter se movido? *Cinco anos.* Não entro neste prédio há cinco anos. Não estou no lugar errado. É só que este apartamento viveu sua própria vida desde que eu morei aqui.

Estou em casa. *Estou em casa.* Um som escapa dos meus lábios, algo entre um latido e um grito.

O ar é o mesmo. O calor intenso, que mamãe sempre dizia ser a desvantagem de morar no andar mais alto. É possível que eu ainda possa sentir o cheiro fantasma do cigarro noturno de tia Maja? Olho para baixo e, sem perceber, tirei os sapatos. Não faço isso há meses. Mesmo à noite, durmo segurando meus sapatos, para ter certeza de que não serão roubados, para ter certeza de que posso estar preparada para correr. *É porque é quinta-feira. Quinta-feira é o dia em que mamãe lavava o chão.*

Meus pés se lembram de tirar os sapatos, e minhas mãos se lembram de depositar meu pacote onde costumava ficar um aparador.

— Sou eu — minha voz se lembra de dizer, e é possível que neste apartamento, minha voz se lembre de que costumava ser um tom mais alto? Que costumava ter uma nitidez, um pouco de humor?

Agora, a única resposta à minha voz é um eco.

O quarto de Abek primeiro. Eu tento me concentrar, caminhando em direção ao menor quarto no fim do corredor, os pés grudando no piso de nogueira polido — *costumava haver uma passadeira* — e empurrando a porta entalhada, abrindo-a. Paredes azul-celeste; os alemães as mantiveram. Guarnição branca, cortinas.

Mas essas são as únicas coisas familiares. Não há móveis. Até a cama se foi. Uma pilha de lençóis amarrotados está no canto, mas não sei dizer se alguém os usou recentemente ou se foram jogados lá por quem roubou a cama. Quando aproximo do nariz um lençol, macio e de flanela, cheira levemente a mofo. Seu armário está vazio. Nada de livros ilustrados. Nenhum modelo de carro, nenhuma meia perdida na porta.

Voltando por onde vim, vou para o quarto dos meus pais ao lado e depois para o de Baba Rose, e a cada quarto vazio eu posso sentir meu cérebro querendo se quebrar em pedaços.

Meu quarto, o que eu dividia com tia Maja. Lambris de madeira escura; tinha sido o escritório do meu avô antes de ele morrer. As camas sumiram daqui também. Examino o restante do aposento. Colei pôsteres nas paredes, anúncios de viagens de companhias ferroviárias. Alguém tentou arrancá-los, mas consigo distinguir metade da Torre Eiffel.

Se Abek tivesse voltado para esta casa, meu quarto é onde ele teria me deixado alguma coisa — uma carta ou uma lembrança. Estou certa disso. Algo que dissesse: *Eu estive aqui. Espere por mim.* Então, pego uma toalha mofada e amassada largada ao longo de um rodapé e a sacudo, e corro os dedos ao longo do parapeito da janela para o caso de um pedaço de papel ter ficado preso no vidro.

Dentro do meu armário, cabides de madeira nus chacoalham juntos. Na prateleira de cima, uma valise estofada que não reconheço. Eu a puxo para baixo e viro ao contrário, mas nada cai. Está vazia, e o fecho está quebrado, uma bagagem surrada que os ocupantes anteriores nem se deram ao trabalho de levar.

Eles me deixaram lixo. Não me deixaram nada. Não nos deixaram nada. Este apartamento é familiar e estranho. *Como algo pode parecer demais e insuficiente?*

No piso do armário há uma caixa de madeira. Está nivelada com o canto como se tivesse sido colocada ali intencionalmente, não apenas deixada ao acaso. Meu coração acelera quando caio de joelhos.

Quando eu a deslizo para fora, é pesada; arranha o chão. E, então, perto da porta da frente, ouço um clique e um zumbido familiares. Alguém está aqui.

— Abek!

Corro de volta pelo corredor e, no hall, derrapo até parar. A figura na porta é uma mulher magra como junco, com uma vassoura erguida em autodefesa. Ela se assusta quando me vê, olhando por cima do meu ombro para verificar se estou sozinha.

— Pani Wójcik? — digo, certificando-me de usar o honorífico correto para a minha vizinha. Seu rosto está enrugado de uma forma que não estava quando a vi pela última vez; seu cabelo ficou grisalho. — Pani Wójcik, é Zofia. Zofia Lederman.

Seus olhos piscam; ela não larga a vassoura, mas a abaixa um pouco.

— Zofia?

Eu me aproximo. Não conhecia a sra. Wójcik tão bem quanto os outros três moradores em nosso andar, mas estou quase comovida às lágrimas ao vê-la agora. Ela é de Antes. A única evidência que tenho de que partes da minha vida daquela época ainda podem existir agora.

— Sim. Sou eu. Quem você achou que poderia ser?

— Invasores — ela murmura.

— Invasores? Invasores que têm estado aqui?

— Um simpático casal alemão morou aqui por um tempo, mas...

— Eles se foram agora — deduzo.

— Pouco antes de tudo terminar. Desde então, apenas vagabundos. Eu tive que os enxotar. Eles tornam o prédio inseguro. — Ela me olha como se achasse que vou explicar esses vagabundos e depois suspira um pouco quando não consigo. — De qualquer forma, você está de volta.

— Estou de volta — digo desnecessariamente.

Ela deixa a vassoura pender ao seu lado e examina o restante do apartamento, os móveis esparsos e as cadeiras quebradas.

— Não sobrou muito aqui, não é?

— Acho que os invasores devem ter levado coisas.

Ela encolhe os ombros.

— Ou queimado. Fez frio.

— Oh — digo enquanto nos encaramos. Não sei mais falar com meus vizinhos. *Suas papoulas ainda estão crescendo bem? Seus cães ainda estão vivos?* A última lembrança clara que tenho da sra. Wójcik é de ela estar passeando com eles na rua, enquanto um soldado acabava de pedir meus documentos. Ele pediu ao homem ao meu lado também, e o homem foi içado pelas axilas e arrastado para longe. *Você viu muito mais pessoas sendo levadas, Pani Wójcik? Como foi o resto da sua guerra?*

A sra. Wójcik também não sabe mais o que dizer. Depois de alguns minutos, ela coloca a mão na maçaneta e levanta as sobrancelhas, um adeus tímido.

— Espere — digo. Quando ela se vira para mim, o movimento é cansado. — Pani Wójcik, sou a primeira pessoa a estar aqui? Os vagabundos, eu sei, mas eu sou a primeira pessoa da minha família?

Não consigo dizer o nome de Abek e não quero explicar por que o restante da minha família não vem.

Ela balança a cabeça, um pequeno espasmo terminante.

— Só você. E eu mal a reconheci.

— Você tem certeza? Nem meu irmão?

— Eu não vi mais ninguém da sua família. Para ser franca, achei que nenhum de vocês voltaria.

Ela faz uma pausa novamente, com a mão girando a maçaneta, mas ainda sem passar pela porta, como se tentasse pensar no que mais dizer.

— Nós não temos mais um coletor de lixo — é o que finalmente sai. — Se tem algo para jogar fora, você mesma deve carregar e queimar na rua. Se não queimar, os animais pegam.

— Obrigada.

Consigo manter as boas maneiras e acompanhar a sra. Wójcik ao sair pela porta, e a tranco assim que ela passa para que ninguém mais possa entrar.

Preciso me redefinir, impedir que meu cérebro entre em loop. As paredes fervilham com os vestígios de vagabundos, que entraram e queimaram as coisas da minha família para fazer lenha porque estava frio, porque não tinham onde morar, porque eram vagabundos. Então, eles queimaram as coisas da minha família, e as paredes estão zumbindo.

Não. Pare com isso.

Volto para o meu quarto, fico na porta. Eu estava fazendo alguma coisa antes de a sra. Wójcik chegar. O que eu estava fazendo? A sra. Wójcik entrou, e eu estava... *a caixa no canto do armário.*

É uma arca de enxoval. Bordo polido, uma flor entalhada na tampa. Da tia Maja? Tenho a mais tênue lembrança de algo assim debaixo da cama, cheio de roupa de cama e lenços, suas iniciais já bordadas em todo o tecido ao lado de espaços em branco destinados ao futuro marido. A trava está enferrujada e precisa de um tranco cuidadoso para abri-la. Mas, por fim, a tampa sai, e eu suspiro.

Ali dentro está o que resta da minha vida.

Quando minha família foi forçada a sair deste apartamento e entrar no gueto, só nos foi permitido levar o que podíamos carregar. Apenas roupas que fossem práticas, apenas pratos suficientes para comer. E fotografias. As fotografias eram preciosas o suficiente para que as levássemos, tiradas de seus porta-retratos e pressionadas entre papéis, por isso já sei que não sobrou nenhuma neste baú.

Mas outras coisas estão ali. Camada após camada, dobrado entre o tecido, está o que não podíamos carregar nem dar de presente. O vestido de casamento da mamãe. O vestido que usei no meu aniversário de treze anos. Tudo isso guardado pelo "simpático casal alemão", que certamente era nazista. Esse é o tipo de gesto que passa por gentileza se você é nazista?

Na fábrica de roupas Chomicki & Lederman, Baba Rose era muito famosa por seus belos bordados, mas eu também sabia lidar com agulha e linha. Eu teria sido melhor do que ela em alguns anos. As máquinas montavam a maior parte das roupas, mas cosíamos as etiquetas e bordávamos à mão. Isso fazia as peças parecerem feitas sob medida, disse Baba Rose; fazia que os clientes se sentissem cuidados: *Chomicki & Lederman*, em letra cursiva delicada e costurada.

Quando eu fazia as roupas da minha própria família, às vezes costurava algo especial. Algo escondido, oculto sob a etiqueta ou em uma costura. O nome de Maja, em linha azul-royal, junto a uma linha de um romance que ela não deveria me emprestar. A data do casamento de Baba e Zayde, costurada na toalha de mesa que lhes demos de aniversário.

Agora, quando desembrulho meu velho uniforme escolar, posso passar os dedos pela bainha, onde sei que o nome de todos os meus amigos foram bordados em um pedaço de pano secreto. Agora, no forro do velho casaco de inverno da minha mãe, sei que há alguns versos escondidos de um poema sobre a primavera. Ninguém podia ver; esse não era o objetivo.

Quando nos mudamos para o gueto, Abek se perdeu. Ele se afastou e desapareceu por horas; não sabia o novo endereço. Minha mãe o amava, é claro; amava a nós dois. Mas quando Abek nasceu, ela ficou doente em seu quarto por muito tempo — *frágil*, meu pai e meus avós disseram. *Foi difícil para o corpo dela.* Cuidei dele quando era pequeno. No dia em que ele se perdeu, quando foi devolvido horas depois por um transeunte prestativo que perambulou pelas ruas até Abek reconhecer o nosso prédio, foi para mim que ele correu, chorando. E fui eu quem lhe prometeu que ninguém jamais teria problemas para devolvê-lo para casa novamente.

Bordei o nome dele na etiqueta de todas as suas camisas. Seu nome e endereço, o verdadeiro e depois o do gueto, e os nomes de nossos pais e o meu.

Então, comecei a bordar mais. Histórias inteiras na menor caligrafia nos mais finos pedaços de musselina. Dobrava o pano meia dúzia de vezes e costurava dentro da etiqueta.

Havia uma história em sua jaqueta no dia em que todos fomos ao estádio de futebol. Foi um presente de aniversário meu para ele, meu melhor trabalho até então. A história da nossa família, contada no alfabeto:

A *é de Abek.*

B *é de Baba Rose.*

C *é de Chomicki & Lederman, a fábrica que possuímos, e* D *é para Dekerta, a rua da sinagoga que frequentamos, mesmo que apenas nas Grandes Festas.*

H *é do nome de nossa mãe, Helena;* M *é de tia Maja;* Z *é de Zofia.*

Algo parecido. Não consigo me lembrar de tudo. Em todo o caminho de *A* a *Z*, algumas das letras rendiam parágrafos inteiros e outras meras palavras. No último minuto, quando estávamos nos preparando para ir ao estádio pegar nossas novas fotos de identificação, peguei aquela história, que estava pendurada na parede, costurei na jaqueta dele e o fiz vestir essa jaqueta.

Eu devia saber.

Devia saber o que ia acontecer conosco.

Esse é o pensamento ao qual voltei mais tarde. Pensei a respeito quando estava morrendo de fome em Birkenau, e quando operava o tear em Neustadt — *essa moça sabe costurar*, disse o guarda, arrancando-me da morte, mandando-me para o trabalho —, e quando o frio comeu meus dedos dos pés na marcha de cento e quarenta quilômetros até Gross-Rosen no inverno porque a SS evacuou a fábrica, e quando eu desmaiei no barracão das mulheres porque o Exército Vermelho finalmente chegara para liberar o campo e os nazistas já haviam fugido. Eu devia saber que não havíamos sido convocados ao estádio de futebol apenas para fazer uma nova identificação. Caso contrário, por que eu faria Abek usar aquela jaqueta? Não era adequada à estação. Quase não cabia mais nele. Que tipo de pessoa costura uma história familiar dentro de um casaco?

Ou eu sabia que algo ruim ia acontecer ou eu já estava louca.

Tenho de encontrar o meu irmão.

Tenho de encontrar o meu irmão porque a guerra acabou, mas ainda não me sinto segura. Acho que ele também não.

Achei que nenhum de vocês voltaria. Foi o que a sra. Wójcik disse. Mas ela não disse isso com gratidão na voz. Ela não quis dizer "estou tão aliviada em ver você". Sua voz não parecia feliz. Sua voz soou desapontada. O que ela quis dizer foi: *Pensei que eles haviam matado todos vocês.*

Dima está triunfante quando bate à porta minutos depois. Pela fenda deixada pela corrente da tranca, ele mostra um pacote de papel.
— Almoço — diz ele. — Salsichas.
Destranco a porta, mas fico perdida quando ele entra.
— Não tenho combustível para o fogão.
— Já cozidas!
Agora, posso ver o óleo vazando pelo papel e fico com água na boca.
— Também não tenho onde colocá-las — peço desculpas. Eu quis dizer "não tenho mesa", mas assim que pronuncio as palavras, percebo que nem tenho pratos.
Dima enfia a mão no casaco e tira um pano enrolado em algo volumoso.
— Pratos. Piquenique. — Outro pacote: — Batatas.
Tendo esvaziado os bolsos, ele olha ao redor da grande sala, curioso, mas educado.
— Esta é a sua casa?
— Parecia diferente quando eu morava aqui. A mobília sumiu.
— Hoje sentamos no chão. Amanhã encontro alguns móveis para você.
Ele levanta as sobrancelhas na direção da sala de jantar, visível através das portas francesas, e confirmo com a cabeça que é ali que devemos

comer. Uma vez lá, ele se ajoelha com confiança, abre o pacote e começa a cortar as salsichas com um canivete.

— Meu comandante disse que vem jantar, está bem? — Dima avisa depois que caí de joelhos e aceitei o prato. — Ele gostaria de conhecer, saber mais sobre a cidade.

— Está bem.

— Falei para ele que pode vir hoje à noite.

— Esta noite? — protesto. — Não há comida em casa. É meu primeiro dia de volta.

— Sei que é muito em cima da hora. — Dima me olha com olhos arregalados e expectantes, e eu me controlo para não dizer nada. É a minha casa, mas, ainda assim, eu não estaria aqui se não fosse pela ajuda de Dima, lembro a mim mesma.

As garotas-nada estavam apenas parcialmente certas. Acharam que foi sorte Dima me resgatar e depois passar a gostar de mim. Mas a verdade foi que Dima passou a cuidar de mim *porque* me resgatou. Porque eu estava desamparada e ele poderia me ajudar. Porque estava sozinho e eu precisava dele. Durante todo esse tempo, não foi nada além de um amigo; não pediu nada em troca de sua bondade. E eu não ofereci nada.

A coisa não pode continuar assim, no entanto. Cedo ou tarde, minha fragilidade não será atraente, nem minha gratidão o suficiente para fazê-lo feliz. Ele vai querer uma parceira de verdade.

— Seu irmão... — Dima faz uma pausa e olha para seu prato, mantém os olhos lá enquanto termina a pergunta. — Não está aqui hoje?

Três batatas enfileiradas em papel de jornal úmido. Dima comprou três batatas, só por precaução.

Engulo minha decepção.

— Não.

— Já esteve aqui antes?

— Acho que não.

Ele estendeu a mão para acariciar minha bochecha.

— Vamos encontrá-lo, com certeza.

— Sim — concordo, depositando meu prato de metal no chão de madeira nua. Sorridente. *Estou tentando, estou tentando muito.*

Aqui estou, de volta à casa da minha família, mas, em vez de porcelana, estou comendo em lata de acampamento e, em vez de minha família, estou com um soldado russo. E ele quer que eu fale sobre jantares. Oito meses atrás dei um tapa na cara de uma garota porque ela tentou tirar meus sapatos furados.

— Zofia? — ele pronuncia meu nome gentilmente, mas não de maneira muito correta; o *Z* soa muito firme. — Zofia, você não está falando. Aborreci você.

— Acho que deveríamos comer pão no almoço. — Abruptamente, levanto-me. Ele está magoado.

— Não é necessário — ele insiste, gesticulando com a cabeça para onde dividiu a batata de Abek entre o seu prato e o meu.

— Mas é uma celebração — invento. — Meu primeiro dia de volta a esta casa.

— Irei também — Ele baixa o canivete e começa a se levantar desajeitadamente.

— Não! Não. Vou até a padaria da esquina e volto em alguns minutos.

Ainda assim, está preocupado; acha que eu não deveria ficar vagando por aí.

— Posso ver se há bolos para servir ao seu comandante esta noite — continuo a improvisar, gesticulando para ele voltar ao chão. — E vai ser bom para a minha saúde. Fazer coisas por conta própria em um lugar familiar. A enfermeira disse.

A enfermeira não disse, mas é isso que o convence, essa menção a um bolo e esse apelo à minha cura. Ele me entrega algum dinheiro e beija suavemente a minha testa.

Lá fora, o calor do meio-dia abrasa meu rosto. Entretanto, uma vez que saio do prédio com sucesso, não sei para onde ir. Não sei se ainda há uma padaria ao virar a esquina; as que frequentávamos quando eu era criança neste bairro tiveram placas aparecendo durante a noite, JUDEN VERBOTEN, nos primeiros meses após a ocupação.

Os Skolmoski. O nome passa pela minha mente. Os Skolmoski eram católicos. Embora tenham sido forçados a pendurar aquela placa de "Proibido para Judeus" na vitrine, como todo mundo, eu sei que o sr. Skolmoski se sentiu mal por isso. Algumas vezes, antes de sermos forçados a ir para o gueto, ele passou lá em casa com sobras. *Sobras*, ele alegou. Mas quando fora a última vez que algum de nós teve sobras de qualquer coisa? Vou à antiga loja dos Skolmoski.

A rua está mais movimentada do que há algumas horas. É meio--dia, hora do almoço, com pessoas correndo para ou de seus locais de trabalho. Dois quarteirões adiante, quando chego à padaria, uma das vitrines dos Skolmoski foi fechada com tábuas, mas sobre o compensado alguém escreveu: *Ainda aberta*. As palavras estão em polonês e não em alemão, o que considero um sinal positivo.

O sino ressoa quando abro a porta. O homem atrás do balcão não é o sr. Skolmoski; ele é mais novo e desconhecido. Hesito na entrada.

— Posso ajudar? — pergunta o funcionário.

— Apenas pão — murmuro, indo em direção às prateleiras que revestem a parede e pegando o pão mais próximo, alcaravia com sementes escuras, para não ter que falar mais. Mas a oferta é escassa, e, quando minha mão se fecha ao redor do pão, o mesmo acontece com a de um homem mais velho, um dos dois únicos outros clientes na loja.

— Sinto muito — digo. — Você estava aqui primeiro.

Ele afasta a mão, gesticulando para que eu pegue o pão ao mesmo tempo que digo para *ele* pegar, e agora não tenho certeza se está tentando ser educado, como eu, ou se não quer o pão porque toquei nele. Como devo aparentar — o vestido puído, o andar irregular, o corpo esquelético?

Meu rosto esquenta. Talvez eu devesse ir embora, encontrar outra padaria ou dizer a Dima que todas estavam fechadas.

— Zofia?

A mão no meu braço me faz gritar de medo.

— Está tudo bem. — A voz é reconfortante quando me viro. A mulher parada na minha frente é alguns anos mais velha do que eu. Está mais pálida do que costumava ser, e um de seus olhos está injetado. Mas ainda tem a mesma voz gutural que eu costumava admirar e traços das mesmas covinhas em suas bochechas, embora não haja mais gordura suficiente para ressaltá-las adequadamente.

— *Gosia?*

Antes que eu possa dizer mais alguma coisa, a melhor amiga de tia Maja deixa cair a bolsa em suas mãos e me abraça.

Jogo meus braços em volta dela, e a risada que sai do meu corpo é tanto de alívio quanto de prazer.

SEPARADOS PELO HOLOCAUSTO

— Não consigo acreditar que é você — comenta Gosia ao mesmo tempo que estou acariciando seu cabelo e me perguntando se posso confiar em meus próprios olhos.

— Também não consigo acreditar que é você de verdade!

O funcionário do balcão se interessou de repente por nossos movimentos.

— Vocês poderiam baixar a voz? Estão atrapalhando a loja — ralha ele.

— Somos as únicas clientes restantes — protesta Gosia. Ela está certa; a loja está vazia. O homem mais velho deve ter escapado enquanto eu não estava olhando.

— Este é um local de negócios, não uma festa.

Gosia suspira.

— Vamos sair.

— Ainda não comprei meu pão — pontuo, mas Gosia balança a cabeça e pega o meu braço. Do lado de fora, na frente da loja, ela puxa o próprio pão de sua sacola de compras de lá, rasgando-o em dois e me entrega metade.

— Comece desde o início — ela instrui. — Por que não a vi antes? Você acabou de voltar?

— Hoje de manhã.

— Onde estava?

— Birkenau primeiro, Gross-Rosen no fim. — Ela estremece quando menciono esses nomes; sabe agora o que eles significam. — Onde *você* estava?

A cor de Gosia escurece e ela baixa os olhos para os sapatos.

— Tive uma dispensação. Como trabalhava no hospital, eu era uma funcionária essencial. Quando as dispensações pararam, um dos médicos deixou eu me esconder em seu porão. Era seguro, exceto nos últimos meses. Depois, Flossenbürg. Mas apenas por uns meses. — Sua boca se torce de um modo desconfortável; está envergonhada por essa boa sorte.

— Uns meses é tempo suficiente. Estou feliz por você — eu a tranquilizo. — Estou feliz que tenha ficado segura o máximo que pôde.

— Estou morando com a minha irmã e o marido dela agora. O esconderijo deles nunca foi invadido. — Ela hesita, encontrando as palavras. — E Maja...

— Não.

Minha resposta é completa em si. *Não, Maja não sobreviveu.* Mas me obrigo a continuar porque Gosia é uma amiga que merece saber.

— Logo depois do estádio de futebol. Todos eles, exceto Abek, foram mortos.

— Não. — Ela fecha os olhos, e deixo que tenha seu momento de tristeza. Quando os abre de novo, ela baixa a voz. — Quase nenhum de nós sobrou — ela observa, baixinho. — Algumas centenas, no máximo. Simplesmente não entendo como tantos de nós podem ter morrido.

— Estou procurando Abek agora. Fomos separados em Birkenau. Acho que isso significa que você não o viu aqui?

— Eu gostaria de ter visto. Você esteve no seu apartamento?

— Acabei de chegar de casa, de Mariacka. O apartamento foi saqueado, mas ninguém mais está morando nele. Em seguida, vou tentar Sfodula. Talvez ele tenha esquecido onde planejamos nos encontrar. Talvez ele pense no gueto como seu lar?

Gosia está meneando a cabeça.

— Desapareceu — diz ela. — Bombardeado. Ele não poderia ter ido para o gueto; não existe mais.

— Você tem certeza?

— Eu mesma fui lá assim que retornei, em junho. Você deveria ver, Zofia, aquela parte da cidade... Não há quase nada de pé.

Náusea, um balde de água fria. Abek não está na casa da minha família. Ele não poderia ir ao nosso antigo quarto no gueto. Gosia está de volta a Sosnowiec desde junho e conhece minha família desde criança; temos todos os mesmos amigos. Não vejo como Abek poderia ter voltado sem que Gosia ouvisse sobre isso, especialmente se houver tão poucos de nós, como ela diz.

— Quem mais estava com você?— ela pergunta. — No trem para Birkenau: alguém que conhecemos?

— Você quer dizer, naquele dia? — repito devagar.

— Sim, no transporte. Quem estava no transporte para Birkenau?

Eu sabia que era isso que ela queria dizer. Claro que é. Eu estava apenas ganhando tempo. Responder a essa pergunta exige que eu pense naquele dia, e aquele dia é algo em que tento nunca pensar.

— No meu transporte, estava apenas... — Mas antes que eu possa continuar, retorno aos horrores daquele dia: gritos em meus ouvidos, o cheiro de decomposição em minhas narinas, sentindo tanta sede e tão fraca e mal capaz de respirar. — Estava...

— Zofia? Você está bem?

Olho para baixo, e o pão na minha mão está tremendo. Minhas mãos estão tremendo. *Não estamos em um vagão de gado. Estamos em uma rua. Não estamos em um campo. Estamos em Sosnowiec. Não é aquele dia. Não é aquele dia.*

A estação de trem de Birkenau é meu gelo negro, um monstro obscuro adormecido guardando a porta da minha memória. Empurre-o com muita força e ele acordará. Se acordar, vai me consumir. Rastejo em torno das bordas dessa lembrança. Até as bordas são um inferno.

— Estava Pani Ruth — termino. — Com os longos cabelos grisalhos. Ela estava conosco. Ela...

— Algum homem? — ela interrompe, e agora eu entendo o que ela está perguntando: nós temos algum amigo que estaria do lado dos homens no campo, que poderia ter visto Abek depois que eu o vi pela última vez?

O farmacêutico. O farmacêutico estava rezando na lama e... *Não.* O farmacêutico morreu no estádio de futebol, lembro-me. Morreu antes de entrarmos no trem. Preciso pensar no que aconteceu depois do trem, na plataforma, naquele último dia, naquele dia em que... *Não, não, não.*

— Pan Zwieg. — Engasgo. — Pan Zwieg, o bibliotecário. Ele estava conosco. E o magrinho do açougue. Acho que o primeiro nome dele era Salomon.

Gosia agarra meu braço.

— Salomon Prager.

— Sim. Salomon Prager. — Com o nome recuperado, arrasto-me de volta daquela lembrança.

— Ele voltou. Está vivo. Meu cunhado o viu na semana passada.

— No açougue?

— O açougue está fechado; ele está trabalhando como lavrador agora. Depois do meu turno esta tarde, posso encontrá-lo e perguntar se ele sabe o que aconteceu com Abek.

— Podemos ir agora? Vamos logo. — Já me esqueci do pão, do almoço e de Dima, mas Gosia está balançando a cabeça em tom de desculpa.

— Só tenho uma hora para almoçar, e é meu cunhado quem sabe para quem Salomon está trabalhando. Prometo que o encontrarei depois do expediente.

— Venha para o jantar, então — convido-a com relutância. — Serei eu e... e talvez um soldado russo também. Dima me ajudou. Ele agora foi transferido para cá.

Sinto meu próprio rosto ficar vermelho enquanto explico, mas Gosia mal pisca. Deve ter ouvido falar de todos os tipos de arranjo.

— Ah, Zofia, é bom ver você de novo. — Gosia põe as mãos nas minhas bochechas, e eu ponho as mãos nas dela; encostamos nossas testas. — Irei esta noite. Prometo.

Ela me diz os nomes de algumas lojas próximas que estão abertas e são amigáveis, onde talvez eu possa comprar comida para preparar o jantar. Quando chego em casa, subo as escadas outra vez, preparando-me para me desculpar com Dima pela demora da minha saída.

E, no topo da escada, vejo. Enfiada no vaso de flores da sra. Wójcik, onde tenho certeza de que não havia nada antes, há uma pequena bandeira, do tipo que as crianças agitariam em um desfile, e nessa bandeira há uma suástica.

Gosia vem naquela noite com presentes: um cobertor. Dois pares extras de roupas íntimas. Um pacote de sabão em pó para minhas roupas e uma barra de sabonete para mim, branco e medicinal, não como as barras marrons macias que costumávamos comprar na loja.

— O racionamento não está tão ruim quanto antes — explica ela. — Mas todos os lugares ficaram sem sabonete esta semana. Peguei este na clínica.

— Obrigada. — Sou grata pelo que ela trouxe, mas pela maneira ansiosa em excesso com que me entrega o pacote, posso perceber no mesmo instante que os itens são uma oferta para compensar as más notícias.

— Salomon não pôde ajudar.

Seus olhos baixam.

— Ele não o viu. Não se lembra de tê-lo visto lá.

— Entendo.

Ela se move para pegar minha mão, no entanto, como ainda estou com o pacote em mãos, acaba pegando meus pulsos.

— Salomon me pediu desculpas. Ele disse que teria cuidado de Abek; ele queria que você soubesse disso. Se soubesse que Abek estava lá, ele teria tentado cuidar de seu irmão.

Posso ouvir a culpa de Salomon saindo da boca de Gosia. Mas não o culpo. O campo era do tamanho de uma pequena cidade. Salomon não ser capaz de se lembrar de ter visto Abek não significa nada.

Significa apenas que preciso procurar mais. Significa apenas que preciso escrever mais cartas. Amanhã posso falar pessoalmente com Salomon.

Dima entra da sala de jantar com um sorriso largo no rosto, beijando as bochechas de Gosia de um jeito que eu aprendi que é considerado meramente amigável para os russos, não muito íntimo. Ela se assusta com a surpresa, mas recompõe a expressão quando ele se afasta.

— Você é amigo de Zofia? É um prazer conhecê-lo.

— Gosia, este é Dima Sokolov, de quem lhe falei. Ele também convidou seu comandante para jantar conosco. Então, vai ser uma festinha, se não se importar.

— Vou encontrá-lo agora — Dima diz a Gosia. — Zofia, você tem tudo de que precisa? Para cozinhar?

Confirmo com a cabeça e, quando ele sai, Gosia levanta as sobrancelhas.

— Ele é bonito.

— Ele tem sido legal comigo. — Gesticulo para me seguir até a cozinha, mas ela não o faz, incerteza estampa o seu rosto. — Gosia? — pergunto. — Houve mais alguma coisa?

Ela olha de volta para onde Dima acabou de sair pela porta.

— Salomon mencionou algo, não sei se é útil. Mas disse que o Exército Vermelho liberou Birkenau em janeiro.

— Sei disso — digo a ela. — Dima já descobriu isso.

— Mas ouça. Salomon disse que, antes da liberação, eles começaram a transportar pessoas para longe. A SS sabia que os Aliados estavam chegando, então eles estavam tentando evacuar o campo antes de chegarem, enviando prisioneiros para mais longe na Alemanha. Salomon não foi; eles o deixaram na enfermaria, e o campo foi libertado semanas depois.

Evacuado. Foi o que aconteceu em Neustadt também. Despertadas de nossas camas, instruídas a abandonar os teares, obrigadas a caminhar por dias em temperaturas abaixo de zero até chegarmos a Gross-Rosen, na fronteira nebulosa do Reich. Nossa evacuação não antecedeu os Aliados por muito tempo: o Exército Vermelho libertou Gross-Rosen meses depois. Mas se o campo estivesse mais fundo no Reich... os Aliados não chegaram ao centro da Alemanha até o fim da primavera.

Agora vejo por que Gosia não começou com essa informação. Há duas maneiras de interpretá-la, uma ruim e uma boa. Ou Abek estava em Birkenau para a liberação e deveria estar em casa, ou...

— Abek foi para a Alemanha — digo.

— Não, quero dizer, não sei.

— Mas Salomon não o viu na enfermaria? Não o viu deixado para trás?

— Não, mas...

— Gosia, na época da liberação, havia outro lugar onde ele pudesse estar? — pergunto. — Na enfermaria, como Salomon estava, ou em um transporte para o oeste para outro campo na Alemanha. Essas eram as alternativas?

Gosia parece desconfortável.

— A menos que...

— A menos que o quê? — pergunto com brusquidão.

— Zofia. Eu amava Abek. Você sabe que sim. Mas ele era tão jovem. Ele era jovem, e o trabalho era tão árduo, e tantas pessoas...

— ... e é por isso que é uma sorte ele ser forte — interrompo-a. — Além disso, eu tinha conseguido algo para ele. Uma posição especial. Ele era *valioso*. Certifiquei-me de que fosse *útil*.

Ela vê a minha expressão. Ela vê a minha expressão, e suas palavras seguintes são cuidadosas.

— Se Salomon estiver certo, então, quando o campo fechou, a enfermaria ou o transporte são os lugares mais prováveis em que ele teria estado.

— Sabemos que ele não estava na enfermaria — observo. — Então, estava naquele transporte.

— Então, estava naquele transporte — ela repete com lentidão. — Claro que estava.

O comandante Kuznetsov é um homem alto e magro, com face esquelética, mas olhos amistosos e inteligentes. Ele não fala polonês, mas fala um bom alemão, no qual Gosia e eu somos fluentes, mas que Dima não entende nada. Gosia também sabe um pouco de russo e, entre nós quatro, conseguimos ir aos trancos e barrancos, as línguas mudando entre as frases, a imitação de um jantar.

O comandante nunca esteve na Polônia antes, ele explica enquanto nos sentamos com os pratos no colo, novamente no chão. Dima estendeu uma toalha de mesa entre nós e trouxe flores, que estão no parapeito da janela. Também se certificou de que houvesse uma garrafa de vodca. O restante do apartamento está como estava quando entrei, descascado e abandonado, o que o comandante diz ser a questão. Pediu que fosse convidado porque queria saber algo sobre a região para a qual foi designado, diz ele, como estamos vivendo e nos virando.

Fiz holishkes, com tomates enlatados e a única carne disponível no açougue: um carneiro meio passado e duro. Tentei apreciar o ato de cozinhar, com as panelas que Dima trouxe, emprestadas pelo exército. Tentei apreciar o fato de estar de novo na cozinha da minha família.

— Zofia? — Dima diz de forma delicada. — O Comandante Kuznetsov fez uma pergunta a você.

— Sim, é um prato tradicional — replico, puxando-me de volta para a conversa.

Se Abek foi enviado para a Alemanha, saberá como voltar? Onde na Alemanha — o país é enorme. Terá recebido a mesma carta que eu, para permitir que embarcasse em um trem?

— Às vezes, comemos na festa da colheita — acrescenta Gosia porque fiquei em silêncio. — Também temos bolo de maçã e kugel de batata.

Comemos porque é a refeição favorita de Abek, acrescento para mim mesma. Nós comemos no aniversário dele, e, enquanto eu comprava os ingredientes, esperava de alguma forma estar fazendo isso para ele. Se Salomon soubesse onde ele estava, Gosia o teria trazido para casa esta noite.

— Você conhece a família de Zofia há muito tempo? — pergunta o comandante a Gosia, a mais falante de seus companheiros de jantar. — E no que está trabalhando agora?

— Sou enfermeira em uma clínica médica. E sim. A tia de Zofia e eu fomos para a mesma escola primária. Conheço Zofia desde que ela nasceu, o que significa... — Gosia cutuca meu ombro, tentando me atrair para a conversa.

Não era assim que eu queria que fosse minha primeira noite em casa. Não é assim que eu queria que coisa alguma fosse.

— Significa dezoito anos, não é, Zofia?

Dima olha para mim, preocupado. Também não era assim que ele queria que a noite fosse.

— Peço desculpas, comandante — digo baixinho. — Estou muito cansada. Como Dima deve ter lhe contado, estou procurando o meu irmão mais novo. Eu esperava que ele estivesse esperando por mim aqui, mas não estava.

O comandante assente para mim, mas é com Dima que ele fala em seguida, num russo rápido que vejo Gosia lutando para acompanhar. Ao ler seus rostos, acho que entendo o básico. Ele perguntou a Dima se meu irmão estava em um campo, como eu, e Dima disse que sim. A conversa continua e já não consigo acompanhá-la, até que Gosia finalmente interrompe.

— Ele diz que há pessoas auxiliando. Organizações, acho que foi o que ele mencionou — ela me diz.

— Eu sei. Contatei-as; escrevi cartas.

Os homens continuam falando e, quando Gosia interrompe pela segunda vez, sua voz tem um tom aflito.

— Ele diz que se pergunta se Abek está em Munique.

Dima e o Comandante Kuznetsov param no meio da frase e olham para ela. O comandante parece humilhado e muda para o alemão.

— Peço desculpas por deixar você de fora da conversa — ele se dirige a mim.

— Por que teria ido para Munique? — eu pergunto.

— Pelo que sabemos, os prisioneiros de Auschwitz-Birkenau, no fim da guerra, foram principalmente para dois campos: Bergen-Belsen e Dachau — explica o comandante. — De Dachau, a cidade mais próxima é Munique.

— Por que não Bergen-Belsen? Isso também fica perto de Munique?

O Comandante Kuznetsov parece confuso, mas é para Dima que ele se dirige, não para mim, perguntando algo em russo. Dima responde de modo brando, baixando a voz para quase um sussurro, seus olhos disparando de tempos em tempos para os meus. Há algo de que não gosto na sua linguagem corporal — algo protetor, mas também secreto.

— O que você está dizendo a ele? — pergunto, meu tom de voz se elevando. Então, viro-me para Gosia: — O que estão dizendo, Gosia?

Gosia franze os lábios, reticente em traduzir.

— O comandante disse... ele disse isso... ele foi levado a pensar que Abek não estava em Bergen-Belsen.

Balanço a cabeça em confusão.

— Por que ele pensaria isso?

Mais uma vez, os três trocam olhares que não entendo. Pego meu copo e bato no chão para chamar a atenção deles.

— Quem disse isso a ele?

Depois de uma eternidade, Dima arrasta seu rosto para encarar o meu.

— Eu disse isso a ele. Disse-lhe que Abek não estava em Bergen--Belsen. Porque, quando escrevi para o campo, o nome dele não estava em seus registros.

— Quando você escreveu para... — repito as palavras com vagarosidade, tentando entender o que ele está dizendo. — Quando você *escreveu para o campo*?

— O pessoal que está auxiliando — ele tenta explicar. — Os soldados que estão lá agora.

— Mas você sabia que havia uma chance de ele estar nesse lugar e já escreveu para eles? Sem me dizer?

Dima fica vermelho-escuro.

— Ele não estava lá — continua Dima. — Então, eu não queria... então, eu não queria *preocupá-la*, Zofia. Estou tentando ajudar. Você precisa *descansar*. Achei que se pudesse encontrá-lo para você...

Gosia e o comandante olham para seus pratos, tentando desaparecer dessa conversa. Dima olha para mim, implorando.

— Você também teve notícias de Dachau? — pergunto. — Ou Birkenau? Que bosta, Dima, há mais alguma coisa que está escondendo de mim?

— Não prague je, Zofia. Você não é uma garota que fala palavrões.

— Falo se eu quiser — insisto, lágrimas enchendo meus olhos.

Ele balança a cabeça rapidamente. *Não*, ele está dizendo, não, esses lugares não responderam.

Isso é traição? É traição se ele estava tentando me ajudar? Se ele fez isso em segredo, mas o objetivo era encontrar o meu irmão? *Ele quis fazer o bem.* Digo isso a mim mesma. Ele estava tentando ajudar. E ele ajudou *mesmo*, na verdade. Encontrou um lugar onde Abek *não estava.*

Ao meu lado, Gosia desliza a mão pelo chão até que seus dedos estão espalmados sobre os meus.

— O comandante disse "Munique" porque muitos dos prisioneiros de Dachau, depois da guerra, foram para outro campo perto de Munique. — Ela troca algumas palavras com o Comandante Kuznetsov antes de continuar: — Um tipo diferente de campo — ela esclarece.

Agora, ela não está falando em russo ou alemão ou mesmo em polonês, mas em iídiche. A linguagem das nossas cozinhas, do nosso tempo familiar privado, a linguagem do reconhecimento de que o comandante e Dima não fazem parte do que nos aconteceu.

— Um grande campo de refugiados administrado pelas Nações Unidas. Existem vários. Eles são para judeus que não podem voltar para suas casas ou que não conseguiram encontrar suas famílias.

— E é onde Abek provavelmente estaria se fosse evacuado de Birkenau. Ela tira a mão.

— Isso foi o que ele disse. É chamado... — Ela volta para o alemão. — Como se chama?

— Föehrenwald — diz o comandante. Ele parece aliviado em oferecer uma informação que não vai me deixar chateada. — É impossível saber daqui, porém, se seu irmão está nesse campo. A equipe é pequena e sobrecarregada. Pelo que ouvimos, é mal organizado; são milhares de refugiados entrando e saindo.

— Impossível saber *daqui* — repito. Agora mudei para o polonês, mas Dima, à minha direita, está balançando a cabeça antes mesmo de eu dizer algumas palavras.

— Abek virá para cá — diz ele. — Esse era o seu plano.

Sosnowiec era o plano. Ficarmos juntos era o plano. Encontrá-lo era o plano.

Mas e se ele esqueceu o plano? Ele tinha apenas nove anos. E se esqueceu nosso endereço? E se não for mais um lugar que ele conhece? E se estiver preso, ferido ou em um hospital, como eu estava?

— Você sabia sobre esse lugar? — pergunto a Dima de maneira brusca. — Este é outro lugar que você estava escondendo de mim?

— Não, eu juro — responde ele. — Não conhecia esse campo. Podemos escrever para ele amanhã.

— Nós podemos escrever — repito. — Mas e se ele tiver ido embora nesse meio-tempo?

— Se ele tiver ido embora, virá para cá — Dima diz simplesmente.

— Mas e se não conseguir *chegar aqui*? Ou se a carta não chegar a ele?

— Zofia, você deve ser paciente, mas...

— E se ele precisar de mim? E se estiver sozinho e precisar de mim *neste momento*? Tia Maja acabou de dizer...

— Quem? — Dima interrompe educadamente.

— Tia Maja. Agora mesmo.

— Zofia.

— *Tia Maja.* — Minha voz, subindo a cada sílaba, até ser quase um grito. — Tia Maja *acabou de dizer* que os prisioneiros de Birkenau foram para a Alemanha. Você não a ouviu?

O silêncio na sala, o rangido doloroso de uma tábua do assoalho é o que me faz perceber meu engano. Meu rosto fica vermelho.

— Quero dizer, Gosia, obviamente. Sei que é Gosia, não tia Maja.

Com rapidez, baixo a cabeça para o meu prato e corto um pedaço de repolho. Mas não consigo levá-lo à boca. Naquele momento, eu quis *de fato* dizer aquilo. Eu estava sentada nesta sala de jantar, e a pessoa sentada ao meu lado era minha linda tia Maja, e me perdi de novo.

Ao meu lado, Gosia parece compassiva e preocupada; seus olhos piscam brevemente para Dima. Eu os vi conversando mais cedo enquanto terminava de cozinhar o jantar. Pergunto-me o que ele lhe disse, como me diagnosticaram.

Eles acham que já estou louca, então não adianta explicar como eu estava apenas ligeiramente confusa por estar neste apartamento.

Também não adianta explicar a súbita certeza em meu coração, que começou a crescer com a menção desse lugar chamado Föehrenwald. Sei que protegi Abek o melhor que pude. Durante toda a guerra, podia senti-lo comigo. Se não tivesse sido capaz de sentir sua presença, eu não teria sido capaz de sobreviver. Eu sobrevivi, então ele deve estar em Föehrenwald.

— Sei que é Gosia — mais uma vez eu repito, com calma desta vez. — Deixa pra lá.

Gosia vai embora horas depois, quando seu cunhado vem buscá-la. Ela me abraça e observa que devo passar na clínica no dia seguinte; eles sempre têm lugar para voluntários. Por cima do ombro, Dima assente para ela. Deve ser algo que eles planejaram, uma desculpa para me manter ocupada.

— De qualquer forma, vou passar aqui amanhã à noite — anuncia ela. — Vou tentar trazer mais roupas e um lampião sobressalente.

Agora, há apenas um lampião na casa e tocos de velas. O apartamento está às escuras; Dima e o Comandante Kuznetsov são contornos enquanto conversam perto da porta.

Dima deixa o comandante e se aproxima, tomando minhas mãos.

— O comandante diz que há espaço para você se vier conosco. Você pode ficar lá em vez de sozinha.

— Vou ficar bem aqui. Gosia me trouxe algumas coisas.

— O chão é tão duro — ele continua. — Você precisa pelo menos de um... — Ele procura uma palavra que não conhece em polonês, antes de imitar algo desenrolando no chão.

— Um colchonete? Não preciso. — O álcool está subindo à minha cabeça, que sinto leve e girando. Ainda estou irritada com Dima. Já dormi em tantas coisas piores do que um cobertor limpo no chão de madeira.

— Não, eu posso trazer um. — Ele olha de volta para onde o comandante ajusta o seu quepe, em uma tentativa educada de nos dar privacidade. — Vou levá-lo para casa e voltar.

— Você não pode continuar indo e voltando. Já fez isso duas vezes hoje.

Mas ele insiste e, por fim, parece mais fácil apenas concordar. Deixá-lo trazer um colchonete, para me paparicar como se eu fosse um bibelô.

Recolho os pratos do jantar, mas não há água corrente para lavá-los. Gosia e eu não deixamos nada nos pratos. Dima e o comandante Kuznetsov deixaram restos nos deles: uma casca de pão, algumas folhas de repolho. No prato do comandante, um pedaço de carne, principalmente cartilagem, que ele deve ter cuspido de modo discreto.

Jaz ali no prato, disforme e mastigado, imerso em molho de tomate ressecado. Eu o encaro por um minuto, enjoada.

Mas logo estou colocando esses restos ressequidos na minha boca. Raspando meu dedo pela lata, nem me dando ao trabalho de usar um garfo. A cartilagem gruda na minha garganta; forço-a para baixo. Estou revoltada comigo mesma, mas também morrendo de fome ou lembrando o que era passar fome.

O que há de errado comigo? O que foi feito de mim?

Na sala, uma batida à porta. Enfio os pratos na pia seca da cozinha, tentando me recompor.

— Estou indo — grito para Dima quando a batida fica mais alta.
— Desculpe, eu estava na coz...

Não termino, porque não é Dima. Parados na porta mal iluminada estão três homens que não conheço, dois que parecem irmãos, com o nariz chato e covinhas no queixo, e um terceiro, mais alto e magro, com olheiras.

— Ouvimos que havia judeus aqui — diz o mais alto dos homens com nariz chato. — Este bairro é Judenrein.

Judenrein. Esse era o termo alemão. Por isso tivemos que deixar este apartamento, para começo de conversa. *Este bairro é Judenrein.*

Mas as palavras alemãs não podem mais ditar quais bairros estão livres de judeus, podem?

Minha boca está seca como lá.

— Onde ouviu isso?

Não sei por que acho que posso ganhar tempo. Vão acabar descobrindo a verdade. Tudo na minha aparência revela que eu estava em um campo.

De maneira vaga, emanando de suas roupas, sinto cheiro de álcool e suor, e assim o meu coração começa a bater forte. O sujeito que falou passa por mim e entra na minha própria casa, e os outros o seguem, empurrando-me mais para dentro. Seus olhos percorrem o apartamento, dentro do que é possível fazer no escuro.

— Não há nada para levar — consigo argumentar. — Vocês podem ver, a única mobília que resta é lixo. E sou a única pessoa aqui.

Idiota, eu me recrimino assim que esta frase sai dos meus lábios. Eu quis dizer, *talvez vocês possam me deixar em paz porque obviamente não faço mal a vocês*. Mas agora o rosto do homem exibe uma expressão lasciva à luz do lampião após essa descoberta de que estou sozinha.

— Se estiverem com fome, eu posso… posso pegar um pouco de comida, talvez — improviso, tentando encontrar uma forma de me aproximar da porta. — Meu amigo está voltando agora.

— Você disse que estava sozinha, judia.

— Estou sozinha agora, mas meu amigo estará aqui em breve. Ele é um tenente. Do Exército Vermelho.

— Que conveniente, há um namorado agora — o homem de olheiras murmura, baixinho.

Não há nenhum lugar aonde eu possa ir para me afastar dos três. O segundo irmão já se posicionou na frente da porta. Os outros dois ainda estão vagando pelo meu apartamento.

— Há um namorado — insisto de uma forma que soa tão falsa que nem eu acreditaria em mim.

Não vejo nenhuma arma, embora talvez estejam escondidas sob suas jaquetas. Por favor, que eles apenas roubem minhas coisas e não batam em mim. Por favor, que apenas batam em mim e não me estuprem. Por favor, que apenas me estuprem e não me matem.

Por favor, me matem. Por favor, apenas me matem. Por que não; de que outra forma isso vai acabar?

— Posso pagar — ofereço, desesperada. — Por... pelo incômodo de eu usar o apartamento.

Com isso, dois dos homens parecem levemente interessados, então continuo falando sobre o dinheiro. Vou dar a eles tudo o que sobrou do que Dima forneceu para mantimentos e tentar manter intacta a nota alta do hospital.

— Deixe-me só pegar o dinheiro. Enquanto faço isso, há vodca na cozinha. Quase uma garrafa inteira; vocês podem pegá-la.

Não quero que eles bebam mais. Mas a vodca é uma distração, e também não quero que eles me sigam até o quarto. Então, quando dois deles vão pegar o álcool, passo correndo pelo que guarda a porta em direção ao quarto, remexendo no meu pano xadrez onde enfiei todo o dinheiro.

Do corredor, ouço mais barulhos, sussurros. Então, um dos homens chama o cara que falou primeiro, a quem tomo como o líder.

— Piotr.

Espio da quina da parede. Os homens se aglomeram em torno do quepe de Dima apoiado em uma cadeira, foice e martelo proeminentes.

— Eu lhes disse — recupero a voz, voltando para a sala. — O nome dele é Tenente Sokolov. Ele trabalha na... ele trabalha para Ivan Kuznetsov. — Não sei se esse nome lhes será familiar, mas digo-o como se esperasse que fosse.

— Cala *a boca*, judia.

Seu tom é desdenhoso, mas acho que o que eu disse importou. Os russos estão no controle aqui, agora. Isso tem que significar alguma coisa.

— Ele vai voltar em breve. — Agora, vou em direção à porta, como se tivesse mais coragem do que realmente tenho, e seguro o dinheiro que sobrou da mercearia. — Então, acho que deveriam pegar isso e ir embora.

Aquele chamado Piotr arrebata de maneira ameaçadora as notas da minha mão.

— Semana que vem. Faremos uma visitinha na próxima semana.

Quando saem, volto a trancar a porta e depois deslizo para o chão contra ela. Meu coração palpitante dói no peito. Meu coração dói mesmo quando não está batendo. Mas isso não pode estar certo, porque meu coração não parou de bater, meu coração continuou batendo mesmo quando os corações de quase todos que conheci pararam de bater, e é por isso que meu coração dói.

A *é de Abek.*

Z *é de Zofia.*

Ainda estou no chão vinte minutos depois, quando Dima tenta abrir a porta. Ele empurra uma, duas vezes.

— Zofia? — Sua voz se eleva, em pânico.

— Um minuto, por favor — peço, passando meus punhos pelos olhos e me arrastando para me levantar. Abro a porta. — Uns homens vieram aqui. Tranquei a porta quando saíram, por segurança.

— Que homens? — Ele olha de volta para o corredor; sua voz tensa e grave. — Eles vão voltar?

— Não sei.

Dima passa por mim. Colocando o colchonete no chão, ele circula pelo apartamento, verificando se as janelas estão trancadas.

— Se voltarem, não será hoje à noite — digo. — Viram seu quepe e isso os assustou.

Ele termina a inspeção das janelas. Ainda está preocupado, mas há uma pequena nota de prazer em seus olhos com a última coisa que eu disse sobre seu quepe me proteger.

— Eu trouxe isto. — Aponta para o colchonete do exército, verde-oliva.

— Obrigada.

— Tem certeza de que não vem comigo? — Ele dá alguns passos em minha direção, diminuindo o espaço entre nós.

— Tenho que ficar. Não quero que ninguém pense que este apartamento está vazio.

— E se eu ficar esta noite? — Ele atravessou a sala agora. Passa seu dedo indicador ao longo da minha bochecha, acariciando-a. — Não no seu quarto — acrescenta ele às pressas. — Mas para proteção.

— Não sei.

— Sabe, meus pais também não falavam a mesma língua — Dima diz, tímido. — Ele também era soldado. Já falo mais polonês do que meu pai. Acho que eles são muito felizes agora.

— Tenho certeza de que são — digo, baixinho.

Esta é a primeira vez que ele fala com tanta nitidez sobre seus sentimentos, tão claro que não posso fingir que algo se perdeu na tradução ou que acho que sua gentileza é meramente amigável.

Não tenho emprego. O dinheiro que me foi dado no hospital vai acabar. Não estou segura aqui sozinha. Dima se preocupa comigo. Ele quer me proteger. Tudo o que tenho a fazer é ser gentil com ele. Tudo o que tenho a fazer é aceitar esta vida.

Dima pode se importar comigo, principalmente porque me resgatou. Mas o estou usando também. Quando eu teatralmente bati palmas com o presente do batom. Todas as vezes em que o vi se encher de orgulho com os arrulhos das garotas-nada. O fato de eu poder sair do hospital porque estava saindo com Dima.

Mas isso torna a situação errada, no entanto? Tantos relacionamentos foram construídos com menos que isso...

— Quer que eu fique? — ele pergunta.

— Tudo bem — respondo e, então, umedeço os lábios e me obrigo a começar de novo. — Isso seria bom, mas você não precisa dormir aqui. Ainda só tenho um cobertor. Você passaria frio.

No meu quarto de infância, onde não durmo desde antes de minha família ser assassinada e meu país ser destruído, desenrolo o colchonete que um soldado russo me trouxe. Cubro-o com o cobertor desbotado que a amiga da minha tia falecida me trouxe e depois me deito com o vestido que estou usando porque ainda não tenho roupa de dormir.

Dima está atrás de mim, respeitoso. Sua respiração não está estável o suficiente para ele estar dormindo. Ele está acordado, olhando para mim, para a minha silhueta no escuro. Sinto sua mão no meu cabelo, acariciando do topo do meu couro cabeludo até onde meu cabelo termina. Faz isso três vezes, e, justo quando estou aguardando para ver se vai fazer mais, percebo que está esperando o mesmo de mim, vendo se me viro ou me contorço para trás para que meu traseiro se aconchegue na dobra de seus quadris.

Baba Rose acariciava o meu cabelo neste quarto, atenta e tranquilizadora, como se não tivesse mais nada para fazer e nenhum outro lugar para estar.

Tia Maja acariciava o meu cabelo neste quarto, falando sobre seus próprios problemas.

Mamãe acariciava o meu cabelo neste quarto e, embora sempre parecesse cansada e às vezes adormecesse com a mão pesando na minha cabeça, ela também me narrava contos de fadas e cantava as músicas que tinha ouvido no rádio naquele dia.

Ouço um estalo vindo do aposento ao lado. Sei que é o som de um prédio antigo se acomodando, mas tenho que me impedir de gritar: *Abek?*

A mão de Dima parou, descansando no colchonete atrás de mim, prendendo acidentalmente alguns fios do meu cabelo. Eu fico ali, presa, não querendo que algum movimento meu seja mal interpretado, e depois de alguns minutos, eu o sinto se mexer atrás de mim, virando-se de frente para a parede, roncando levemente.

A cena do jantar continua se insinuando em minha mente. Dima não se desculpou por esconder a carta de Bergen-Belsen de mim, não mesmo. Obviamente, doeu nele me magoar, mas ele disse que fez isso apenas para me proteger. *Será que quero esse tipo de proteção?*

Esta é a melhor vida que posso construir agora? Segurança e bondade, e um homem que sai no escuro para me trazer algo macio para dormir, mas esconde as coisas de mim se acha que podem me magoar? Seus pais são felizes, ele me disse. Ele queria que eu soubesse que poderíamos ser felizes também. *Será que quero ser feliz assim?*

Será?

Saio da cama improvisada, engatinhando pelo chão para não fazer barulho. No armário, procuro a valise estofada com o fecho quebrado e a encho com os pertences que tenho: as roupas de baixo e o sabonete de Gosia, o lenço da enfermeira Urbaniak. Meus olhos param na arca de enxoval, e me pergunto se devo tirar algumas coisas dela. Mas não sei até onde terei de andar e não quero ficar sobrecarregada. *E desta vez estou voltando*, lembro a mim mesma. É melhor deixar essas posses onde estarão seguras.

Dima ronca atrás de mim. Perto da porta, encontro suas roupas, sua jaqueta pendurada nas costas de uma cadeira, suas calças dobradas ordenadamente no assento. Enfio a mão no bolso da jaqueta e sinto um maço de notas. No escuro, não posso dizer se são zlotys, marcos alemães ou qualquer que seja a moeda que usem na Rússia, porém, tentando ignorar a pontada de culpa, prometendo a mim mesma que vou acertar depois, levo todo o dinheiro.

Escrevo um bilhete para Dima, um bilhete insuficiente traçado ao luar, colocando-o em cima de suas calças:

> Tenho de ir encontrá-lo. Fique no apartamento o tempo que quiser. Deixe-o para Gosia se não o quiser. Sinto muito. Sinto muito mesmo. Preciso encontrá-lo.

A valise é leve na minha mão. Aperto-a contra o peito enquanto saio pela porta.

A última vez que vi Abek, outra versão com que sonho às vezes:

Tinha ouvido falar de Auschwitz. Todos nós tínhamos àquela altura. Rumores de tortura, rumores de morte.

Por favor, não nos mande para Auschwitz, implorei ao soldado encarregado de nos vigiar quando minha família deixou o estádio, quando fomos enviados para apartamentos nos arredores da cidade para esperar a próxima etapa. Por favor, não Auschwitz; podemos trabalhar duro. Em especial meu irmão. Não ouvi você dizer que seu comandante precisava de um bom garoto de recados? Meu irmão seria um bom garoto de recados. Ele é saudável; olhe para ele. Já fala três idiomas. Isso não seria útil?

Esse jovem soldado disse que poderia conseguir alguma coisa, mas seria um grande favor, exigindo pagamento. Coloquei a mão em suas calças; eu era muito bonita, então. Três minutos depois, ele concordou. Não nos mandaria para Auschwitz. Mandaria-nos para Birkenau.

O trem serpenteou ao longo da terra. Quando chegamos a Birkenau, estávamos nisso havia muito tempo. A distância era curta, mas continuamos parando, por horas, sem motivo ou aviso, ninguém prestando atenção aos nossos apelos. O vagão estava lotado, tão lotado que nem tropeçamos quando o trem deu uma guinada. Durante a primeira noite, as pessoas começaram a morrer. Corpos caíram no chão enquanto o restante de nós tentava não pisar neles e implorava por água. Meu pai nos deu a dele. Durante toda a viagem, meu pai não bebeu uma gota-d'água.

Não percebi, é claro, que poderia haver mais de uma cidade de pesadelos e tão próximas uma da outra. O soldado em cujas calças eu enfiei a mão cumpriu sua promessa da maneira mais cruel. De uma forma destinada a zombar de nós. Percebi quase de imediato.

Assim como Auschwitz, Birkenau também ficava nos arredores da cidade chamada Oświęcim. Foi construído a apenas um quilômetro do campo original porque o campo original não estava dando conta do volume de pessoas que fora projetado para torturar e matar. O soldado enviou *minha família para Birkenau. Ele não me disse que o campo também era conhecido como Auschwitz II.*

Chegamos ao portão, Abek e eu. Fomos classificados na fila da direita. Ele entrou no campo com sua jaqueta com o alfabeto costurado no forro. Então, virou-se para mim, porque, de repente, era o Abek dos sonhos de novo, não o Abek real. Era o Abek dos sonhos, e se afastava de mim, dizendo adeus, e eu tentava com muita intensidade ficar lá com ele, mas, em vez disso, eu estava acordando.

PARTE DOIS

Alemanha ocupada pelos Aliados, setembro

Consigo saber quando o trem atravessa a fronteira para a Alemanha. Quando o trem ainda está na Silésia, essa terra anexada que já foi da Polônia e talvez volte a ser, os trilhos são falhos e a rota é sinuosa. A bilheteira da estação de Sosnowiec me avisou: o Exército Vermelho estava desmontando trilhos, desenterrando as amarras de metal para criar rotas que levem à Rússia, não à Alemanha. A linha Katowice-Munique já foi direta, mas agora a rota é tortuosa — voltamos atrás, desviamos, chegamos a trechos onde várias locomotivas devem compartilhar uma única linha e passamos dias inteiros esperando outro trem passar. Enquanto na Polônia, as vias férreas e a terra parecem confusas e esquecidas; o trem parece um rato tentando escapar de um labirinto.

Mas consigo saber quando o trem cruza a fronteira para a Alemanha, porque aqui as mesmas colinas ficam queimadas e marcadas. A terra verde é interrompida por raivosos cortes pretos rasgando a terra. Tudo foi bombardeado aqui, recentemente, pelos Aliados, que tentavam cortar as linhas de abastecimento do Exército Alemão.

Movemo-nos ainda mais devagar. Paramos com ainda mais frequência. Os funcionários do trem nos dizem que os trilhos à frente estão sendo limpos de detritos.

Um velho sentou-se ao meu lado pouco antes da partida. Ele tinha uma barba grisalha cheia e um casaco escuro, e me lembrava meu avô Zayde Lazer. Ele não disse nada a princípio; eu nem tinha certeza de que falávamos a mesma língua. Mas quando o barulho das rodas começou, enviando vibrações para nossas pernas, ele puxou uma pequena garrafa de líquido âmbar de seu casaco e me entregou para provar.

Nalewka, vodca temperada, doce e forte, o pequeno gole queimando minha garganta. Devolvi a garrafa, ele deu um gole e a devolveu para mim outra vez.

— Não gosto mais de trens — ele me confidenciou.

— Eu também não.

Agora este homem se tornou meu amigo sem nome. Os assentos se enchem de passageiros e, em seguida, os corredores também. O velho e eu nos levantamos para usar o banheiro apenas quando não dá mais para esperar, guardando os assentos um do outro a cada vez. Então o teto do trem também está cheio: sem nenhum lugar para sentar, as pessoas sobem as escadas na lateral do trem ou se aglomeram nas plataformas que ligam os vagões.

A viagem é muito longa. Tanto tempo e tanto calor, e às vezes nem consigo dizer se estou acordada ou sonhando. Às vezes, acho que vejo Abek ao meu lado. Meu passado e meu presente se misturam, e eu deixo. As horas passam, e meu pé ruim dói como se todos os meus dedos ainda estivessem lá, como se eu ainda pudesse mexê-los. Os dias passam, então todo o meu corpo dói e todo o meu corpo fica dormente, como se eu não tivesse certeza de que nada daquilo existe.

— Para pesadelos — anuncia o velho a certa altura, passando-me outra garrafa de algo que deixa minha cabeça confusa e minha mente quieta. Ele diz isso para mim depois que acordo ofegante. É o movimento rítmico que faz meu cérebro gritar. Assim que adormeço, meu corpo se lembra do trem para Birkenau. Posso dizer ao meu cérebro para não pensar nisso, mas, quando adormeço e sinto o ritmo do trem, meu corpo se lembra.

— Para uma mente barulhenta — explica o velho. Outra garrafa.

Isso torna a viagem suportável. Não é uma cura para o que está errado comigo, mas parece uma solução temporária. As garrafas e o fato de que toda vez que olho pela janela — toda vez que paramos e as mulheres chegam à janela com pão ou ovos cozidos para comprarmos —, sei que estou chegando mais perto do lugar onde Abek pode estar.

Por fim, certa manhã, pouco antes do amanhecer, o trem para. Não há mais trilhos, não por um intervalo de uns cinquenta metros. Apenas restos de metal retorcido espetados como garras do solo carbonizado. Não há outros trilhos para onde possamos desviar, explica o carregador. Não há outra maneira de voltar atrás e se juntar a uma nova linha. Todos os trilhos neste trecho de terra foram demolidos. Portanto, não há nada a fazer a não ser desembarcar, todos nós, e caminhar dez quilômetros até a próxima estação utilizável.

Nós tropeçamos para fora do trem, para um campo de cevada lamacento. Fico surpresa ao ver aglomerados de pessoas esperando por nós. Principalmente garotas, da minha idade ou alguns anos mais novas, usando trajes rurais. Algumas têm cestas de comida à venda — ameixas amassadas, maçãs mal maduras —, mas outras não têm comida. Ficam paradas ao lado de cavalos magros atrelados a carroças.

— Comitê de boas-vindas? — brinca meu amigo mais velho enquanto somos envolvidos por nuvens de vapor e poeira.

Logo fica evidente o que as garotas estão fazendo de fato. Por uma taxa, elas nos levam em suas carroças para onde os trilhos voltam. Abordam os soldados primeiro, os homens de uniforme que elas sabem que devem ter dinheiro para gastar. Negociam preços com sorrisos de paquera, mas estes desaparecem assim que a transação é finalizada e as moedas são enfiadas nos bolsos do avental.

Uma delas, uma garota esguia de dezesseis ou dezessete anos, evita a competição perto dos soldados e vem até mim.

— Transporte? — ela me pergunta em alemão.

— Posso andar.

Estou preocupada em andar, no entanto. Dez quilômetros é uma longa distância para o meu pé ruim, com a dor que ainda sobe pela minha panturrilha. Mas estou mais preocupada com despesas desnecessárias; durante toda a viagem, tenho comprado apenas os pães mais baratos.

A garota gesticula com a cabeça em direção ao velho.

— Ele provavelmente não pode andar. Mas minha carroça tem uma almofada para ele. E se não for comigo, pode não chegar ao próximo trem a tempo de se sentar. Ele vai ter de ficar de pé todo o caminho.

— Eu pago — o velho oferece, cavalheiresco. — Se não se importar de ser minha companheira de assento um pouco mais.

A almofada é irregular, a carroça é alta e a garota não se preocupa em ajudar nenhum de nós a subir. Ela mantém os olhos fixos à frente enquanto me iço para a parte de trás e puxo o velho atrás de mim.

Mal nos acomodamos antes que ela faça o cavalo avançar.

Estive na Alemanha antes apenas uma vez por minha própria vontade. Meu pai me levou a negócios para Berlim. Ele disse que era a capital da civilização moderna: as roupas que vimos as mulheres usarem lá seriam o que faríamos para as mulheres polonesas em cinco anos. Essas garotas agora, porém as que conduzem as carroças ou vendem frutas não parecem elegantes. Parecem apenas cansadas.

Passamos por um homem que pinta uma placa: ainda estamos muito longe de Munique. Mas o aviso não está apenas em alemão, também está em russo, francês e inglês.

— Dividiram o país — conta a garota quando me nota lendo a placa. — Quatro Aliados, quatro cantos. Todos eles recebem um pedaço da Alemanha. Aonde você está indo?

— Munique.

— Os americanos estão no comando de Munique — diz ela.

— Quem está no controle aqui?

— Ninguém — responde ela, de maneira enigmática. — Ninguém controla aqui. Tudo está uma bagunça. Ainda estão encontrando corpos.

— Corpos? — pergunto.

— Das bombas dos Aliados. Enterrados sob os escombros. Enquanto eles ainda encontrarem corpos, ninguém prestará atenção nas outras coisas que estão acontecendo.

A garota se vira para o cavalo e não se manifesta até estarmos quase no ponto em que os trilhos voltam. A nova "estação" não é um edifício oficial. É um vagão enferrujado, aninhado na grama. Alguém pintou uma palavra ao lado, o nome da cidade mais próxima, presumo.

Grupos de soldados já esperam lá. Estão mais obscenos do que quando saíram do trem, uma hora atrás, animados por ar fresco ou garotas.

Nossa condutora fecha a boca em uma linha firme, sua mandíbula trabalhando como se ela estivesse decidindo se deve dizer alguma coisa. Só quando para a carroça e eu começo a descer é que ela estende a mão e segura meu pulso com seus dedos magros.

— Britânicos ou americanos, mas não russos, ok?

— O quê? — pergunto.

Ela mantém os olhos em frente.

— Os soldados podem ajudar a conseguir coisas, e isso é útil. Mas peça aos soldados britânicos ou americanos, não aos russos. Os russos têm ideia do que você deve a eles. E vão tomar se você não der de bom grado.

— O que quer dizer?

— Não me importo se acredita em mim, mas não sou a única garota alemã que vai lhe dizer isso.

— Um soldado russo salvou a minha vida — digo a ela.

— Bom para você. — Sua voz está cheia de amargura. Ela mantém os olhos à frente, levando a mão à garganta e esfregando-a. — Isso é muito bom para você.

Meus membros doem; minha pele está grossa de suor e sujeira. Sem pulgas, porém, lembro a mim mesma. Sem percevejos. Sem estômago vazio. Não há mais espaço para reclamar. Já passei por coisas piores.

O velho cujo nome eu nunca soube foi de trem até Munique. Ele comentou que sua filha iria encontrá-lo lá e, quando chegamos à estação, foi recebido por uma mulher magra e ruiva que compartilhava seu nariz e ombros largos. Abraçaram-se e não se soltaram, e não fiquei para me despedir. Eu não tinha um papel naquela reunião de família.

Então, no caótico mercado da estação de trem, encontrei um estande de motoristas de aluguel. Caminhões, principalmente — homens gritando destinos e agrupando passageiros conforme a direção em que estamos viajando.

Agora, várias horas depois, meu motorista deixou todos, menos eu. Ele para ao lado de uma estrada de cascalho e diz que cheguei a Föhrenwald. Mas não vejo nenhum sinal ou qualquer coisa para me orientar.

O que vejo em vez disso são campos, planos e marrons. Dezenas de homens e mulheres em trajes de agricultor lavram o solo. Várias centenas de metros atrás deles, vejo os telhados duas águas dos prédios de uma cidade.

Olho para trás, em direção ao homem que me trouxe até aqui, para ver se tem alguma outra orientação, mas ele já se afastou, longe demais para eu alcançá-lo. Então, enveredo por uma bem-cuidada fileira de terra e paro em uma das mulheres trabalhadoras. De pá na mão, ela está depositando sementes no chão.

— Com licença, mas estou procurando o campo — digo em alemão. — Para deslocados. Fica perto?

Sua expressão está em branco; não entendeu minha pergunta. Mudo para iídiche e depois para polonês, e ainda não recebo resposta, mas, com o último idioma, seu rosto se ilumina e ela acena para outra mulher, gesticulando para que eu pergunte a ela. Essa nova mulher responde em polonês, de forma simpática, mas com um forte sotaque que acho que pode ser italiano.

— Föehrenwald é aqui — responde ela. — Você já está dentro. — Ela acena com a cabeça para trás, em direção às estruturas no horizonte.

— Quais prédios?

Ela ri.

— Todos eles.

— Estou aqui — sussurro. — *Eu consegui.*

A garota me olha com curiosidade após a última declaração, mas, por um minuto, não tenho condições de dizer mais nada. Estou enraizada no chão com membros trêmulos porque realmente fiz essa coisa maluca. Para o bem ou para o mal, gastei mais da metade do dinheiro que tinha em passagens de trem e alimentação. Não há como voltar agora, não há como voltar para casa. Meu estômago se contrai por ligeiro medo, mas eu fiz isso; está feito.

— O prédio da administração é provavelmente o que você está procurando — a garota continua, um pouco cautelosa, ao notar meu silêncio. — Fica no meio do campo: continue andando em direção àquela estrada, ali. Rua Michigan. Quando chegar mais perto, outra pessoa poderá ajudar.

Forço um sorriso para parecer mais ousada do que me sinto e tento repetir o nome da rua que ela acabou de dizer. Não soa como polonês, alemão ou mesmo italiano.

— Mi-chi-gan — ela pronuncia de novo. — É uma província americana. Todas as ruas do campo têm nomes de províncias americanas.

— Obrigada.

A estrada de terra que ela indicou me leva mais para dentro de Föehrenwald — cada vez menos o que eu esperava. Imaginei fileiras de longos barracões dispostos em grade, a arquitetura de guerra. Eu me preparei para essa arquitetura de guerra, eu me preparei para fazer minha mente suportar.

Mas agora vejo que Föehrenwald parece mais uma cidade pequena, organizada como uma roda com raios. Respiro aliviada.

Michigan é uma rua no perímetro; outras, com nomes como Illinois e Indiana, levam a um núcleo de atividade no centro do campo. Chalés caiados com telhados inclinados se alinham em todas as ruas dos raios, enquanto os prédios maiores no meio — da administração, presumo — são mais em blocos e mais industriais, agrupados em torno de um pátio central.

Nas portas frontais da administração, um grupo de pessoas se encontra do lado de fora, fumando e conversando. Depois do meu intercâmbio com a italiana no campo, não me surpreendo por ouvir línguas diferentes, mas sim pela variedade: húngaro, tcheco, esloveno e holandês. A maioria das pessoas tem a minha idade ou um pouco mais; um número menor é da geração dos meus pais e menor ainda são os muito velhos, da idade do homem no trem. Ninguém é mais jovem. Ninguém que fosse Abek.

Limpo a garganta, segurando a alça da minha valise.

— Com licença. Existe um responsável? — pergunto em alemão, a língua que mais ouço.

Um garoto ruivo interrompe sua conversa.

— De qual divisão?

Divisão. Eu não esperava algo tão formal.

— De... estou procurando alguém no campo. Outro prisioneiro... refugiado, quero dizer.

O garoto aponta para um prédio menor e adjacente.

— Então, você quer ir para lá. Pergunte por *Frau* Yost.

Não preciso perguntar por ela, no entanto. Dentro do prédio, moderno e com piso de linóleo, uma mulher baixinha com óculos de armação de metal se aproxima de mim assim que entro pela porta. Usa um vestido xadrez de cintura alta, parecendo estrangeira de uma forma que eu não consigo identificar, e quando aperta minha mão, é profissional.

— *English?* — ela pergunta. — *Deutsch?*

— *Ja* — digo-lhe, explicando que sou polonesa, mas sei falar alemão. — Meu nome é Zofia Lederman. *Frau* Yost?

Ela assente.

— Sou eu. Estou tão aliviada que você fale alemão. — O dela tem sotaque, americano ou canadense. — Para me comunicar com uma mulher húngara outro dia, tive de passar por alguém que falava francês.

Espero que me pergunte o que faço aqui ou me convide para sentar, mas, em vez disso, a sra. Yost pega um chapéu pendurado em um gancho na parede e o coloca na cabeça enquanto me conduz de volta para a porta que acabei de atravessar.

— Disse-lhes que ninguém tinha tempo para providenciar tantas acomodações. — Ela segura a porta aberta. — Fizemos o melhor possível: uma cama aqui, outra ali, mas já estamos com o dobro da capacidade e desesperadamente sem cobertores. Você sabia disso, certo? Em termos de comida, com todas as pessoas extras, podemos aguentar talvez uma semana sem rações adicionais. As hortas ajudam.

— Sra. Yost...

— E *seus* cartões de racionamento oficiais serão em algum momento transferidos, creio, mas porque absolutamente nada está funcionando ainda neste país...

— Sra. Yost, sinto muito, mas...

Por fim, ela para, ao perceber que não a segui pela porta. Ela volta para dentro.

— Feldafing?

— Como disse?

— Você é de Feldafing?

Abano a cabeça.

— Não, lá fora eles me disseram para perguntar por você aqui.

Ela fecha os olhos e aperta a ponte do nariz.

— Sinto muito. Recebemos um telegrama dizendo que o campo em Feldafing estava superlotado e que alguns residentes chegariam no fim da semana. Um representante deveria estar aqui agora para ver as acomodações. Em geral, não é meu trabalho, mas sou a única que poderia participar da reunião.

SEPARADOS PELO HOLOCAUSTO

Ela alcança a maçaneta da porta outra vez. Sinto que, se usasse um relógio, ela estaria verificando a hora.

— Mas não importa. Se você não é de Feldafing, porque claro que não é, quem você representa?

— Vim aqui por conta própria. Estou procurando o meu irmão.

— Você sabe em que chalé ele está?

— Minha família é da Polônia. Abek e eu fomos separados em nosso primeiro campo, mas ouvi dizer que os prisioneiros de lá foram enviados para Dachau, e depois os prisioneiros de Dachau vieram para cá.

— Então não sabe em que chalé ele está. Você tem certeza de que ele está aqui? — Seu jeito direto e objetivo de falar faz com que me sinta automaticamente tola.

— Não. Mas acho que está. Ouvi dizer que os prisioneiros de Dachau vieram para cá.

— *Alguns* deles vieram.

— Por isso, *eu* vim aqui. Meu nome é Zofia Lederman. Meu irmão é Abek Lederman. Ele teria doze anos, mas o orientamos a falar que era mais velho. Ele pode estar dizendo que tem quinze anos e...

— Este é um campo apenas para adultos — ela interrompe. — Sinto muito, mas não admitimos menores de dezessete anos, a menos que estejam acompanhados pelos pais ou responsáveis.

— Eu poderia apenas...

— Verificar os registros? Sim — ela confirma, antecipando como eu ia terminar minha frase. — Posso designar uma secretária para aten-dê-la. Está aqui sozinha?

— Sim.

— E você vem...?

— Da Polônia.

— Sim, você disse. Sua família é da Polônia. Mas eu quis dizer: onde está hospedada? De onde veio agora?

A impulsividade de minhas ações começa a ficar aparente. Não estou hospedada com ninguém. Não tenho onde ficar.

De repente, sinto-me muito cansada. Muito suja. Com fome e sede, querendo deitar e me perguntando por que estou ali.

— Polônia — repito. — Vim de trem da Polônia.

— Hoje? Sozinha?

— Cheguei hoje. Saí... várias semanas atrás, acho. Levou um longo tempo. E, sim, sozinha.

O comportamento da sra. Yost muda. Seus olhos se suavizam. Um minuto se passa enquanto ela deixa a notícia assentar.

— É um longo caminho para vir sozinha.

— Sim.

— Quanto tempo demorou?

— Ele é tudo o que me resta.

Ela pensa por um *minuto*, olhando por cima do meu ombro, onde vejo que há um relógio na parede, então suspira.

— Siga-me.

Atravessamos a recepção principal e entramos em um escritório particular menor com uma placa manuscrita na porta: Busca de Pessoas Desaparecidas. Lá dentro, há algumas mesas grandes, cheias de papéis. Um telefone preto fica no meio, meio soterrado.

— Sente-se, por favor. — A sra. Yost gesticula para que eu pegue a mais confortável das duas cadeiras na sala, pegando uma de madeira de espaldar reto para ela e encontrando um caderno de redação e uma caneta-tinteiro em meio à desordem. É encadernado em couro, com I.G. Farben gravado em dourado na frente. As palavras são familiares para mim, mas não consigo identificar de onde.

— Senhorita Lederman — ela me chama. — Por que não começa me contando o que fez até agora para encontrar o seu irmão?

— Coloquei o nome dele na lista.

— Tudo bem. Qual lista?

— A lista da Cruz Vermelha.

Ela faz uma anotação no caderno de redação.

— Quais outras?

— Não tenho certeza.

— A Administração das Nações Unidas para Auxílio e Reabilitação?[*] — ela sugere. — O ajjcd?[**] O Bureau de Pessoas Desaparecidas em Munique ou qualquer outra jurisdição?

---

[*] United Nations Relief and Rehabilitation Administration (unrra). (n.t.)

[**] American Jewish Joint Distribution Committee (Comitê Judaico-Americano de Distribuição Conjunta). (n.t.)

— No hospital, sempre que me pediam para colocar o nome dele em uma lista, eu o fazia.

— Senhorita Lederman. — A caneta ainda pairava sobre o livro; agora ela a tampa e pousa. — É um momento muito confuso. Mas há muitas organizações tentando ajudar.

A sra. Yost lista mais siglas, mas dá no mesmo para mim. Eu entendo o que está me dizendo. Existem muitas listas. Eu deveria colocar o nome dele em muitas listas, mais do que jamais poderia ter imaginado, e eu deveria manter o controle de todas elas.

É uma colcha de retalhos, é o que ela está dizendo. É o continente tentando se costurar usando uma mistura de todos os tipos de ponto de costura e de tricô disponíveis.

Agarro os braços da cadeira, tentando não permitir que fique desfocada na minha frente. Minha boca está seca, e minha voz soa como se viesse de longe.

— Mas esperar para ter notícias de todos esses lugares pode levar meses — observo. E, percebo horrorizada, mesmo que eu tenha entrado em contato com algumas dessas organizações sem saber, quando estava no hospital, elas não teriam como entrar em contato comigo no momento.

— Pode levar meses — concorda a sra. Yost. — Meu trabalho é tentar ajudar os refugiados aqui, mas pode levar meses. Está se sentindo bem? Coloque a cabeça entre os joelhos se estiver tonta.

— Não estou… eu não estou tonta.

— Você está tonta. — Ao se colocar de pé, grita pela porta entreaberta para a secretária do lado de fora. — Você poderia trazer um copo de água?

Não sei se tenho meses, é o que quero dizer a ela. Estou viva em parte porque me forcei a ficar viva para encontrar Abek. Mal me aguento. Não sei por quanto tempo mais posso fazer isso. Enviar cartas sem resposta não é suficiente.

Ouço o farfalhar de tecido na minha frente e forço meus olhos a focarem. A sra. Yost voltou com um copo de água. Ela ergue as sobrancelhas, perguntando se consigo segurar o copo e, então, coloca-o em minhas mãos.

— Espero que você saiba que não estou dizendo nada disso para dissuadi-la — informa ela, esperando enquanto forço a água garganta abaixo. — Mas uma garota com quem tenho trabalhado aqui escreveu dez cartas por dia durante sessenta dias seguidos. Ela sabe *sem sombra de dúvida* que sua irmã foi liberada de Auschwitz e ainda não conseguiu encontrá-la. Mas suas chances ainda são melhores escrevendo cartas do que viajando por toda a Europa sozinha. Você não pode visitar todos os lugares pessoalmente. E, mesmo que pudesse, as pessoas ainda estão se deslocando. Mesmo que você encontre o lugar certo, não há garantia de que estará lá na hora certa. Então, se você ainda tem uma casa, sua melhor opção pode ser voltar para lá.

— Não me sobrou dinheiro suficiente para isso.

— Você poderia considerar se candidatar para obter um fundo de viagem, a fim de...

— Não.

— Ou eu poderia lhe arranjar um contato mais perto de onde sua família...

— *Não* — ergo a voz. — *Não sem meu irmão.*

Estou me lembrando daquelas cadeiras dobráveis quebradas na minha sala de jantar abandonada, o tapete que não era nosso, a padaria com rostos desconhecidos. Aquele lugar não será um lar novamente até que Abek e eu o transformemos em um.

A sra. Yost reabre a boca, mas a interrompo antes que ela possa falar.

— Posso ver os registros de admissão agora?

Ela parece querer negar, contudo, em vez disso, assente com a cabeça uma vez, com eficiência.

— Uma secretária irá puxá-los para você; daí poderá examiná-los logo após o jantar.

Jantar. A menção do jantar me faz perceber que não tenho outros planos para a noite. Nenhum lugar para ficar, nenhum lugar para ir. A sra. Yost já mencionou que o campo está superlotado.

— E depois... e depois do jantar posso ficar aqui? — pergunto. — Apenas enquanto descubro para onde ir a seguir. Se não tiver uma cama para mim, durmo no chão.

A sra. Yost suspira.

— Não vou colocar você no chão. Siga-me. Vou falar com a pessoa encarregada das designações de moradia e depois encontrarei alguém para acomodá-la.

Pego minha bolsa, e ela pega seu caderno de redação, aquele com o I.G. FARBEN em relevo dourado. Algo sobre o nome ainda me incomoda.

— O que é isso? — pergunto. — O nome em seu caderno?

Ela olha para baixo.

— Antes de este local ser um campo, era uma fábrica farmacêutica. Ainda estou usando alguns dos materiais de escritório que eles deixaram até que nossas próprias remessas cheguem.

— Já ouvi falar de I.G. FARBEN e estou tentando descobrir por quê.

— Zyklon B — ela diz, afinal. — A I.G. FARBEN fabricava o Zyklon B.

Então era daí que eu conhecia o nome. Às vezes, em Birkenau, antes que descobrissem que eu sabia costurar, eu era designada para descarregar caminhões de suprimentos. As latas amarelas de Zyklon B tinham pequenos logotipos na parte inferior identificando o fabricante, I.G. FARBEN.

Zyklon B era um pesticida. Ele vinha em pastilhas que se dissolviam em gás. Ouvi dizer que foi originalmente projetado para matar roedores. Em Birkenau, eu descarregava essas latas, e depois os guardas as levavam para os prédios que chamavam de chuveiros. Colocavam centenas de pessoas lá dentro e usavam o Zyklon B, e funcionava com pessoas também.

Perco toda a noção do tempo enquanto a sra. Yost me conduz para fora de seu escritório. É difícil sentir Föehrenwald como real, é difícil tudo isso parecer real. Eu meio que espero que, se piscar, vou acordar no apartamento da minha família, ainda dormindo ao lado de Dima, ou de volta ao hospital, ainda na enfermaria de garotas destruídas. Mas não estou lá; estou a centenas de quilômetros de casa. Os médicos disseram que eu não estava bem o suficiente para sair do hospital sozinha, mas consegui chegar até aqui sozinha. Minha devastação por Abek não estar aqui é colorida por um pouco de orgulho.

O sol está baixo no céu quando saímos pela porta dos fundos. Ela se abre para uma espécie de pátio de terra batida, entre os prédios da administração. Alguns bancos de madeira demarcam o perímetro e, atrás deles, estão os ramos verdes de uma horta de ervas, o cheiro de endro e salsa. Por trás disso, através de um conjunto de portas duplas abertas, vejo mesas redondas em um prédio que deve ser o refeitório. A rua Michigan, o caminho por onde vim, agora está se enchendo de pessoas, presumivelmente vindas dos campos por onde passei. Não apenas a dúzia que vi lavrando a terra, mas muitos carregando enxadas e pás, reunindo-se ao redor do pátio enquanto conversam e riem. Outros grupos, sem roupas de agricultores, estão se aproximando de diferentes ruas.

— Sra. Yost? — Assim que saímos do prédio, um homem de camisa xadrez aparece, abrindo caminho pelo pátio de terra batida e estendendo a mão. — Sou de Feldafing.

— Claro que é. — A sra. Yost se vira para mim. — Zofia, descul-pe-me. Vou encontrar outra pessoa para lhe mostrar seu bangalô.

Ela examina a multidão.

— Sr. Mueller — ela chama, gesticulando em direção a uma figura solitária sentada em um dos bancos.

O homem que olha para cima é magro e anguloso. Suspensórios sustentam calças que escorregam em seus quadris; um cigarro pende do canto de sua boca. Ele está trabalhando em algo nas mãos, usando uma ferramenta de metal afiada para fazer furos em uma tira de couro. A rédea de um cavalo, acho. O homem a coloca no chão quando a sra. Yost o chama.

— Você poderia vir e levar a valise da senhorita Lederman para a casa de Breine e Esther? — ela pergunta.

De longe, achava que o sr. Mueller era muito mais velho, mas quando ele se aproxima posso ver que é uns poucos anos mais velho do que eu: cabelo escuro e ondulado, olhos cinzentos, um vigor tenso em seu corpo magro. Ele dá uma última tragada no cigarro antes de jogá-lo para o lado.

A maneira como seus lábios carnudos se curvam em torno do papel do cigarro, a maneira como seus quadris giram enquanto ele tritura a guimba na terra batida, a maneira como esfrega um torcicolo no pescoço usando uma mão de dedos longos... Sinto-me corar, o que é seguido no mesmo instante pela surpresa de perceber que ainda sei corar. Há um puxão rápido e urgente no meu ventre, e isso também é uma sensação que pensei ter desaparecido. Não havia sobrado o suficiente do meu corpo, pensei, para fabricar a sensação.

O sr. Mueller levanta as sobrancelhas em uma breve saudação quando chega até mim.

— Olá — cumprimento, e então tenho certeza no mesmo instante de que o rubor está na minha voz também, e que todos ao meu redor podem percebê-lo.

Ele acabou de se inclinar para pegar a alça da minha valise quando vejo seu pescoço endurecer.

— O que disse? — ele pergunta, baixinho, em alemão.

— Eu... eu não... — gaguejo.

Mas ele não está falando comigo; está falando com outro homem por quem passou no pátio, um grandalhão de peito largo e belos dentes brancos.

— O que disse? — o sr. Mueller repete, desta vez virando-se para o homem.

Ele larga minha valise e caminha de volta para o grandalhão. Suas madeixas bagunçadas grudam na nuca; seu colarinho está úmido de suor. Não consigo ouvir o que falam os dois homens no meio do pátio, apenas que o homem de dentes brancos parece zangado e desdenhoso, enquanto o sr. Mueller é indecifrável. Ao meu redor, outras pessoas notaram a conversa e, a metros de distância, a sra. Yost, que havia começado a tratar com o representante do outro campo, faz uma pausa, tentando decidir se deve intervir.

O homem maior faz um gesto rude. O sr. Mueller o devolve, mas depois começa a se afastar. Parece que a conversa acabou, e abro os punhos que não sabia que tinha apertado. Mas, então, sem aviso — com algo quase imperceptível passando por seu rosto —, o sr. Mueller se vira outra vez. Acontece rápido demais para eu registrar o movimento completo; tudo o que sei é que vejo um borrão, e então o sangue jorra do nariz do homem maior.

O grandalhão avança com os braços estendidos e atinge o sr. Mueller com todo o peso de seu corpo. O sr. Mueller se levanta, mas mal consegue se manter em pé. Esquiva-se do primeiro soco, mas o segundo do outro homem acerta logo abaixo de sua sobrancelha. Leva um terceiro na caixa torácica. Ele não é um lutador intuitivo, até eu posso afirmar isso, e o outro homem o supera em altura pelo menos dez centímetros.

Ao redor do perímetro do pátio, portas e janelas se abrem enquanto as pessoas se inclinam para ver a origem da comoção. Agora, eles estão no chão, o homem grande em cima do sr. Mueller, escarranchado em seu peito e prendendo-lhe os braços ao lado do corpo. A mão do homem maior esmaga a lateral do rosto do sr. Mueller no chão, e as pernas do sr. Mueller se debatem impotentes, arrastando-se loucamente na terra.

Levante-se, penso.

Não sei por que ele deu o primeiro soco, não sei por que começou essa luta, não sei por que não desiste e implora por misericórdia.

— Cavalheiros! — a sra. Yost grita, e depois para alguém que não consigo ver: — Vá chamar um policial. — Mas será tarde demais. Quando o policial chegar, o sr. Mueller terá ficado sem oxigênio, estará morto.

SEPARADOS PELO HOLOCAUSTO

Eu deveria ajudá-lo, mas não consigo me mexer. *Feche os olhos*, instruo a mim mesma, mas minhas pálpebras não funcionam. *Cubra os olhos*, tento. *Use as mãos e cubra-os fisicamente. Faça isso agora.*

Eu deveria ajudá-lo, mas não consigo me mexer, porque se pudesse me mexer, eu o teria ajudado e não o ajudei, então isso deve significar que não consigo me mexer, e tudo o que posso fazer é olhar e olhar, como se a luta estivesse longe, como se estivesse acontecendo num filme.

Estou desaparecendo, mergulhando em mim mesma, não consigo fazer meu cérebro parar e, então, quando penso que vou testemunhar algo horrível, o sr. Mueller libera um de seus braços. Ele o recua para impulso e, com o polegar e o indicador em forma de L, bate a mão na traqueia do homem maior.

As mãos do grandalhão voam para o pescoço; seu rosto fica verme-lho-púrpura, e sua respiração vem em guinchos de porco enquanto ele tenta sugar o ar. O sr. Mueller sai de baixo dele. Com o peito arfando, cambaleia até o banco, até a afiada ferramenta perfuradora de couro que estava usando antes. Não a ergue, mas deixa as mãos no cabo, um aviso de que a usará se precisar.

Observando-o, algo mexe com meu cérebro. Um pensamento, uma recordação tentando romper minha espiral, trazer-me de volta a mim mesma. *Sr. Mueller. Sosnowiec no verão. Calor, os dias mais quentes, filas. Meu pai.*

Será que conheço esse homem? Certamente não — não tem como —, mas algo que acabei de vê-lo fazer me lembra — o quê? *Sosnowiec no verão, em pé.* As imagens são vagas demais para eu me agarrar; nem tenho certeza se são reais.

Revejo tudo o que acabou de acontecer, cada momento desde que vi o sr. Mueller se levantar para pegar minha valise, até este instante, agora, quando enxuga a sobrancelha ensanguentada com a bainha da camisa enquanto observa cautelosamente o pátio. Mas está perdido. Tudo o que eu achava que parecia familiar sobre ele desapareceu novamente, se é que alguma vez existiu.

Contenho a frustração. Exatamente quando me parabenizava por ter conseguido chegar a este campo sozinha, quando me atrevi a pensar que estava mostrando progresso. Por que meu cérebro está tão falho e castigado? Por que me trai?

De volta ao meio do pátio, o grandalhão está de quatro. Os dois amigos com quem estava antes correm até ele, agarram-no pelos braços e levantam-no.

Ergo a vista. O sr. Mueller está diante de mim novamente, sua mão estendida. Há um arranhão em seus dedos. Sua camisa está suja da terra batida, dois botões foram arrancados e o bolso do peito está pendurado, meio rasgado. Ele gesticula com a mão outra vez.

— Sua bagagem.

Ele é mais alto do que eu uns três centímetros. Seus olhos, que eu achava que eram apenas cinzentos, agora posso ver que também têm entremeado um tom de marrom, uma cor escura, dura e difícil de ler. Eu deveria estar com nojo dele agora, depois de vê-lo começar a luta. O aperto em meu ventre deveria ter desaparecido. Não desapareceu, no entanto. Sou cautelosa perto dele, mas ainda não consigo parar de olhar.

— Minha bagagem? — repito estupidamente.

— A sra. Yost me pediu. Para carregar. Sua bagagem. — Ele diz isso muito lentamente desta vez, com uma sobrancelha levantada.

— Ah, mas você não precisa — começo a dizer. — Não depois...

— Eu disse que o faria — ele se limita a responder, pegando a valise antes que eu proteste outra vez. Não espera que eu o siga, e, quando não vejo a sra. Yost por perto para dar instruções em contrário, rapidamente corro atrás dele.

Ele percorre fileiras de chalés, verificando uma vez para ter certeza de que posso acompanhá-lo, mas não repete o gesto. Acelero meus passos para poder andar ao lado dele, um pouco ofegante com o esforço.

— Aquele homem fez algo com você? — pergunto, sem fôlego.

Sem diminuir o passo.

— Você não acabou de ver a luta? Eu diria que ele fez algo comigo.

— Sim, o que eu quis dizer foi...

— Ele machucou o meu peito. Ele cheira a mijo e estava em cima de mim, então provavelmente me fez cheirar a mijo também. — Ele enfatiza a palavra *mijo*. Para me chocar, penso, ou me repelir, para eu parar de fazer perguntas.

Enquanto nos apressamos, tento prestar atenção no percurso e em tudo ao longo dele: uma estrutura de madeira para onde mulheres carregam cestos de roupa suja. Um edifício maior, com uma placa onde

SEPARADOS PELO HOLOCAUSTO

se lê FORMAÇÃO PROFISSIONAL. Föehrenwald se parece mais com uma cidade do que eu imaginava.

— O que eu *quis dizer...* e acho que você sabe disso... foi: aquele homem fez algo com você *antes* da luta? — esclareço. — Existe uma razão para você bater nele? Ou você tenta bater em todas as coisas que *cheiram a mijo?*

Sua boca se contrai.

— Coisas com cheiro de mijo? O que é uma coisa com cheiro de mijo em que eu poderia bater?

— Um... uma cabra. Você poderia bater em uma cabra.

— Uma cabra — ele repete monotonamente.

— Ou uma latrina em si — digo de maneira teimosa. — Uma latrina seria uma coisa muito fedorenta para você socar.

— Como, exatamente, eu socaria uma latrina?

— Molhando-se — respondo. Não consigo explicar por que sua indiferença me deixa tão ousada, mas sinto a necessidade de mostrar a ele que não estou acuada ou intimidada por seus palavrões ou sua briga. — Se você esmurrasse uma latrina, provavelmente respingaria.

O sr. Mueller ri, agudo e em *staccato*, como se o som e o ato o surpreendessem. É uma risada agradável: irônica porém cheia; mas para quase imediatamente. Rearranja a boca de volta em uma expressão séria antes mesmo de eu sorrir, como se esperasse que eu não notasse a risada.

— Desculpe, mas já o vi antes? — pergunto.

Uma olhadinha de lado.

— Acho que não.

— Você me pareceu familiar, mas foi muito fugaz. Por um segundo, pensei que poderia conhecê-lo de casa (sou de Sosnowiec), porém seu alemão não tem sotaque polonês.

— Não sou de Sosnowiec.

— Achei que não. Você é alemão? Eu o conheço de algum outro lugar? Você estava em...

— Eu estava onde? — Ele para agora, de frente para mim, e algo em sua pergunta é um desafio.

Não consigo terminar minha frase. O que eu ia perguntar a ele? *Você estava em Birkenau, um dos homens forçados a cavar covas para os companheiros de beliche que morriam ao seu redor todas as noites? Eu vi você trabalhando no lado masculino de Gross-Rosen, com merda escorrendo pelas pernas porque o tifo fez você perder o controle de seus intestinos?*

Nem todo mundo quer falar sobre o que lhes aconteceu. No hospital, a mulher que chamávamos de Bissel falava apenas sobre "estar longe" de casa. Como se estivesse na universidade ou em uma longa viagem. Ela falou sobre querer encontrar um presente para sua filhinha escondida. Disse que a filha estava esperando por ela em uma pequena casa de fazenda alemã em algum lugar, sob os cuidados de um gentil casal de idosos. Eu nunca soube se a casa da fazenda ou a filha realmente existiam. Bissel dizia isso enquanto havia buracos em suas pernas devido aos experimentos que os médicos realizaram nela em Ravensbrück; sua mente estava inconsistente como algodão-doce devido à tortura a que tinha sido submetida. Eu nunca soube realmente no que podia acreditar.

O sr. Mueller sai andando novamente, e vou atrás dele. Ele vira outra esquina. Estou tentando me lembrar de todas as voltas que demos desde que saímos do prédio principal. Volto a falar, mas de forma cuidadosa:

— É só que algo em você lá atrás pareceu muito familiar. Talvez tenha sido a maneira como você se moveu, ou algo que fez…

— Não sou de Sosnowiec e acho que não nos conhecemos antes. Não sou polonês e não estava em nenhum lugar sobre o qual queira falar. — Ele perdeu a paciência. Estou deixando-o desconfortável. Devo parecer louca.

— Peço desculpas, então — pontuo. — Minha mente deve estar me pregando peças. Fico confusa, às vezes. Fiquei confusa lá atrás.

— Algo mais?

Algo mais… A princípio, achei que ele quis dizer: *Você tem mais perguntas?* Mas, então, percebo que paramos na frente de uma cabana branca quadrada com uma porta simples de madeira à esquerda e uma janela à direita.

— É aqui que a sra. Yost queria que eu trouxesse você. — Ele empurra a porta para dentro e me entrega minha valise. Vejo que ele não pretende me seguir enquanto acena com a cabeça em adeus. — Senhorita Lederman.

— Espere — peço, não querendo que ele saia ainda e não tendo uma boa razão para pedir-lhe que fique. — Meu nome é Zofia.

Estendo a mão, caso ele queira apertá-la para uma saudação formal.

— Sou Josef — diz brevemente e, quando se vira para ir embora, minha mão ainda está pendurada no ar.

Então, estou sozinha de novo. Sozinha e longe de casa, e deixada com o peso e a realidade da minha decisão. Meu pé ruim dói de correr atrás de Josef. É uma dor fantasma, do tipo que ainda parece viva nos dedos dos pés que não estão mais lá. Nenhuma quantidade de cataplasmas quentes ou aspirina em pó pode dar jeito numa dor quando vem de fantasmas.

Examino o pequeno chalé. Piso de madeira simples. Janela com cortina de serapilheira de frente para o caminho de terra que trilhamos. No cômodo em que estou, há uma pia, mas não há fogão nem geladeira. Em vez disso, duas camas de solteiro cobertas com colchas desbotadas e cuidadosamente dobradas, cada uma delas com uma mesinha de cabeceira simples na qual estão alguns itens pessoais: uma fotografia, uma escova de cabelo, uma pilha de papéis de carta em branco e uma caneta-tinteiro. Uma escrivaninha se alinha na parede lateral. Nos fundos, uma porta leva a um segundo quarto — mais três camas e mesinhas de cabeceira, uma escrivaninha, uma mesa com uma bacia para água. Em uma das mesinhas de cabeceira há uma pilha de revistas usadas, com bordas amareladas e onduladas; em outra, há uma pilha de livros.

A terceira não tem nada. Suponho que seja a que devo usar, então esvazio meus pertences na gaveta da mesa de cabeceira e sento na cama. A parede é de um branco encardido; acima da cama, posso distinguir o vago contorno de algo que costumava ficar pendurado ali.

— Era uma cruz de ferro. — Uma mulher alta e ruiva entra pela porta, senta-se na cama que acompanha as revistas e começa a desamarrar os sapatos. São botas de trabalho pesadas, parecendo desajeitadas em suas panturrilhas delicadas. Seu vestido é de um rosa desbotado e desgastado.

— Ah — comento. — Você viu...

— Estavam em todos os chalés. A ONU tentou removê-las para nós antes de chegarmos aqui, mas deixaram escapar algumas nos quartos dos fundos. Eu mesma tirei aquela da parede e alguns rapazes jogaram uma pilha delas em uma fogueira.

— Você é Breine ou Esther?

Ela levanta a vista dos cadarços.

— Breine. Sim, desculpe... Não quis ser rude. E você também vai me perdoar por não apertar sua mão. — Ela ergue as mãos para me mostrar as palmas, calejadas e cobertas de terra. Era uma das garotas que vi lá fora, plantando o jardim. Seu rosto está vermelho do sol; a pele, descascando no nariz.

Aponto para o meu peito.

— Zofia. Fui designada para ficar neste chalé. A sra. Yost provavelmente lhe disse que eu estava aqui.

— Não a vi desde que voltei, na verdade. Mas passei por Josef no caminho; ele disse que tínhamos uma nova colega de quarto e que eu deveria lhe mostrar a casa. Então, meu nome é Breine; Esther dorme nessa outra cama, e no quarto da frente estão duas holandesas, Miriam e Judith. Ambas são legais; Judith fala alemão melhor do que Miriam.

A maneira como ela diz o nome de Josef faz parecer que eles são amigos, ou pelo menos que ela sabe algo sobre ele. Tenho vontade de perguntar mais, mas não quero ser intrometida ou óbvia.

— Está plantando uma horta? — pergunto em vez disso.

A garota confirma com a cabeça, tirando as botas e estremecendo enquanto pega um pé entre as mãos, massageia o arco e balança os artelhos.

— Alguns de nós. Nosso próprio e pequeno experimento. Repolho, cenoura, batata, cebola. Se tudo crescer. Nunca fiz nada assim antes, mas alguns dos outros já.

— Que coisa boa.

— Melhor não depender do racionamento. Não temos frutas, ovos nem manteiga, nada fresco aqui, na verdade. Então estamos plantando. Talvez haja beterraba no meu casamento.

— Você está noiva? Muitas felicidades.

O rosto de Breine cora de satisfação; ela esperava que eu perguntasse mais alguma coisa depois disso.

— Vou lhe mostrar minha aliança; mostro-a a todos. Estão todos cansados disso agora. — Desviando a atenção dos pés doloridos, desabotoa o botão de cima do vestido, onde há uma pequena bolsa pendurada no pescoço, presa a uma tira de couro. Ela sacode o conteúdo na palma da mão: uma aliança de ouro enrolada com barbante, como se faz com uma joia maior do que o dedo, de modo que dê para usá-la.

— Era da mãe de Chaim — explica. — Ele conseguiu conservá-la.

Ela me entrega a aliança, e percebo que devo admirá-la.

— É linda — elogio, virando-a na mão. — Espero que você tenha um lindo casamento.

— Você estará lá. Todo o campo virá para a cerimônia.

— Será aqui?

— Mês que vem, acho. Nós íamos realizá-lo de imediato, mas na quinta-feira passada tive notícias de um tio que eu não sabia que havia sobrevivido. Ele é a única família que temos. Estamos esperando que ele viaje para cá, e aí faremos o casamento. — Devolvo a aliança, e Breine a coloca de volta na bolsa.

— Vamos jantar? — Breine vai até a mesa no canto do quarto e começa a esfregar o rosto e o pescoço com a água da jarra. — Esther e eu costumamos ir às cinco e meia (ela deve voltar de suas aulas em breve) e encontramos Chaim e seus colegas de quarto, exceto Josef, que... Ah, você já conheceu Josef.

Finjo arrumar meus pertences na gaveta, embora tenha feito isso antes de Breine entrar, e tento manter meu tom de voz indiferente.

— Por que Josef não come com vocês?

Breine dá de ombros, passando uma escova pelo cabelo.

— Prefere comer sozinho. Chaim diz que é um companheiro de quarto perfeito. Na maior parte do tempo, fica na dele.

— Ele entrou em uma briga. Pouco antes de me escoltar até aqui.

Procuro surpresa em seu rosto, mas, em vez disso, ela apenas suspira.

— Josef faz isso.

— Josef entra em brigas? Por quê?

— Não sei. Não acho que ele… não conheço toda a história dele e, como falei, Chaim diz que é um companheiro de quarto perfeito. Mas alguns de nós não estão totalmente sãos da cabeça. A guerra acabou, e alguns de nós estão fisicamente aqui, mas nem todos estão mentalmente *aqui*. Sabe?

Eu sei — claro que sei — e sinto um momento de admiração por Breine não perceber imediatamente que também estou nessa categoria, daqueles que estão aqui e ao mesmo tempo não estão. Mas ela não espera que eu responda, afastando-se de mim e amarrando as botas.

— Vamos comer — convida quando termina. — Estou faminta; e você?

Não estou. A exaustão física que senti antes voltou; quero deitar nesta cama macia sob esta colcha limpa. A simpatia de Breine é uma coisa boa, mas também sufocante.

Entretanto, não comi nada durante a maior parte do dia, por isso deixo Breine me levar de volta ao refeitório, onde me apresenta a Esther, uma mulher pequena de óculos lendo um livro enquanto espera na fila. Ela é menos tagarela do que Breine, mas não menos gentil, sorrindo para mim timidamente e perguntando de onde sou.

— Sosnowiec? — Breine exclama quando dou o nome da minha cidade natal. — Eu tinha primos em Sosnowiec. Os distantes. Você conhecia algum Abramski? Ou talvez, não importa. Acho que os Abramski moravam em Sochaczew.

— Breine — Esther suspira —, você a acompanhou até aqui. Não lhe perguntou antes de onde ela era?

— Perguntei — ela insiste. — Eu achava que tinha perguntado. — Meneio a cabeça. — Não perguntei?

— Você fez *alguma* pergunta a ela ou só falou? — Esther pergunta.

— Só falei — Breine diz. — Admito totalmente; só falei.

— *Breine.* — Esther balança a cabeça, mas há amor no gesto: ela age como a babá sensata, e Breine, como a criança estouvada.

O refeitório é o prédio que eu tinha visto antes, comprido e baixo. Fazemos fila para carnes e vegetais moles de latas: rações C, explica Breine, fornecidas pelos soldados americanos ocupantes.

Depois que nossos pratos estão cheios, ela e Esther me levam a uma mesa redonda no canto, onde o noivo de Breine está guardando lugares. Chaim, um homem magro, de cabelos claros, com gagueira nas consoantes e sotaque húngaro no alemão, apresenta-me a seus colegas, cujos nomes esqueço quase de imediato.

Deve haver centenas de pessoas ali. Breine havia dito que ela e Esther gostavam de ir cedo para evitar a multidão, mas uma longa fila ainda serpenteia quase até a porta. Eu me pergunto se todo mundo chega cedo; eu me pergunto se todos nós ainda tememos que a comida acabe.

Percorro a fila com os olhos até o fim, onde a última pessoa esperando é Josef. Cabelo ainda rebelde. Calças ainda deslizam sobre seus ossos magros do quadril. Mãos alisam o maxilar, onde deve ter se machucado na briga.

É peculiar: suponho que Josef esteja no fim da fila porque acabou de chegar, mas quando o examino por mais tempo, vejo que não está avançando. Toda vez que uma nova pessoa entra pela porta, ele gesticula para a frente, a fim de que seja sempre o último da fila.

Por fim, quando ninguém mais entra pela porta, Josef pega seu próprio prato e o leva, como Breine previu, não até nós. Ele come com agilidade, ombros curvados sobre o prato, olhos baixos.

Qualquer coisa familiar que pensei ter visto nele desapareceu. Josef é apenas um rapaz agora. Mas estou tentando ajustar o rapaz excessivamente educado que se mantém no fim da fila com o que vi antes, socando com violência a garganta de outro homem. Fico pensando se eu teria imaginado a cena, mas ele está vestindo a mesma camisa, com a mancha de sangue cor de ferrugem na bainha.

Breine percebe que estou observando tudo isso e cutuca Chaim.

— Zofia diz que Josef entrou em uma briga.

— V-verdade. M-mas foi com Rudolf.

O restante da mesa geme; essa informação significa algo, não para mim.

— Quem é Rudolf? — pergunto.

Breine aperta o braço de Chaim.

— Conte a ela — ela o encoraja.

— C-conte você.

— Gosto mais da sua voz.

Chaim balança a cabeça, mas está sorrindo. Eu o vejo pegar a mão de Breine debaixo da mesa. Ela espera mais um pouco para ter certeza de que Chaim não vai falar.

— Tudo bem. Ninguém se importa se Josef brigou com Rudolf, porque ele é um colaboracionista. Ofereceu sua casa para a Gestapo. Mantiveram-no cevado durante toda a guerra. Só está aqui agora porque sua rua foi bombardeada quando os Aliados chegaram. Para ser sincero, essa é a característica das brigas de Josef. Você sabe que são terríveis. Mas, então, descobre com quem ele estava brigando e gostaria de ter feito isso primeiro.

Estou confusa.

— Os alemães deixaram Rudolf *ficar* em sua casa? Eles não se apossaram dela simplesmente? Ele os subornou?

Na minha cidade, mesmo no início da guerra, se a Gestapo quisesse algo que fosse propriedade de uma família judia, eles não pediam para compartilhar. Simplesmente decidiam que era deles.

Breine enche a boca de repolho e depois gesticula para Esther responder.

— Rudolf não é judeu — diz Esther, cortando sua comida em pequenas porções.

— O que você quer dizer?

Breine tosse.

— Várias pessoas aqui não são. Tecnicamente, esta não é uma instalação para judeus, é apenas uma instalação para pessoas deslocadas. Tecnicamente, Rudolf foi deslocado de sua casa. E também outros alemães cujas casas foram bombardeadas na invasão dos Aliados.

— Todos eles… todos eles co…

— Não — responde ela, adivinhando a minha pergunta. — Nem todos trabalharam para os nazistas.

Minha mente ainda está se recuperando disso. Talvez nem todos abrigassem a Gestapo, mas alguns podem ter nos entregado, revelado nossos esconderijos em troca de dinheiro ou favor. Ou colocaram suásticas em seus vasos de plantas. Alguns podem ter ficado surpresos por estarmos de volta, porque pensaram que nunca mais precisariam nos ver.

Mas aqui estamos nós. E agora devemos conviver com pessoas que desejaram nossa morte ou fizeram vista grossa enquanto isso acontecia.

Dou uma olhada furtiva para Josef, ainda de cabeça baixa, terminando mecanicamente a comida em seu prato.

— Vamos falar sobre outra coisa — Esther sugere.

— Zofia está aqui procurando pelo irmão — Breine revela a todos à mesa. — Abek. Todos vocês perguntem a seus amigos aqui se eles conhecem algum garoto chamado Abek.

— E vocês… algum de vocês ainda está procurando pessoas? — pergunto, pensando nos fichários e papéis espalhados sobre a mesa da sra. Yost.

Um silêncio se abate sobre a mesa. Chaim e Breine encaram seus pratos; ela já me disse que seu tio era o último familiar que eles tinham.

— Não vejo minha esposa desde que separaram as mulheres em Dachau — conta um homem que parece jovem demais para ter uma esposa. — O irmão dela e eu vamos ficar aqui até eu saber o que aconteceu com ela.

— Meu pai ia mandar buscar minha mãe e eu quando chegasse à Inglaterra — compartilha uma bela mulher que se apresentou a mim como Judith, uma das ocupantes do quarto da frente de nosso chalé. — Estou tentando avisar que minha mãe está… que ele ainda pode mandar me buscar.

— Mas tem certeza de que ele chegou lá? — pergunto.

— A última rodada de vistos — diz ela. — Ainda não consegui falar com ele, mas eu mesma o vi entrar no navio.

Contornamos a mesa. Os pais de Esther estão mortos. Um menino chamado Nev ainda está tentando encontrar os dele. Um homem chamado Ravid parou de procurar, assim como sua noiva, Rebekah, a quem ele protege com o braço.

— Mas, às vezes, acontece — comenta Breine. — Zofia, a garota que ficou em sua cama antes de você… Chaya. Ela encontrou a mãe e um irmão. Acontece para algumas pessoas.

Uma cadeira range. É Miriam, colega de quarto de Judith em nosso chalé, uma garota baixinha e sardenta da minha idade, levantando-se abruptamente da cadeira.

— Preciso escrever minhas cartas — ela murmura, pegando sua bandeja apressadamente. — Peço desculpas.

— Miriam — Judith começa, estendendo a mão e falando de modo veloz com ela em holandês.

— Não, preciso ir — ela insiste, e embora o restante de sua frase esteja em um idioma diferente, entendo a culpa e o pânico em seu rosto, a sensação de que não escreveu cartas suficientes.

A garota se afasta rapidamente, os saltos batendo no chão. Estraguei todo o clima da mesa com minha pergunta. Todos observamos Miriam partir.

— Eu não deveria ter perguntado isso — digo. — Ela não queria falar.

Judith limpa a garganta.

— Sua irmã gêmea — ela explica. — Os médicos fizeram experimentos em ambas. Miriam era o controle; sua irmã foi a que eles machucaram.

Minha garganta começa a fechar. *A que eles machucaram.*

— Na liberação, sua irmã foi levada para um hospital a fim de se recuperar — continua Judith. — Mas Miriam recebeu a informação errada sobre a localização e não conseguiu encontrá-la desde então. E agora escreve...

— Dez cartas por dia — termino.

Dez cartas por dia. Miriam deve ser a moça que a sra. Yost mencionou mais cedo. Ela viu a irmã faz apenas alguns meses, mas agora é como se tivesse desaparecido.

— Vamos falar sobre outra coisa — Esther insiste.

— Sinto muito — repito. — Eu não deveria ter...

— Você não sabia. — Ela coloca a mão no meu braço.

— Não se desculpe — Breine reafirma. — Todos nós queremos falar sobre isso e não falar sobre isso o tempo todo. Nós odiamos falar sobre isso e não sabemos como falar sobre qualquer outra coisa.

Chaim coloca o braço em volta de sua noiva e sorri para ela com os olhos lacrimejantes.

— Por enquanto, vamos apenas falar sobre outra coisa, sim? — Ela olha ao redor da mesa em busca de aprovação, e todos concordam. — Eu poderia, por exemplo, contar sobre o meu *casamento*. — A mesa toda geme; a piada de Breine tem o efeito pretendido de aliviar o clima. — Ou podemos brincar do jogo mais alegre: o que você vai fazer quando sair daqui? — Ela se vira para mim. — Zofia, você é a novata. Você começa.

— Quando eu sair daqui — começo devagar. — Quando eu sair daqui, será com Abek, e iremos para casa, em Sosnowiec.

— Onde posso ou não ter primos distantes — Breine acrescenta.

— Para onde todos vocês vão?— devolvo a pergunta. — Chaim e Breine, depois do casamento, para qual terra natal vocês retornarão?

Breine brilha ao olhar para Chaim.

— Assim que a Grã-Bretanha afrouxar as leis de imigração, iremos para Eretz Israel. A maioria de nós irá, na verdade; a maioria de nós na mesa.

— Palestina? — pergunto.

Ela abana suas unhas cheias de terra na minha frente.

— É por isso que estamos aprendendo a cultivar. Queremos estar prontos para cultivar nossa própria terra quando chegarmos lá.

Chaim roça com carinho os nós dos dedos sob o queixo de Breine.

— Ela é p-péssima nisso.

— Com licença. Eu nunca tinha estado em uma fazenda até chegar aqui.

— Sou pior do que ela.

— É por isso que estamos praticando agora — diz um dos colegas de quarto de Chaim, o homem de aparência séria que se apresentou como Ravid. Ele limpa a garganta, calando a todos, e então se vira para mim, levantando o copo. — Espero que você encontre seu irmão logo. Que *todos* possamos encontrar o que procuramos em breve. *L'Chaim*.

L'Chaim.

A frase me atinge com uma pontada tão aguda e inesperada que quase me tira o fôlego.

Costumávamos brindar assim em casamentos e aniversários, em eventos felizes. Uma noite em Gross-Rosen, em que eu não conseguia dormir por causa do estômago roncando e das pulgas na minha pele, uma de minhas companheiras de beliche, uma mulher que eu mal conhecia, jogou os braços em volta de mim enquanto eu me revirava em agonia na palete de madeira.

L'Chaim, ela sussurrou. *Hoje é meu vigésimo quinto aniversário de casamento.* Então, riu amargamente.

— *L'Chaim* — a mesa repete agora. Breine com a boca cheia de novo, Chaim com seu rubor tímido e Esther, séria e sincera.

Levantamos nossos copos.

À vida.

Depois do jantar, em vez de voltar para o chalé com Breine e Esther, vou até o prédio da administração para verificar os registros de admissão, mesmo a sra. Yost já me dizendo que não haverá vestígio de Abek.

Tento não esperar nada. Tento esperar menos do que nada, se é possível esperar isso. Lembro-me de que a irmã gêmea de Miriam estava viva, sobreviveu e ainda desapareceu sem deixar rastro, deixando Miriam sozinha para escrever cartas intermináveis.

O escritório de Busca de Pessoas Desaparecidas, que antes eu achara bagunçado, agora está em completa desordem. Pilhas de papéis oscilam não apenas na mesa da sra. Yost, mas também no chão — alguns manuscritos, alguns datilografados com anotações rabiscadas nas margens. Ela também não está sozinha. Um homem está sentado na cadeira onde eu me sentei antes. Ele é esbelto, com sobrancelhas de lagarta, e está segurando um livro pesado.

Bato de leve no batente da porta, mas fico do lado de fora da soleira.

— Posso voltar mais tarde.

— Não, entre agora — pede ela, levantando-se do próprio assento e gesticulando para mim, indicando-o.

— Este é o sr. Ohrmann. Sr. Ohrmann, esta é a srta. Zofia Lederman.

— Como vai?

— O sr. Ohrmann trabalha com uma das organizações que mencionei anteriormente, o escritório de Pessoas Desaparecidas em Munique — continua a sra. Yost. — Ele vem aqui uma vez por semana para examinar casos em aberto, e também lhe apresento novos. Hoje contei a ele sobre o seu.

— É mesmo?

— Como é de se esperar, há muitos casos em aberto — continua ela. — Muitas pistas parecem promissoras, mas não levam a lugar algum.

A sra. Yost, tão direta e franca quando falei com ela esta tarde, agora parece evitar algo. Um bolo de nervosismo começa a crescer no meu estômago.

— Você está dizendo que há uma pista? — pergunto.

— Bem — ela começa, parecendo um pouco angustiada. O sr. Ohrmann limpa a garganta, sinalizando que vai assumir.

— *Frau* Yost provavelmente também lhe disse que não existe um sistema central para localizar pessoas desaparecidas; não é um processo científico. E com o seu caso, encontramos algo que complica ainda mais a situação. Uma… informação ambígua.

Meu coração já está batendo forte.

— Não entendo. Como uma informação pode ser ambígua? Você encontrou meu irmão ou não?

Ele suspira.

— Acho que é mais fácil apenas orientá-la.

Ele gesticula para que eu me aproxime da mesa e, enquanto a sra. Yost tira pilhas de papel do caminho, o sr. Ohrmann coloca o livro em cima.

Posso ver agora que são cópias de páginas de um livro-razão, com linhas e colunas. Na página em que o livro está aberto, uma caligrafia rendilhada percorre dois terços de uma página e, em seguida, uma escrita forte a substitui pelo terço final. A caligrafia de uma pessoa diferente.

— Estes são registros de chegada a Dachau, o período em que os trens de Birkenau teriam chegado — diz Ohrmann.

Minha boca está como algodão, seca e grossa.

— Onde ele está? — Curvo-me com tanta agilidade que empurro o sr. Ohrmann enquanto tento decifrar os nomes nesta página do livro.

— Em geral, os nazistas mantinham registros muito bons — conta ele, afastando o livro um pouco, forçando-me a olhar para ele enquanto prossegue. — Mas o que descobrimos é que nem sempre: varia de campo para campo ou de comandante para comandante. Às vezes, depende do guarda: quanta educação ele teve. O quanto estava familiarizado com as línguas faladas pelos prisioneiros que chegaram naquele dia. Se ele não estivesse familiarizado com o idioma, é mais provável que redigisse errado o nome dos prisioneiros.

Ele hesita, olhando para a sra. Yost para confirmação antes de continuar.

— Só quero explicar tudo isso. Não tenho certeza se vale a pena aumentar suas esperanças. Não temos registro de um Abek Lederman chegando a Dachau — diz ele.

Só agora ele empurra o livro de volta para mim novamente. Seu dedo indicador bem manicurado percorre a página até a linha antes de a caligrafia ornamentada ser interrompida. Perto dessas últimas fileiras, no fim do turno do guarda, a escrita fica mais confusa; os pontos do *i* ficam borrados e desiguais.

— Aqui — diz ele. — Alek Federman. De quatorze anos.

A percepção vem a mim lentamente.

— Você acha que o guarda escreveu o nome errado?

O sr. Ohrmann não diz nada.

— Um *L* manuscrito pode parecer um *B* manuscrito — digo.

— E Alek é um nome muito mais comum, pelo menos na Alemanha — ele interrompe, embora sua voz esteja relutante, como se não quisesse dar falsas esperanças. — E Federman é um sobrenome igualmente comum. *Pode* ser que alguém tenha escrito errado a ponto de ficar desse jeito.

Será o meu irmão? Meu cérebro não salta para abraçar a possibilidade tão rapidamente quanto pensei que faria. Parte de mim acha que isso soa muito desesperado: as pessoas não deveriam ser capazes de encontrar ou não seus irmãos com base no fato de saberem ou não que Alek é o nome mais comum na Alemanha.

Mas quero acreditar. No mínimo, sei que é possível. Se as chegadas a Dachau fossem parecidas com as chegadas aos campos para os quais fui enviada, é claro que haveria espaço naquele inferno para erros. Foi tudo um erro.

Corro os dedos sobre a caligrafia seca e meticulosa.

— O que aconteceu com ele depois? Para onde foi Alek Federman?

O sr. Ohrmann baixa a cabeça, desculpando-se.

— Não sei. Até agora, encontrei apenas a referência à sua chegada ao campo. Ele não está na lista de prisioneiros presentes na liberação.

— Então, ele entrou, mas não saiu?

— Ele não está incluído nas listas dos mortos — ele se apressa em acrescentar. — Simplesmente não está em outras listas.

— Então, poderia ter ido a qualquer lugar. Poderia ter ido para qualquer outro campo na Europa?

— Não a qualquer lugar — o sr. Ohrmann corrige, cuidadoso. — No momento que essas chegadas aconteceram, a Rússia havia se deslocado pelo leste da Polônia, os Estados Unidos haviam passado pela França. O Reich encolhia. Alek Federman, se foi transferido para outro campo antes de Dachau ser liberado, não poderia ter ido para *nenhum* deles.

— Entendo. — Em minha mente, imagino um mapa da Europa com um círculo no topo. Tento imaginar aquele círculo ficando menor. Só tenho de olhar dentro do círculo. Só tenho de descobrir quanta terra há dentro. — Então, para onde *eu* vou em seguida?

A sra. Yost agora se inclina para voltar à conversa.

— Em seguida, deve escrever cartas. Vou lhe dar uma lista de todas as organizações que conhecemos. A carta para a organização do sr. Ohrmann, você pode deixar com ele amanhã, mas então podemos começar...

— Vou fazer isso hoje à noite; mas, depois, para onde vou?

— As cartas são sua melhor solução.

— Assim como Miriam? — retruco, mais incisivamente do que pretendia. — Como Miriam escrevendo todas aquelas cartas sobre sua irmã? Vou escrever as cartas. Vou escrever cartas até meus dedos ficarem em carne viva. Não durmo muito mesmo... Mas, depois, para onde *vou*? Este é um lugar para adultos; há um campo para crianças? Um campo de deslocados diferente para onde eu poderia ir?

Isso é grosseiro; percebo isso em algum nível. E exigente em excesso com uma mulher que mal conheço. Mas não posso voltar e apenas escrever cartas. Terei muito tempo para pensar e meu cérebro ficará em loop. Não posso ficar sozinha com meus pensamentos.

A sra. Yost olha para o sr. Ohrmann, seu rosto estampando: *Eu lhe falei sobre este caso.*

— Existem campos para crianças — replica ela. — Mas são como aqui: as crianças passam por eles. Ao chegarem, são recuperadas, adotadas ou seguem em frente.

— Ainda assim — insisto. — Para qual campo as crianças de Dachau teriam sido enviadas?

Sua boca se estreita em uma linha fina; é o sr. Ohrmann quem responde:

— Há alguns na zona americana. O mais próximo fica a quarenta ou cinquenta quilômetros daqui.

— Ótimo. — Encontro uma folha de papel em branco naquela mesa bagunçada e uma caneta-tinteiro vazando e pegajosa com a tinta que se derramou ao redor da ponta. — Diga-me o nome do mais próximo, por favor. Vou encontrar alguém para me levar esta noite.

— Você também pode escrever uma carta para aquele lugar com a mesma facilidade.

— Tenho de ir pessoalmente.

— Zofia, garanto-lhe: a maioria das pessoas está escrevendo cartas.

— E se a maioria das pessoas está apenas escrevendo cartas, isso não significa que eu deveria ir pessoalmente? — pressiono. — O sr. Ohrmann aqui, descobrindo sobre Alek Federman, ele teria tido esse trabalho por mim se eu fosse uma das cem cartas que ele recebeu esta tarde?

Ela sabe que estou certa. Provou meu argumento ao me convidar para ver o sr. Ohrmann em vez de me adicionar à longa lista em que todos os outros devem estar.

— Não vai encontrar alguém para levá-la esta noite. Estamos com apenas um veículo funcionando no momento e, mesmo que tivéssemos mais, estamos racionando gasolina apenas para emergências. — Ela levanta um dedo, silenciando o protesto que pode ver que estou prestes a emitir. — Mas, se ainda quiser, pode ir depois de amanhã; é quando enviamos uma de nossas carroças em busca de suprimentos. Às vezes, trocamos suprimentos com outros campos. Você pode esperar dois dias.

— Eu…

— Você pode esperar dois dias, Zofia — ela argumenta com firmeza. — E lhe garanto que é sua opção mais rápida.

Meu coração não parou de bater desde que o sr. Ohrmann me mostrou o livro. Sei que deveria tentar administrar minhas expectativas. Mas como não ter esperança?

SEPARADOS PELO HOLOCAUSTO

Quando chegamos a Birkenau, havia menos de nós. Cheirávamos a suor e urina, mas também a morte. Quando o trem parou, pelos vãos entre as ripas que passavam por janelas no vagão de gado, pude ver enxames de soldados, todos armados. Descarregaram os vagões um por um; eles se aproximavam dos vagões gritando, com cães esticando as guias, mordendo qualquer um que não se movesse rápido o suficiente. Os guardas puxavam as mulheres pelos cabelos. Baixavam os chicotes nas costas e nas pernas, e dividiam as famílias aos empurrões para mandá-las para filas separadas. Filas. Assim como fomos classificados no estádio de futebol, seríamos classificados de novo.

— Ficaremos bem — eu disse a Abek. — O outro guarda prometeu. Fiz com que prometesse telegrafar com antecedência e recomendar que você fosse um garoto de recados. Diga-lhes isso quando chegarmos à frente da fila. Diga-lhes que tem doze anos, não nove, e que o guarda em Sosnowiec falou que você veio para ser o mensageiro do comandante.

Enquanto esperávamos, rumores se espalharam: teríamos que nos despir completamente e abrir mão das próprias roupas. Tínhamos que passar por banhos e, ao sair, colocar roupas diferentes que não serviam. Uma garota se perguntou por que tínhamos que fazer isso. Presumi que era apenas para nos degradar, porque nunca se perdia uma oportunidade de nos degradar. Todavia, então, outra mulher sussurrou, não, não era só isso. A razão pela qual não podíamos manter as próprias roupas era porque os nazistas iriam cortá-las nas costuras para o caso de tentarmos costurar objetos de valor nos forros.

Eu não tinha nenhuma moeda de prata ou joias costuradas em roupas, mas o pensamento de serem rasgadas pareceu como outra morte. Todos os pontos cuidadosos feitos por Baba Rose e as outras costureiras. Toda a atenção e trabalho e longas horas e dedos doloridos — e agora alguém iria desfazê-lo na esperança de encontrar algumas moedas de prata. O desmantelamento do nome Lederman acontecia toda vez que uma pessoa vestindo nossas roupas entrava em um campo.

Mais tarde, eu veria esse corte de roupa como um bom serviço. Os prisioneiros escolhidos para separar as pilhas de roupas passavam a maior parte do dia abrigados, em vez de realizar trabalhos manuais. Se um guarda não estivesse olhando, poderiam surrupiar um suéter ou trocar os sapatos que lhes foram atribuídos por um par mais adequado.

Temos de tirar a roupa, disse a Abek. Eu estava falando o mais rápido que pude porque sabia que os chuveiros eram separados para mulheres e homens, e não tinha certeza para qual fila os meninos seriam enviados.

Não é importante, eu disse a ele. Só vão lhe dar roupas novas.

Eu sabia que era importante. Sabia que era importante porque, quando eles pegassem as roupas de Abek, também levariam a jaqueta dele. Também levariam a história do alfabeto da família que eu havia costurado dentro dela, o jeito que ele deveria se lembrar de mim e me encontrar depois da guerra. Mas eu não podia dizer isso a ele; eu tinha de ser forte.

Lembro-me de tudo isso e sou forte até o momento em que percebo que isso também é apenas mais uma versão dos sonhos da última vez que vi Abek. Uma versão dos sonhos, não a versão real, e, assim que percebo isso, abro os olhos.

Acordo com som de sussurros, Esther e Breine andando na ponta dos pés pelo chalé e avisando uma à outra para não me acordar. Meu rosto dói, pressionado contra algo duro. Eu adormecera na mesa, usando o braço como travesseiro, narinas tomadas pelo cheiro forte de tinta.

Quando voltei ao chalé na noite anterior, Breine havia movido o pequeno tapete ao lado de sua cama para mais perto de mim para que nenhuma de nós tivesse de pisar no chão frio pela manhã. Esther me deu uma caneca de café para me ajudar a ficar acordada enquanto escrevia minhas cartas. Ambas foram gentilezas específicas e imediatas daquelas garotas que mal conheço. Eu já havia passado por Miriam na sala da frente, debruçada sobre suas próprias cartas, com sua própria xícara de café.

— Boa sorte — desejei-lhe, e Miriam respondeu o mesmo para mim, em seu adorável sotaque holandês.

Ponderei se deveria me desculpar por mais cedo no jantar, por perguntar a todos sobre suas famílias, mas não sabia se isso tornaria as coisas ainda mais estranhas.

— Você tem papel suficiente? — perguntei em vez disso, indicando com a cabeça o maço na minha mão, fornecido pela sra. Yost.

Miriam acenou para sua própria pilha e compartilhamos o mais imperceptível dos sorrisos.

Agora, minhas cartas terminadas jazem próximo a mim, e pisco para focar.

— Você está acordada — comenta Breine quando minha cadeira de madeira range nas tábuas do assoalho. — Ela está acordada — anuncia desnecessariamente para Esther, e então suas vozes sobem para um volume normal.

Na noite anterior, permitiram que eu mantivesse o lampião aceso até o suave laranja do amanhecer. Ainda está queimando, e Esther estende a mão por cima da minha cabeça para, habilmente, apagá-lo. Tenho certeza de que o querosene é racionado; foi egoísta da minha parte usar tanto. Estico os braços e as pernas, contraídos pela minha noite de sono sentada; a rotina matinal de Breine e Esther se desenrola ao meu redor. Breine varre o chão enquanto Esther arruma as duas camas. Elas lavam o rosto na tigela, então Esther escova o cabelo de Breine enquanto Breine fala sobre os planos para o dia.

Escola de Comércio. Breine está me perguntando algo, e estou tentando envolver meu cérebro nebuloso em torno de suas frases. *Quero aprender um novo ofício?*, ela repete. Há treinamento profissional aqui.

— Não precisa ser agricultura. Se você não quer cultivar, eles estão adicionando cursos — explica Breine. — Contabilidade, costura. Esther está participando de um curso de estenografia.

— Costura? — repito. Minha voz soa grossa e áspera. Assim que adormeci, tive pesadelos com Abek.

— Quer aprender a costurar? Os suprimentos são terríveis agora.

Balanço a cabeça. Não faço nada com roupas desde Neustadt. Uniformes nazistas, grosseiros e marrons. O trabalho pegou algo que eu amava e o envenenou.

— Não, obrigada.

— Pode ser bom manter-se ocupada — Esther diz gentilmente. Vejo Breine encorajando-a; conjecturo se eu estava gritando em meu sono de novo e o que elas me ouviram dizer. — Breine e eu já fomos as novatas aqui, dormindo em uma cama nova, tentando descobrir o que fazer a seguir. Nós todos passamos por isso. E todos fomos ajudados pelas pessoas que vieram antes de nós. Pode ser estranho estar aqui, e é bom ter algo para…

— Ah, venha conosco — Breine interrompe. — Se não quer ficar enlameada comigo, vá para a aula de estenografia de Esther. Cento e sessenta palavras por minuto!

Esther olha para ela; a franqueza do convite de Breine não é como Esther estava tentando se comunicar. Mas, então, ela se vira para mim.

— Eu poderia ajudá-la a acertar o passo e recuperar o que você perdeu do curso.

— Já tenho algo para me manter ocupada — respondo. — Obrigada por sua preocupação, mas já tenho algo a fazer.

Breine parece querer dizer outra coisa, mas não o faz.

Breine e Esther têm tanta energia, em constante movimento em nosso quartinho. Ainda é cedo, ainda não está totalmente claro, mas ouço os barulhos de uma rotina matinal acontecendo do outro lado da porta também, de Judith e Miriam, que devem ter ficado acordadas como eu, escrevendo suas cartas.

Sinto-me cem anos mais velha do que todas elas. As quatro não são nada parecidas conosco, garotas-nada, com o jeito vago e cansado de nos mexermos, sentarmos e de conversarmos. Mas também ainda estávamos no hospital três meses após o fim da guerra. Nós, que tínhamos dificuldade em saber em que dia estávamos, que às vezes precisávamos de lembretes gentis para não andar pelos corredores com nossas blusas meio abotoadas, que ríamos e chorávamos em momentos inapropriados.

Bissel, a mulher com os buracos inflamados nas pernas, a de Ravensbrück, jurou que um dia iria se encontrar com a filha que morava em uma fazenda. Ela sentou-se no parapeito da janela uma manhã e riu até não mais poder, e então de repente, jogou-se para fora. Ouvimos gritos de transeuntes quando seu corpo caiu na calçada.

Contudo, ontem à noite, no jantar, soube que Breine também esteve em Ravensbrück. Esther foi obrigada a desmontar baterias com as mãos nuas em um campo em algum lugar da Áustria. Como alguns de nós se curaram muito mais rápido do que outros? Como alguns de nós melhoraram?

Esther termina de escovar o cabelo de Breine e o separa em três partes. Eu me preocupo por tê-las ofendido ao me recusar a participar de qualquer um de seus programas de treinamento.

— Você fez o curso de estenografia? — pergunto a Breine, tentando encontrar meus bons modos. — Aquele que Esther está fazendo?

Ela ri.

— Vou ser uma adorável e dócil dona de fazenda. Vou plantar cebolas, fazer bolos e pedir a Chaim que me engravide imediatamente. A estenografia não terá utilidade para mim.

Esther sorri com indulgência, torcendo o cabelo de Breine em uma trança.

— Chaim sabe desses planos?

— Este é o benefício de se casar com alguém que conhece você há apenas cinco semanas. Também tornarei Chaim dócil e contente, antes que ele tenha chance de saber desses planos.

— Cinco semanas? — deixo escapar.

Breine estica a cabeça para me encarar, enquanto Esther se vira para terminar a trança.

— Cinco semanas amanhã.

Tento não deixar o choque transparecer no meu rosto. Presumira que Breine e Chaim tinham se conhecido na adolescência e, de alguma forma, encontraram-se depois da guerra. Ou mesmo que se conheceram em um campo. Havia amor nos campos. Parece impossível, mas eu vi; vi poemas de amor compostos em barracões cheios de pulgas.

Cinco semanas não é nada. Cinco semanas atrás, eu ainda estava no hospital.

— Nós nos conhecemos aqui — ela continua. — Arando um campo. Isso não é romântico?

— Mas... — não quero fazer julgamentos — ... mas vocês mal se conhecem.

Receio que Breine fique com raiva de mim por estragar sua felicidade, mas, em vez disso, ela se inclina para a frente em sua cadeira, estendendo a mão até que eu a pegue.

— Chaim e eu nos conhecemos há cinco semanas. Conheci meu último noivo, Wolf, por dois anos. Não nos casamos porque queríamos esperar até que a guerra acabasse, e todos os dias penso em como mudaria isso se pudesse. Então, agora vou ter um casamento, e será com Chaim, e não com Wolf. E tenho certeza de que parte de Chaim deseja que seu casamento fosse com a garota que ele amou na Hungria antes de mim, que morreu e cuja foto ele guarda e acha que não sei disso.

Começo a me desculpar, mas Breine me interrompe com um meneio de cabeça.

— Hoje estou escolhendo amar a pessoa diante de mim. Entende? Porque ele está aqui, eu estou aqui e, juntos, estamos prontos para que não fiquemos sozinhos. Chaim é um bom homem. Não vou deixar outro casamento passar por mim.

Quando as garotas saem, arrumo minha cama e lavo o rosto, depois pego minha pilha de cartas para ver se a sra. Yost pode me orientar sobre como enviá-las. Em seu escritório, o receptor do telefone está comprimido contra sua orelha. Ela aperta o botão no gancho vezes seguidas, tentando chamar uma telefonista.

— Droga. Acabei de... alô? Alô?... *Droga*.

Na mesa à sua frente, o registro de chegadas de Föehrenwald está aberto em uma nova página, com *Feldafing* escrito no topo. Ela deve estar se preparando para o novo fluxo de residentes. A sra. Yost cruza o olhar comigo, depois repara no maço de papéis na minha mão.

— Coloque as cartas aqui — ela instrui, apontando para uma caixa de correio aramada em sua mesa, já transbordando com os problemas de outras pessoas. — Olá? — Esta saudação não é para mim, mas para o receptor do telefone. — Olá? — Ela tenta mais uma vez antes de colocar a mão sobre o fone e lembrando-se da minha presença novamente. — E não deixe de lembrar Josef sobre amanhã.

— Josef?

— Ele é quem vai buscar os suprimentos. Ainda não temos o outro carro funcionando; ele é melhor com os cavalos.

— Mas... — começo a dizer.

— Mas?

Mas nada, entretanto o que devo dizer? Que me encontrei com esse homem uma vez e insisti que ele parecia familiar? Que me deixei levar por sua risada quando não deveria estar fazendo nada além de procurar meu irmão? Que continuei espiando-o furtivamente durante todo o jantar, perguntando-me por que estava sozinho e se eu deveria me juntar a ele?

Devo lhe dizer que deixei Josef tão desconfortável que ele saiu sem sequer apertar minha mão?

A sra. Yost aperta freneticamente o botão do telefone, e ouço o som fraco e distante de alguém do outro lado da linha. Seus olhos se iluminam.

— Vou lembrá-lo — murmuro, fechando a porta atrás de mim.

Eu o encontro nos estábulos, um prédio caiado de branco nos arredores do campo. Cheira a poeira e feno limpo socado no chão.

Sentado em um banquinho baixo de três pernas, cuida de um dos cavalos, um animal castanho cuja crina é quase branca. Um segundo, castanho com crina preta como tinta, balança o rabo em uma baia. Aquele cuidado por Josef — um palomino, acho que é o nome — está com os cascos em recipientes rasos de água. Quando passo pela porta, Josef levanta a perna direita do cavalo, enfiando o casco entre os joelhos, e começa a raspar o fundo com o que parece ser uma longa lixa de unha. O cavalo balança o rabo, mas se submete.

— Limpando suas patas? — pergunto. Josef deve ter ouvido alguém na porta, mas não se vira para admitir minha presença, concentrando-se em seu trabalho preciso.

— Aparando os cascos dela. Crescem como as unhas das pessoas.

— Isso a machuca?

— Não se você fizer do jeito certo. — Seu tom não é exatamente amigável, mas não tão brusco como foi ontem. Então, ele ergue os olhos pela primeira vez e, quando percebe que sou eu ali, eles escurecem. Josef baixa-os e continua seu trabalho.

— A água é para preparar os cascos dela? — eu me enrolo, fingindo que não notei a mudança em seu humor.

— Para torná-los mais macios. Mais fáceis de esculpir. Por que está aqui, Zofia?

Tento ignorar a pequena emoção de ouvi-lo dizer meu nome, mas não consigo ignorar o quanto gosto de vê-lo. Há uma facilidade em seus movimentos, uma graciosidade. Gosto do fato de que, quando termina o casco dianteiro e passa para a pata traseira da égua, corre a mão pelo dorso do animal e estala a língua para que nunca perca a noção de onde ele está. Gosto do jeito como puxa com suavidade o banco para sua nova posição usando um pé. Gosto do leve desnível de seus ombros, do jeito como um é um pouco mais alto do que o outro.

— Posso ajudar? — pergunto, em vez de responder-lhe. Assim que eu responder, minha razão de estar ali desaparecerá.

Josef aperta os lábios e acena para a porta.

— Na verdade, sim. Você pode pegar uma maçã para Pluma comer quando eu terminar. Há um saco de maçãs machucadas lá fora.

Em um banco a alguns metros de distância, encontro uma bolsa de lona e a carrego. Josef gesticula para que eu a pendure em um prego, mas primeiro pego uma maçã para fazer alguma coisa com as mãos. É macia e quente; levo-a ao nariz e inalo o cheiro de cidra.

— A sra. Yost disse que você me levaria amanhã quando for pegar suprimentos — falo. — É por isso que estou aqui. Para lhe falar isso.

Espero que ele pergunte por que preciso ir, mas depois de uma pequena hesitação, Josef dá de ombros.

— Se foi isso que ela disse a você... Vou sair mais cedo, no entanto. — Ele voltou para o casco de Pluma; então, os únicos sons são um raspar suave e as batidas ocasionais do rabo da égua contra seus flancos enquanto ela espanta moscas.

Meu pai espantando moscas de Abek, enquanto minha família esperava para ser separada no estádio.

Minhas companheiras de beliche espantando moscas de mim na fábrica têxtil, quando eu estava machucada e fraca demais para trabalhar um dia e sabia que seria morta se não conseguisse melhorar.

— Josef. Sua briga ontem. O que foi aquilo?

— Por que é importante você saber?

Porque continuo pensando em você, e não sei por quê.

— Porque vou subir numa carroça com você amanhã, sozinha, e gostaria de saber se vou viajar com alguém perigoso.

Ele abre a boca, mas logo se recompõe.

— Isso é... Suponho que seja razoável.

— Penso que sim.

— Não sou perigoso — responde ele.

— Então, qual foi o motivo da briga?

Pluma bate uma das patas no recipiente de água. Uma batida suave, com um respingo suave. Josef interrompe seu trabalho para ter certeza de que ela está bem.

— Foi você.

O rubor que se espalha por minhas clavículas é fruto da perplexidade, mas também do prazer.

— Eu? A briga foi por minha causa?

— Sim. Algo que Rudolf disse.

— O que foi?

— Quero ter certeza de que você entende... foi a terceira vez que o ouvi falar algo assim — diz ele. — Antes, a menina tinha apenas quatorze anos.

Isso, acho, é uma forma de dizer: *Não fiz isso por você*. De dizer: *Não fique lisonjeada nem alarmada, você foi mais uma desculpa do que um motivo.*

— O que ele disse, exatamente?

A boca de Josef se contorce. Por um minuto, acho que vai se recusar a me dizer.

— Rudolf disse: "Coloque-a no vestido certo e ainda dá para meter nela." Ele disse: "Na guerra, todas as judias transariam por um pedaço de pão."

— Na guerra, todos os homens sujos estavam felizes por nossa fome — profiro de maneira automática, dominada pela raiva do repugnante modo de pensar de Rudolf. — Já que eles poderiam usar isso para tentar nos fazer trepar com eles.

É só depois que minha raiva inicial se dissipa que me sinto corar, surpresa por ter dito essas palavras em voz alta, menos de um dia depois que também disse *mijo*.

Josef ri, a mesma risada aguda e surpresa que ouvi ontem. Talvez eu tenha xingado dessa vez porque queria ouvir aquela risada de novo. De repente, estou rindo também. A respeito de algo sombrio e terrível sobre o qual não deveria, mas rio mesmo assim.

— É verdade, certo? — pressiono. — Um homem horrível como Rudolf não conseguiria de outra maneira.

— Algo me diz que um homem horrível como Rudolf nunca conseguiu em nenhuma circunstância — diz Josef. — Ele é um verdadeiro socador de latrinas.

— Um bode mijado — concordo.

— Garanto-lhe que pouquíssimas pessoas aqui lamentaram ver algo acontecer com Rudolf.

— Então, você é o quê? O vingador do campo?

— Não. — Josef ainda está sorrindo, mas há menos alegria em seus olhos agora. — Não sou. Sou apenas a pessoa que realmente não se importa se Rudolf bate de volta.

— O que você quer dizer? Por que não?

— Nada. Foi uma brincadeira. — Josef se vira abruptamente de volta ao trabalho, tirando o último casco de Pluma da água. Ela relincha outra vez, um barulho que soa quase como uma risada.

— Josef — chamo-o de um jeito brando. — Por que não me contou isso ontem, quando perguntei sobre a briga?

Ele responde de costas para mim outra vez:

— Porque não queria que você pensasse que me acho um herói — replica ele. — E eu não queria que devêssemos nada um ao outro.

— Ah.

Achei que sua explicação teria a ver com a vulgaridade de tudo isso, com o fato de ele querer me proteger de palavras profanas. Isso é o que Dima teria feito. Proteger-me. Galante, como um cavaleiro. A explicação de Josef — transacional, prática — é uma para a qual eu não estava preparada. Isso me desequilibra.

Josef termina o último casco de Pluma, movendo-se para o outro cavalo e dizendo-me que posso alimentar a égua com a maçã agora.

Percebo pela primeira vez que ele está vestindo a mesma camisa da briga. Foi lavada; as manchas de sangue mal são visíveis, e os dois botões foram presos de volta. Costurados de um modo desajeitado — posso dizer isso de onde estou —, mas presos. O bolso rasgado ainda está solto, porém uma aba contra o peito.

— Eu poderia consertar seu bolso para você — ofereço. — Aquele que se rasgou na briga.

— Não, obrigado. Como eu disse, não quero que fiquemos em dívida um com o outro.

— Isso não faz você estar em dívida comigo; sou eu igualando o placar. Por Rudolf. Além disso, é apenas um bolso. E eu faria um trabalho profissional. Costuro desde os seis anos.

Vejo hesitação em seus ombros antes de se curvarem de maneira protetora.

— Não.

O clima entre nós mudou um pouco; é desconfortável agora. Mas tento não levar para o lado pessoal. Nos campos, também não entregaria minhas roupas a um estranho. Tinham tanta chance de serem roubadas quanto de serem remendadas.

— Então, vejo você amanhã de manhã? — tento. — Claro e cedo? Escuro e cedo?

Desta vez, ele nem se incomoda em responder; apenas assente com a cabeça, brevemente, como se eu mal estivesse ali.

Pluma termina a maçã da minha mão e, assim que o faz, limpo as mãos no meu vestido e dirijo-me para a porta.

O chalé está vazio quando volto, quente e silencioso no meio do dia. A caneta ainda está onde a deixei, ao lado das poucas folhas de papel que não usei em minhas cartas para as organizações de ajuda humanitária.

Há outros tipos de carta que não escrevi, mas sei que deveria. O que mais pesa sobre mim é Dima. Devo dizer a ele que cheguei em segurança a Föehrenwald. Eu deveria me desculpar com ele por ter tirado o dinheiro de seus bolsos e agradecer-lhe de maneira adequada pela ajuda que me deu. Mas, quando pressiono a caneta no papel, as palavras não vêm. Sei que escrever para ele seria uma gentileza, mas pondero se também seria injusto, que poderia soar como se eu estivesse pedindo mais dele ou dizendo para esperar por mim.

Caro Dima,

Eu *estava* dizendo a ele que esperasse por mim? Desejo ter certeza de que meu apartamento está seguro para quando eu levar Abek de volta, mas quero que Dima esteja esperando nele? Agora, sinto-o distante. Agora, quando tento lembrar de seu rosto, imagino-o dizendo que escondeu coisas de mim porque achava que eu precisava ser protegida.

Risco o nome dele, usando linhas pretas grossas, e começo de novo.

Cara Gosia.

Antes que eu descubra de que maneira continuar, a porta se abre, salvando-me de mim mesma. Breine entra correndo, radiante e corada de seu trabalho lá fora, sem fôlego enquanto examina o pequeno quarto.

— Esther não está aqui?

— Acabei de voltar e não a vi. Está tudo bem?

— Vamos tentar encontrá-la no caminho. — Ela corre para a escrivaninha e olha para meus pés, para ter certeza de que estou calçada. — Rápido! — chama, estendendo a mão.

Eu ficaria preocupada com a pressa de Breine, mas ela está rindo — qualquer que seja o motivo pelo qual devemos nos apressar não é algo ruim. Lentamente, muito devagar para o gosto dela, tampo minha caneta e arrasto minha cadeira para trás.

— Breine, onde estamos...

— Caixas de doação! Um grande caminhão. Apresse-se, antes que todas as coisas boas acabem.

Deixo que ela me arraste para fora do chalé, pelo campo e até o refeitório.

Uma aglomeração se formou lá dentro, com novos fluxos a cada minuto de pessoas afogueadas e empolgadas como Breine. Estão reunidas em torno das mesas de jantar centrais, sobre as quais há pilhas de caixotes de madeira. As tampas já foram removidas, roupas e livros se esparramam.

— Pegue algumas coisas logo, mesmo que você não goste delas — aconselha Breine, enquanto abrimos caminho para uma das mesas. — Desse jeito, mesmo que você não encontre mais nada, terá algumas coisas para trocar depois.

As duas mulheres entre as quais nos espremos pairam possessivamente sobre a mesa, posicionando o corpo de modo que os caixotes à sua frente fiquem fora do nosso alcance. Mas, quando uma delas reconhece Breine, abre espaço no mesmo instante e manda que as outras façam o mesmo.

— Breine vai se casar — ela adverte em voz alta. — Ela tem prioridade em qualquer coisa que possa funcionar como vestido de noiva.

As outras mulheres se afastam para Breine, que me puxa para a frente com ela.

— O que está procurando? — pergunto-lhe. — Se você pudesse ter qualquer tipo de vestido de noiva que gostasse?

— Branco — diz ela. — Mangas compridas. E um decote que parece... — Ela traça um padrão curvo ao longo das clavículas.

— Um decote coração — esclareço.

— Sim, isso mesmo. Diga-me se você encontrar algo assim.

Eu me aproximo de Breine e mergulho as mãos no caixote. A familiaridade dispara pelos meus dedos como uma descarga elétrica.

Algodão. Lã. Gabardine. Sarja. O linho grosso de açougueiro usado para aventais das donas de casa, o rugoso e texturizado Shetland usado para ternos de inverno. Minhas mãos se perdem nos tecidos. No fundo dos caixotes, posso identificá-los pelo toque. Se eu não pudesse tocá-los, provavelmente poderia identificá-los pelo cheiro. O almíscar silencioso de um terno de flanela; o rubor pungente do tafetá transformado no primeiro vestido de festa de uma mulher. Os vestidos de boneca que eu fazia quando criança, dezenas deles, com retalhos de tecido que meu pai levava para casa. Os lenços, os porta-níqueis.

Ainda mais do que entrar no apartamento abandonado da minha família em Sosnowiec, a previsibilidade dessas roupas é reconfortante. Eu me sinto em casa.

Ao meu redor, mulheres tiram suéteres e saias dos caixotes, segurando-os umas na frente das outras para estimar o tamanho ou vestindo-os ali mesmo sobre as roupas que estão trajando. As roupas indesejadas ficam espalhadas sobre as mesas, um caótico caleidoscópio de cores.

— Ah, posso experimentar essa se não couber em você? — uma mulher pede, apontando para a saia que outra está contorcendo sobre os quadris. — Esse azul do tom do ovo de tordo é minha cor favorita.

— É sua — a outra mulher promete, saindo da saia novamente. — Mas me ajude a encontrar algo com estampa floral. Sempre usei flores.

Há algo muito terno na maneira perspicaz e crítica com que essas mulheres escolhem entre as roupas. Não pegam as coisas simplesmente porque são quentes ou porque cabem, mas procuram roupas que as ajudem a recuperar os pedaços de si mesmas de que tiveram de abrir mão.

Isso era o que o negócio da minha família fazia, no seu auge. Zayde Lazer era um homem de negócios, e papai também era quando Zayde o contratou. Mas foi Baba Rose quem entendeu que a roupa nem sempre é um negócio prático. Os clientes compram coisas que os fazem se sentir mais como si mesmos.

Uma jovem esbarra em mim, tentando entrar em um blazer de lá justo.

— Adoro isso, mas não consigo levantar as mãos acima da cabeça — ela reclama com a amiga, demonstrando como está apertado, a costura esticada.

— Só precisa inserir um tecido extra embaixo do braço — comento de maneira automática.

Ela se vira para mim.

— Isso é difícil?

— Não deve ser. Você nem precisa remover a manga inteira. Basta cortar o fundo e costurar pequenos retalhos do tamanho e do feitio de ovos.

Ela parece cética.

— Tem certeza?

— O blazer cabe em você em qualquer outro lugar. Vê? Não está forçando os ombros. Está forçando apenas aqui, nas axilas. — Pinço o tecido para lhe mostrar.

O conselho vem de uma parte da minha mente que não uso há algum tempo, um urso acordando da hibernação. A boca da garota se abre em gratidão, e ela imediatamente começa a fazer planos para o blazer. Vai usá-lo para uma entrevista de emprego, diz para sua amiga. Ouviu que um dos administradores do campo está procurando uma datilógrafa; aquele blazer é exatamente o tipo de coisa que ela esperava encontrar.

Enquanto estou aproveitando a sensação há muito adormecida de me sentir útil, Breine bate no meu ombro.

— Encontrei! — grita, tirando uma roupa amassada do fundo de uma caixa.

Seda amarelo-manteiga, não calêndula, corpete salpicado de minúsculas pérolas. Ela segura o vestido contra o corpo, balançando para a frente e para trás, de modo a fazer o tecido farfalhar em suas panturrilhas.

— É perfeito, né?

Este vestido não é·nem remotamente parecido com o que Breine descreveu que queria e não vai ficar bem nela. É cortado para uma mulher com um busto muito maior que o de Breine e ombros mais largos. E mais velha, também. A cor do tecido é jovial, mas o estilo é indicado para uma matrona. É o tipo de vestido que uma mulher mais velha pediria se não quisesse admitir sua idade.

— Sinta a seda; é tão delicado — observa ela. — Acho que Chaim vai adorar.

Sem demora, examino o arco-íris de tecidos sobre a mesa em busca de algo melhor para sugerir. Entretanto, a maioria dos vestidos é de chemisiers ou domésticos práticos, nada com que uma mulher gostaria de se casar. A única outra opção formal que vejo é um traje de veludo sem alças de cor escura, apropriado para um coquetel americano, mas não para um vestido de noiva.

Além disso, os olhos de Breine brilham. Ela o tirou da caixa e o declarou perfeito, mas sei que se o vestido fosse verde ou marrom, ou se tivesse renda em vez de miçangas, ela teria dito que era perfeito também, porque Breine·quer é se casar.

As outras mulheres veem a mesma coisa que eu — o brilho nos olhos de Breine — e dizem a ela que é perfeito. O clima é alegre e risonho, como no dia em que todas as mulheres da minha família iam à fábrica para ver a linha de primavera. Ou em viagens de compras em ocasiões especiais, quando minha mãe, tia Maja e eu íamos a Cracóvia e recebíamos taças de champanhe na loja de departamentos.

— Não é perfeito? — ela pergunta novamente.

— Se esse é o vestido que você quer — digo, sorrindo —, então você será a noiva mais linda.

Breine continua a admirar seu vestido, e viro-me para as pilhas de tecido sobre a mesa. Breine estava certa antes. Mais clientes, por assim dizer, continuam a aparecer, pegando roupas, e a mesa logo se esvazia. Se eu não conseguir algo para mim agora, não sobrará nada.

Pego um vestido xadrez, outro ameixa, um suéter resistente, meias e um par de luvas. As luvas são pouco práticas — feitas de pelica macia, o couro tão flexível que enruga como seda. Meu pai comprou para minha mãe um par como este uma vez. Ela as usava para fazer compras, mas apenas quando não precisava levar para casa carne ou queijo, ou algo que pudesse deixar odor. Só quando estava comprando coisas boas.

— Zofia? — Breine me fita com curiosidade. Pressionei a luva contra minha face. Estou mantendo-a lá como recordação, como uma lembrança que precisa ser amarrada.

Minha mãe usava aquelas luvas quando fomos ao estádio de futebol. Posso enxergar a cena agora, com muita nitidez. E as usava depois que saímos do estádio de futebol. Ela alisou meu cabelo para trás com elas; usou-as para enxugar a testa de Abek. Sei que isso aconteceu. Sei que esta é uma lembrança verdadeira.

O que aconteceu depois?

Forço um pouco mais. Minhas mãos começam a tremer. Minha cabeça está latejando. O monstro na porta está se mexendo; não quero forçar mais.

Deixo Breine e Esther na manhã seguinte, enquanto ainda está escuro. Os lençóis de Breine estão emaranhados e meio caindo do estrado da cama enquanto seu nariz assovia num ronco. A poucos metros de distância, Esther dorme com o travesseiro sobre a cabeça.

Quando chego aos estábulos, Josef está atrelando os cavalos a uma carroça que parece ter pelo menos vinte anos. As pontas de seu cabelo ondulado ainda estão molhadas de seu banho matinal. Uma gota de água escorre para sua nuca e então rola com vagarosidade para a frente, traçando a curva e os tendões sob a pele enquanto trabalha na carroça, até que finalmente desaparece sob o colarinho aberto de sua camisa. Imagino-a rolando por sua clavícula. Rolando em seu peito, rolando sobre sua barriga.

— Oi — cumprimenta ele, mas há um elemento de surpresa na saudação. Talvez não tivesse certeza de que eu realmente apareceria. Por mais cedo que eu tenha chegado, ele já estava quase pronto para sair, e não posso deixar de pensar que não teria esperado muito para descobrir se eu apareceria ou não.

— Bom dia — respondo. — Obrigada, mais uma vez, por me levar.

— Tecnicamente, não vou levar você — retruca ele, carregando um caixote do que parecem enlatados na parte de trás da carroça, os mesmos caixotes que no dia anterior continham vestidos doados. — Você está apenas vindo junto em uma rota pré-planejada.

— Acho que isso significa que, se a carroça ficar lotada, você me deixará na beira da estrada em vez de deixar as rações C.

— Bem — Josef resmunga, enquanto empurra o caixote para trás —, não posso me alimentar de você em uma emergência.

Quando atrela Pluma e o outro cavalo, Josef indica com a cabeça o assento de mola na frente da carroça, e subo. No último minuto, decidi embalar tudo o que tenho para o caso de não voltar. São poucas coisas a mais do que trazia quando cheguei no trem, mas ainda posso carregar tudo na valise debaixo do braço.

Josef aponta para um balde de comida no chão e depois fica em silêncio. O sol ainda está nascendo, mas sei que nossa viagem durará várias horas. Os cavalos parecem sem pressa e despreocupados; Josef os conduz com as rédeas em uma mão, a coluna ligeiramente curvada, seu corpo esguio cedendo ao ritmo do movimento da carroça. *Várias horas sentada ao lado de Josef.*

— A sra. Yost diz que você vai em busca de suprimentos — puxo conversa após quilômetros de silêncio. — Föehrenwald negocia com outros campos?

— Às vezes. No momento, o governo está preocupado em abrigar todas as pessoas de Feldafing quando elas chegarem.

— Com que frequência você vai?

— A cada duas semanas.

— Eu a ouvi dizer que precisávamos de cobertores. E estamos buscando comida?

Ele confirma com a cabeça, mas não elabora em voz alta desta vez, e a linha de conversa parece esgotada, de qualquer maneira. Lutando para pensar em outro assunto, olho para as rédeas dos cavalos, soltas nas mãos de Josef.

— Qual é o nome do outro cavalo? — Imagino algo que combine com Pluma, como Fumaça ou Carvão. Em vez disso, a boca de Josef se ergue no canto.

— Franklin Delano Roosevelt.

Eu rio.

— O presidente americano?

— Os americanos doaram o cavalo.

— Franklin Delano Roosevelt — repito.

Então, de repente, como um chute no estômago, esse nome traz à tona uma lembrança: um cinema escuro, um cinejornal, imagens granuladas, a voz de um locutor dizendo que os americanos haviam reeleito seu presidente para mais um mandato.

K é para o KinoTeatr, onde levo você quando mamãe precisa descansar, onde sentamos no balcão e contamos os chapéus dos homens lá embaixo, onde assistimos à posse de Franklin Delano Roosevelt, porque mamãe precisa descansar, então vamos para o KinoTeatr, porque tem um balcão, onde assistimos à posse de Franklin Delano Roosevelt porque a mamãe precisava descansar.

— KinoTeatr? — Josef repete.

Eu me sobressalto.

Droga. Droga. Merda e mijo. Meu rosto fica vermelho-escuro quando percebo com completo horror que disse pelo menos parte disso em voz alta. Eu me pergunto quanto.

— KinoTeatr? — ele pergunta novamente.

— Desculpe — murmuro.

— O que você estava recitando?

— Nada. — Mas, obviamente, foi alguma coisa. — É apenas um jogo de alfabeto que meu irmão e eu costumávamos jogar. Um nome para cada letra. Não sei por que disse isso em voz alta. Às vezes, meu cérebro fica emperrado.

— Você disse isso quando a conheci — ele observa. — Foi uma das primeiras coisas que você disse: que sua mente deve estar pregando peças em você.

Ruborizo outra vez, tornando-me ainda mais vermelha, se é que isso é possível.

— É… é difícil de explicar — gaguejo. — Às vezes, as linhas do tempo se confundem na minha cabeça. Ou penso que me lembro de algo que não aconteceu ou esqueço de algo que aconteceu. Estou melhor, no entanto. Não teriam me dispensado do hospital se eu não estivesse bem, e estou melhorando a cada dia.

Mesmo com a tentativa de deixar Josef à vontade, percebo, com um orgulho frágil, que o sentimento é verdadeiro. Tenho melhorado. Cheguei a Föehrenwald há dois dias e, até agora, meu cérebro ficou emperrado apenas uma vez: quando vi Josef entrar naquela briga. Não sei se é porque estou em um lugar novo, que não é assombrado por lembranças, ou porque estou sozinha, mas até agora consegui não agir como louca na frente de Josef ou de qualquer outra pessoa. Eu o fiz rir. Ele me viu ser perspicaz. Viu-me ser uma pessoa.

— Estou melhorando a cada dia — repito.

— Você não me deve uma explicação — ele me corta com indiferença. Estremeço um pouco com seu desinteresse.

— Sinto muito. Peço desculpas por aborrecê-lo com a minha saúde.

— Tudo o que eu disse foi que você não me deve uma explicação.

— Bem, não lhe devo nada, aparentemente. — Eu quis fazer minha resposta soar como uma piada, mas saiu cáustica também. Josef me olha, intrigado. — Aquilo que você disse ontem — explico. — Que você não queria que nos sentíssemos em dívida um com o outro.

— É verdade.

Sua resposta não soa como se ele estivesse tentando brincar. Seu tom de voz é sério, o que acho reconfortante e frustrante por razões difíceis de exprimir. Eu *não deveria* querer me sentir em dívida com ele, afinal. Eu deveria estar *feliz* por ele ter especificado que não lhe devo nada. No entanto, ao mesmo tempo, fiz algo esquisito na sua frente — recitei algo estranho sobre um antigo cinema — e disse a ele que estive em um hospital. Ele não deveria *querer* uma explicação? Mesmo que eu não quisesse dá-la, ele não tinha de estar preocupado ou pelo menos curioso?

— Os cavalos. Como aprendeu a trabalhar com eles? — pergunto agora, tentando retomar um tópico anterior.

— Cresci trabalhando com cavalos — diz ele.

— Você cresceu em uma fazenda?

— Não. Cresci em uma cidade.

— Uma cidade na Alemanha?

Ele hesita um pouco.

— Você faz muitas perguntas.

— De onde venho, as pessoas que ainda dirigiam carroças eram principalmente os agricultores que vinham à cidade em dias de mercado.

— Não era uma fazenda. — É claro que ele quer que isso seja o fim de sua resposta; seus olhos estão de volta na estrada, e ainda tento localizar o que há sobre Josef e essa conversa que está me deixando tão fora dos eixos.

— Desculpe se fui… realmente não sou louca — asseguro a ele.

— Se você diz… Só prefiro ficar na minha.

— Porque sei que fui estranha no dia que nos conhecemos, e se você tem medo de mim, então…

— Minha família tinha estábulos — ele interrompe. — Tudo bem? É por isso que conheço os cavalos. Na nossa casa de veraneio, onde íamos de férias. Tive aulas de equitação, e o jardineiro costumava me deixar conduzir a carroça quando ele fazia as tarefas. — Ele se vira para mim e levanta uma sobrancelha. — Está feliz? Não estou com medo de você nem estou preocupado com você. Não acho que vá arrancar suas roupas e correr gritando pela estrada ou fazer outra coisa insana qualquer. Minha família tinha estábulos e eu ajudava o jardineiro.

Esta é a primeira interação que me lembro de ter em meses em que alguém não perguntou se eu estava bem. Foi isso que me confundiu. Isso foi o que fez me sentir estranha e desequilibrada. Josef está respondendo às minhas perguntas indiscretas como se fossem legitimamente intrometidas, não como se fossem sintomas de que meu cérebro não está funcionando.

Josef não está agindo como se eu fosse algo com que precisasse se preocupar.

Mentalmente, preencho as lacunas do que ele acabou de dizer. A "casa" onde passava as férias devia ser uma grande propriedade rural.

Apenas as famílias mais ricas manteriam estábulos e empregariam jardineiros. E sua família também tinha uma casa na cidade.

— Uma casa de veraneio parece legal — digo.

— *Era* agradável. O verão era a minha época favorita do ano.

— Por que você não… — inicio a pergunta.

— Por que eu não o quê?

Por que você não vai para casa, é o que eu estava prestes a dizer. Os nazistas não queimaram grandes propriedades rurais. Ocuparam-nas e preservaram-nas; adoravam a arte. Josef poderia ter tentado ir para casa. Mas há uma atitude tão defensiva em sua resposta que recuo sem terminar minha frase.

— Por que não gosta de comer com outras pessoas no refeitório? Ele dá de ombros.

— Eu lhe disse. Só prefiro ficar na minha. Nem todos em Föehrenwald esperam fazer novos amigos. Alguns de nós estão tentando sair o mais rápido possível. Assim como você. Você vai pegar seu irmão e provavelmente vai querer voltar para casa e tentar administrar a fábrica de sua família.

Mordo o interior do meu lábio para esconder um sorriso. Não lhe contei sobre a fábrica da minha família; ele deve ter perguntado a Chaim ou à sra. Yost.

— *Procurar* por ele — eu o corrijo.

— O quê?

— Você disse que íamos *pegar* meu irmão. Mas vou com você *procurá-lo*.

— Não sabe se ele está no Kloster Indersdorf?

— Tenho motivos para acreditar que é um lugar lógico para começar a procurá-lo.

— Então, espero que ele esteja lá — afirma Josef. — E que ele queira ser encontrado.

A última metade de sua frase me pega desprevenida.

— Por que ele não iria querer ser encontrado?

Josef mantém os olhos na estrada.

— Por muitas razões. Ele pode ter lembranças dolorosas de antes da guerra. Ele pode querer recomeçar do zero. Ele pode decidir que é mais fácil fazer isso se não estiver perto de você.

A minha nuca se arrepia. Remexo-me um pouco no banco de madeira.

— Claro que ele quer ser encontrado. Ele é um garotinho.

Josef aperta os lábios.

— Josef, é claro que ele quer ser encontrado — repito. — Por que diz isso?

— Você pelo menos pensou nisso?

— Se pensei que meu irmão não quer me ver? Não, não pensei, Josef. Não acho que seja uma coisa que a maioria das pessoas consideraria.

— Fale por você.

— E acho que não quero continuar essa conversa.

— Ok — ele diz novamente. — Eu só...

— Já disse, acho que não quero continuar essa conversa — disparo. — Ele era um *garotinho*. Ainda é.

— Nem todas as pessoas querem ser encontradas.

Não sei determinar o que mais me enfurece agora — se as palavras de Josef ou seu tom de voz. O fato de que nem está me fitando. O fato de que acabou de dizer coisas horríveis para mim, mas faz uma pausa agora para estalar a língua suavemente para os cavalos.

— Você é um idiota, Josef. — Ele estremece, mas relanceia a vista para mim apenas por um breve segundo antes de voltá-là para a estrada. — *Olhe* para mim, Josef. Você é um *idiota*. Você é um especialista no que as pessoas querem? No dia em que o conheci, você estava atacando um homem.

Ainda assim, ele não responde, sua boca fechada em uma linha firme.

Como pude ser tão estúpida antes? Deliciar-me com o laconismo de Josef porque isso me lembrava como era ser normal? Insistindo em espichar uma conversa porque gosto da cor de seus olhos, do brilho de suor em seu pescoço? Convencendo-me de que era misterioso quando deveria ter percebido que ele era apenas rude.

— Pare a carroça — ordeno. — Preciso de um descanso.

Ele hesita e levanta o queixo.

— Há uma pequena vila a cerca de um quilômetro. Costumo dar água aos cavalos lá.

— Eu gostaria de parar agora.

— É apenas um *quilômetro*.

— Tudo bem. Não pare. Vou descer agora sozinha e caminhar. — Já estou de pé, cambaleando no meu pé ruim. Meu joelho bate dolorosamente contra o assento enquanto avalio a distância até o chão. — Não quero andar com você um segundo a mais do que...

Mas, então, ele para, puxando com rapidez as rédeas, e sou lançada abruptamente para a frente, agarrando a lateral da carroça para me equilibrar. Em parte furiosa, em parte envergonhada e em parte latejando onde bati no banco, ajeito meu vestido e desço para a estrada de terra. Com o joelho rígido e dolorido, começo a trilhar o caminho, desesperada para colocar distância entre mim e Josef.

Com o canto do olho, percebo-o hesitar por um momento, decidindo se vem atrás de mim. Não vem. Ele solta os cavalos e os conduz para beber água, uma rédea em cada mão, na direção do riacho que estamos acompanhando.

Josef não conhece meu irmão, digo a mim mesma enquanto manco pela estrada. *Josef não me conhece. Josef não sabe como nada disso funciona melhor do que eu. Josef é um idiota.*

Josef é um idiota. Mas, se estiver certo, então não tenho esperança.

Paro de chofre em meu caminho, dobrando em duas pela náusea diante da perspectiva aterrorizante da desesperança. Esse desejo, de encontrar Abek, de encontrar uma pessoa entre milhões, está amarrado pelo mais tênue dos fios. Basta que Abek não adicione seu nome a uma lista, que decida que não quer ser encontrado.

Esse pensamento não é bom para mim; esse pensamento se enterrará em minha mente como um verme. Já o fez. Minhas mãos tremem; sinto como se pudesse ouvir os ossos chacoalhando por baixo da minha pele. Se Abek não quer ser encontrado, então não poderei encontrá-lo porque ele não quer ser encontrado, e, se eu não o encontrar, não o encontrarei porque ele não queria ser encontrado e eu nunca mais o verei, e falhei, falhei, falhei.

Cruzo as mãos para evitar que tremam e tento pensar em algo concreto que possa fazer, algo que ocupe meu cérebro. Josef disse que havia comida. *Volte para a carroça e pegue a comida*, eu me instruo. *Um pé na frente do outro.*

O balde de lata ainda está no assoalho, onde Josef o apontou antes. A comida está cuidadosamente embrulhada, dois de tudo. Eu a divido, deixando a porção de Josef no banco do condutor, onde ele deve vê-la quando voltar, e depois levo minha porção para um toco à beira da estrada, forçando-me a sentar e colocar pedaços de pão na boca.

Ao longe, posso vê-lo no riacho com os cavalos. Ele os convence a descer a encosta íngreme e, enquanto bebem, Josef molha uma escovão, limpando o suor de seus lombos. Ele é muito magro. É mais fácil pensar em seus defeitos quando estou com raiva dele, como agora. É muito magro, e seus olhos são um pouco juntos, e estão cansados como os de um velho, com olheiras e rugas.

Josef está destruído, assim como eu.

Não tenho provas disso. Não é desculpa para nada. Mas é o que me atinge, observando Josef se dedicar atentamente a essas pequenas ações com os cavalos.

Josef está destruído, assim como eu.

Quando ele termina, amarra os cavalos em um poste e volta para a carroça, onde silenciosamente pega a comida que eu deixei e come de costas para mim. Depois de alguns minutos, se aproxima, braço estendido, um globo roxo maduro na palma da mão.

— Havia uma ameixa — conta ele, estendendo a fruta. — Ela rolou para o piso, mas havia apenas uma. Metade dela pertence a você.

— Não preciso disso.

Ele já está puxando uma pequena faca do bolso e cortando a ameixa ao redor do eixo.

— Bem, metade é sua. Você pode comer ou não; eu não vou pegar o que pertence a você.

Josef coloca minha metade no toco ao meu lado, fazendo-a balançar para a frente e para trás em sua pele exuberante e machucada, e então se afasta para desamarrar os cavalos. Ele faz uma pausa no meio do caminho, porém, voltando-se para mim. Enfiou as mãos nos bolsos e parece desconfortável.

— Eu não deveria ter dito aquilo. Sobre o seu irmão.

— Não, você não deveria — concordo secamente.

Ele ergue as sobrancelhas para o toco ao meu lado, perguntando se pode se sentar. Dou de ombros como a dizer que não posso impedi-lo.

— Talvez você esteja certa — diz ele assim que se acomoda. — As coisas que eu estava dizendo eram mais sobre mim do que sobre você. Só que você parecia...

— Louca — completo seu pensamento. — Eu parecia louca.

— Esperançosa. — Ele encontra meus olhos, em cheio, pela primeira vez. — Você parecia esperançosa, e se chegarmos ao Kloster Indersdorf e seu irmão não estiver lá... você parecia esperançosa, e eu não queria que isso partisse seu coração.

A manga de sua camisa roça na minha; ele cheira a grama e suor limpo. Pego minha metade da ameixa do toco. Seguro-a. Não estou mais com fome, mas não suporto a ideia de desperdiçar comida.

— Avisei-lhe que iria encontrá-lo — explico. — No dia em que me separei do meu irmão, eu disse: *Nós nos encontraremos em Sosnowiec*. No último dia em que o vi, eu disse a ele: *Se você não estiver lá, vou encontrá-lo onde quer que esteja.*

— Entendo.

— Não acho que você entenda. Eu não disse *se for conveniente para mim*, e não disse *até me cansar*, e não disse *a menos que você não queira ser encontrado*. Eu disse *eu vou encontrar você*.

— Quando *foi* a última vez que você o viu? — Josef pergunta. — A última vez mesmo.

Uma risada, amarga e áspera, rasga meu peito.

— O que é engraçado?

— Pensei tê-lo visto uma centena de vezes. Através de uma cerca, ou à distância ou se um de nós estava sendo levado para algum lugar. Achei que o vi uma vez quando fui designada para capinar o jardim de flores do comandante do lado externo da cerca. Consegui que Abek trabalhasse para o comandante; achei que o vi na janela. Deixei-lhe um nabo; eu o enterrei no chão. Mas, quando trabalhei lá, dias depois, o terreno não havia sido revirado, então ele não deve ter conseguido escapar para desenterrá-lo.

— Mas *quando* você disse a ele que o encontraria de novo? — Josef pergunta. — Qual é a sua lembrança daquela última vez?

— *Eu não sei.* — A risada que borbulha da minha boca desta vez é gutural e selvagem. Tenho medo de encontrar seus olhos. Esta é a primeira vez que digo isso em voz alta. Nem para enfermeiras, nem para as garotas-nada. Não contei a ninguém que passei a guerra prometendo encontrar o meu irmão e não consigo me lembrar da última vez que nos despedimos. — Não sei responder à sua pergunta. Porque, na verdade, não consigo me lembrar da última vez que vi Abek. Eu estive tentando. Por meses, eu tenho realmente tentado. Mas é como se meu cérebro não me deixasse. Lembro-me de despedidas, mas não acho que estejam certas. Em meus sonhos, porém, continuo vendo novas despedidas. Continuo inventando-as. Há um bloqueio. Há uma grande parede onde essa lembrança deveria estar.

— Por que acha que há um bloqueio? — ele pergunta. — Em sua memória, por que acha que há um bloqueio?

Engulo em seco. Minhas mãos começam a tremer.

— Quando chegamos ao campo, as chaminés estavam bem ali. A morte estava bem ali. Entende? Assisti enquanto um soldado arrancava um bebê dos braços da mãe e jogava-o contra um caminhão porque ele não parava de chorar. Ficou mole e amassado como um pedaço de renda. Acho... não me lembro de ter me despedido de Abek porque não suporto me lembrar daquele dia. Não aguento mais me lembrar de nenhum minuto mais daquele dia.

Toco meu rosto. Está molhado. Comecei a chorar. A recordação que pronunciei em voz alta deslocou alguma coisa e agora, em vez de me sentir nebulosa, sinto que estou vazando, muco no nariz, lágrimas no rosto.

— Mas e se a pista para encontrar meu irmão estiver em algo que estou esquecendo referente àquele dia? E se fizemos um novo plano ou um novo local de encontro, e agora o esqueci? E se eu não conseguir encontrar meu irmão porque não consigo me lembrar dessas coisas? E se eu for uma irmã horrível?

Em silêncio, Josef tira um lenço do bolso e me entrega. Ele se vira enquanto limpo o rosto e ainda está de costas quando verbaliza a próxima frase.

— Não acho que qualquer coisa que você tenha feito durante a guerra porque estava tentando sobreviver poderia torná-la ruim.

Sua voz é rouca e cheia de emoção, mais do que ouvi durante todo o trajeto. Sua voz falha na última palavra. Observo a mão dele ir até o olho, deslizar com agilidade. Atordoada, percebo que ele também está chorando, ou perto disso. Pela primeira vez, sou puxada para fora da minha própria dor e para a de outra pessoa.

— Josef. Você tem... experiência com isso? — Não sei como expressar isso de outra forma; não sei exatamente o que estou perguntando.

Ele inspira fundo, vacilante.

— Tenho experiência em me sentir culpado pelas coisas que fiz para sobreviver.

Uma batida de coração, duas. Sentamo-nos um ao lado do outro neste toco, nesta estrada de terra no meio da Alemanha.

— Devemos ir agora — conclui ele, afinal. — Tenho certeza de que você quer chegar ao Kloster Indersdorf.

Josef põe as mãos nos joelhos, preparando-se, e a terra range sob seus pés quando ele se ergue. Na minha frente agora, parece menor do que há algumas horas, e quando ele me oferece a mão para me ajudar a levantar, sinto que estou menor também.

Com o sol descansando no meio do céu e o suor acumulando nas minhas clavículas, Josef diz que estamos chegando perto. As casas surgem mais próximas umas das outras; não somos mais a única carroça na estrada. Josef me dissera que o Kloster Indersdorf ficava dentro dos limites de uma cidade, mas, quando paramos perto de um prédio na praça central, ainda me surpreendo com *quão* no centro da cidade ele fica: esse campo de deslocados para crianças é um prédio antigo, três andares de pedra branca ocupando um quarteirão inteiro. Na extremidade do lado que está de frente para nós, duas torres quadradas se elevam vários andares no céu.

As janelas não são de vidro transparente, mas coloridas: no topo de um campanário, posso ver uma cruz.

— Este é o lugar certo? — pergunto em dúvida. — Parece uma igreja.

— É um convento, na verdade. As freiras não dirigem o campo, mas ainda vivem aqui. Por que não vai até a entrada? Vou amarrar os cavalos e depois a encontro.

Saio da carroça, ajeitando meu vestido e alisando o cabelo.

— Zofia? — Josef me chama. Viro-me, e ele me oferece um leve sorriso. — Espero que ele esteja lá. Espero de verdade que ele esteja lá.

Sinto-me um tanto intimidada para entrar pela ornamentada porta principal, por isso dou a volta pela lateral até encontrar uma menor e mais simples, que tem uma placa de latão que diz ESCRITÓRIO. Bato duas vezes, sem resposta, mas, quando estou levantando a mão pela terceira vez, ela se abre. Sou recebida por uma mulher de hábito preto, um véu branco cobrindo os cabelos.

— Por gentileza — digo para a freira. — Estou procurando o diretor...

— Infelizmente, você se desencontrou da diretora. Sou a Irmã Therese. Você tinha um horário agendado?

— Não, mas posso esperar. Ela vai voltar em breve?

Ela balança a cabeça, desculpando-se.

— Houve uma emergência familiar. Ela vai demorar alguns dias, pelo menos.

Havia um convento não muito longe da minha escola, e todas aquelas freiras pareciam ter cem anos, enrugadas como passas. Mas dá para ver uma mecha de cabelo castanho encaracolado escapando do canto do véu da Irmã Therese. Suas bochechas são cheias, e nos sapatos que espreitam por baixo de seu hábito, seus cadarços, por incrível que pareça, estão desamarrados.

— Talvez você possa me ajudar — tento. — Estou procurando...

Antes que eu possa terminar a frase, porém, sou interrompida por uma batida. Observo ao redor, confusa sobre como pode haver uma batida à porta quando ainda estou parada nela. No entanto, então, percebo que há outra porta atrás de Irmã Therese nos fundos do escritório, que deve dar para o interior do convento.

Ela me chama para dentro e aponta para uma cadeira.

— Só um momento — ela grita para a outra entrada. A maçaneta já está girando; ouço risadinhas abafadas do outro lado. Irmã Therese suspira enquanto abre o trinco. — Todos sabem quando estou no comando e que não tenho nada de durona. Muito bem, seus levadinhos. O que desejam?

A porta se abre. Dois meninos desengonçados, de doze ou treze anos, irrompem porta adentro e, de repente, fico muda.

Eles não são Abek. Eles obviamente não são Abek. Nenhum deles se parece minimamente com ele; o colorido não bate. *Não são Abek*, digo a mim mesma de imediato. Mas poderiam muito bem ter sido.

— Irmã — o da frente a chama, aquele com um denso tufo de cabelo pendurado na testa. — Desculpe, irmã, não sabíamos que você tinha companhia. *Frau* Fischer tem um abridor de garrafas em sua mesa, e viemos pedi-lo emprestado.

— Qual gaveta?

— A de cima.

Irmã Therese abre a gaveta, remexendo cartuchos de canetas e clipes de papel antes de pegar um pequeno abridor de metal. Só quando ela o está entregando para o menino é que hesita.

— Para que isso, Lemuel?

Os meninos trocam um olhar conspiratório, e, então, o silencioso tira uma garrafa do bolso. É de vidro curvo e cheio de um líquido de cor escura que parece estar borbulhando.

— Chama-se Coca-Cola — explica. — Um dos soldados americanos nos deu. Beba um gole e sua sede é saciada o dia todo.

— Ele a deu para você como o soldado deu os quadrinhos ou ele deu para você como o soldado deu o relógio dele?

— Que nem os quadrinhos — responde Lemuel. — Juro, não estávamos jogando.

— Quanto álcool tem na bebida?

— Não há álcool algum.

Irmã Therese usa o abridor de garrafas para abrir a tampa de metal e cheira o conteúdo. Quando está convencida de que os meninos não estão mentindo, devolve-lhes a garrafa.

— Compartilhe com seus companheiros de beliche. Se sobrar alguma coisa depois que todas as suas sedes forem saciadas, traga-me um pouco.

— Obrigado, irmã! — Lemuel grita por cima do ombro. — Você é a nossa favorita.

— E se o jogo de kickball ainda estiver acontecendo nos claustros, cada time tem *mais uma* jogada — ela grita. — Depois, jantar.

Os meninos vão embora, a energia se dissipa, e, então, a Irmã Therese vira-se para mim.

— Sinto muito. O que você dizia? Está procurando alguma coisa?

Não consigo encontrar as palavras, no entanto. Ainda estou com a cabeça nos dois meninos. Poderia um de seus companheiros de beliche ser Abek? Está esperando, logo atrás da porta ou no fim do corredor, para provar um gole da Coca-Cola? Uma esperança estúpida cresce em meu peito.

A porta se reabre, e desta vez *é* a que atravessei, desta vez é Josef, boné na mão, fitando-me sem nem cumprimentar.

— Ele está aqui?

— Quem está aqui? — Irmã Therese pergunta, olhando de um para o outro.

— O irm...

— Não, não está aqui — apresso-me em interrompê-lo, à espera de que Irmã Therese não perceba que minha voz está anormalmente aguda, mas torcendo para que Josef perceba. — E não é "diretor", e sim "diretora": é uma mulher; mas nos desencontramos; ela não está aqui hoje. — Viro-me para a Irmã Therese e continuo tagarelando: — Josef e eu somos de Föehrenwald. Ele esperava conversar com *Frau* Fischer sobre a troca de suprimentos.

Os olhos de Josef estão em mim, confusos. Desvio o olhar porque não consigo me explicar. Sei que o meu comportamento não faz sentido.

Só sei que, neste lugar, com seus jogos de kickball nos claustros e meninos de bochechas rosadas que correm para pedir ajuda para abrir garrafas de Coca-Cola, *quero* que o meu irmão esteja aqui. Mas se não estiver, prefiro ter mais vinte minutos de esperança.

— Sinto muito por você ter se desencontrado de *Frau* Fischer — Irmã Therese diz preocupada. — Ela não me preveniu que alguém viria. Posso colocá-los em contato com o homem que administra nosso depósito; ele deve ser capaz de lhes dizer o que podemos dispensar.

— Tudo bem — diz Josef com lentidão, ainda tentando descobrir o que estou fazendo.

— E se quiserem, podem ficar para o jantar. Eu estava prestes a ajudar com os preparativos.

— Claro — respondo. — Gostaríamos de ficar e... e ver todo o campo. Todas as crianças.

Irmã Therese nos conduz pela porta dos fundos e, enquanto está ocupada trancando o escritório, Josef me puxa para o lado e eleva as sobrancelhas.

— Só não era o momento certo para contar a ela ainda — sussurro.
— Eu só não queria...

— Vamos por aqui, para cortar caminho para os claustros — orienta Irmã Therese, terminando com a fechadura, deslizando as chaves em um bolso escondido.

O corredor em que estamos é ladeado por portas baixas e arqueadas. Ela escolhe uma delas, pesada e de carvalho, e antes mesmo de abri-la, ouço aplausos do outro lado; o fim da partida de kickball. E não apenas kickball. Os claustros inteiros estão repletos de crianças. Três meninas com os cabelos trançados riscaram um jogo de amarelinha com giz na calçada; dois meninos mais velhos jogam bola entre si. Minha respiração se suspende com a cena.

Abek também não está neste grupo. Examino todos eles assim que ultrapassamos a porta; é a primeira ação que faço, sem nem pensar a respeito. Nenhuma das crianças se parece com ele.

Mas quando foi a última vez que vi tantas crianças felizes? A última vez foi há cinco anos, antes de começarmos a sussurrar histórias sobre Auschwitz? Foi antes de os nazistas fecharem as escolas para crianças judias e, então, sermos obrigados a ter aulas em nossos apartamentos, pequenos grupos sentados à mesa da cozinha, aprendendo em segredo? Foi antes de a guerra começar?

— Quantas são? — sussurro. — De onde todas elas vieram?

— Cerca de trezentas estão aqui agora. — Irmã Therese olha com aprovação para o grupo. — Isso muda todos os dias, no entanto. Os pais vêm ou recebemos telegramas. Ou novas crianças chegam. Uma criança de nove anos, ainda ontem. Não vemos muitos nessa faixa etária. Ele estava viajando com o Exército Britânico. Eles o adotaram, suponho que você poderia dizer, como uma espécie de mascote, mas, eventualmente, perceberam que não era vida para uma criança.

— Nove anos — repito. — Então, a maioria das crianças é…

— A maioria das crianças que vêm para cá dos campos tem entre doze e dezessete anos — diz ela. — Os mais novos… — ela para, mas não preciso que termine a frase. Qualquer uma mais jovem teria quase nenhuma chance de ser deixada viva em um campo.

— Você tem muitas crianças de doze anos? — Essa é a idade de Abek, bem à beira de completar.

— Pelo menos vinte. As histórias de como sobreviveram são milagrosas. — Irmã Therese fecha os olhos e leva o rosário aos lábios. Estou chocada com esse ato público de devoção, um lembrete de que algumas pessoas passaram pela guerra acreditando que Deus ainda estava cuidando do mundo.

Então, Irmã Therese abre os olhos e bate palmas com agilidade. Os jogos não param, mas a maioria das crianças pelo menos olha em direção ao som.

— Esta é *realmente* a rebatida final do kickball. Todo mundo está me escutando? O jantar é daqui a quinze minutos.

O refeitório é muito menor do que o de Föehrenwald, guarnecido não com as mesas redondas que temos, mas com longos retângulos, bancos de cada lado, em uma sala onde as janelas são vitrais. Quando entramos, algumas crianças arrumam os talheres nos lugares e mulheres adultas as ajudam, a maioria não em hábitos, mas em roupas comuns. Da cozinha, mais voluntárias aparecem, carregando grandes recipientes com o que cheira a guisado.

— Lugares de honra. — Irmã Therese mostra a mim e a Josef os assentos em uma mesa perto da frente do salão. — Mas receio que seus pratos estarão tão lascados quanto os de todos os outros.

Tomo o lugar de frente para a porta para que eu possa assistir à chegada de todos enquanto entram. Uma garota com sardas. *Não é ele.* Um menino manco. *Não é ele.* Um menino de muletas, sem uma perna. *Não é ele*, penso com alívio, porque não consigo suportar a ideia de Abek sofrer o suficiente para perder um membro. Mas então eu penso: é claro que meu irmão sem uma perna, um pé, um braço seria uma visão bem-vinda entrando pela porta, é claro que poderíamos lidar com esse sofrimento. As crianças vêm primeiro em enxurrada, depois em grupos dispersos e, então, uma figura solitária de cada vez, correndo, atrasada, enfiando-se entre amigos.

Não é ele. Não é ele. Não é ele.

— Quanto tempo a viagem levou? — Irmã Therese, que preside a cabeceira da mesa, pergunta enquanto me passa uma cesta com pãezinhos.

— A maior parte do dia, mas paramos para comer — respondo, distraída.

Não é ele.

Ele não está aqui. Sei disso com certeza quando a porta permanece vazia por um minuto inteiro e as mesas estão cheias, quando meus ouvidos zumbem com o barulho das colheres.

— Estão todos aqui?

— Há duas meninas na enfermaria. Suas refeições serão servidas lá.

— Além dessas duas meninas, ninguém mais está doente ou viajando com *Frau* Fischer?

— Apenas as duas garotas. Afora elas, sim, estão todos aqui.

Pisco para conter as lágrimas que brotam no fundo dos meus olhos. Por que me permiti ficar esperançosa? Como pude imaginar que seria possível acordar esta manhã e arrancar meu irmão de um mar de órfãos?

— Você deveria comer seu ensopado antes que esfrie. — A voz da Irmã Therese me leva de volta ao refeitório. — É tolerável quando está quente e não tanto depois disso.

Pego minha colher e a mergulho no gorduroso líquido marrom.

À minha frente, à mesa, senta-se um dos meninos menores. Ele não pode ter mais de dez ou onze anos, com orelhas pontudas e feições angulosas.

Ele não se dá ao trabalho de usar uma colher, mas usa os dedos para colocar pedaços de ensopado diretamente no pão. Seus cotovelos se curvam em torno do prato, fazendo uma barreira protetora para guardar sua comida. Dois pães já estão empilhados ao lado de seu prato, mas, quando pensa que ninguém mais está observando, alcança a cesta comum no meio da mesa e pega outro, enfiando-o na manga. Quando me pega assistindo à cena, encara-me com ar de desafio.

Seu corpo é muito pequeno. Deveria ser mais alto ou mais gordo. Seus olhos não deveriam ser tão velhos. Ele não deveria estar aqui. Não deveria ter de comer como um animal.

Já comi assim. Já me sentei em um círculo de pessoas quase mortas de fome e sabia que lutaria contra alguém que tentasse tirar o que eu tinha.

A Irmã Therese também nota o menino à minha frente. Conjecturo se ele será punido ou se ela irá lhe dizer que deve terminar o que está em seu prato antes de pegar mais. Em vez disso, a religiosa desliza a cesta com gentileza para mais perto dele.

— Pegue outro — ela incentiva. — Mas experimente tomar a sopa com uma colher, temos convidados importantes!

A pequena gentileza acaba comigo. Como se pudesse ser suficiente. Como se houvesse gestos de ternura suficientes no mundo para compensar as brutalidades que essas crianças sofreram.

Um som escapa da minha garganta, úmido, selvagem e angustiado. Eu não deveria chorar ali na mesa, mas também não sei se consigo segurar. Enfio o pão na boca, mas não o consigo engolir. Ele só fica pegajoso no fundo da minha garganta.

A alguns metros de distância, ouço um barulho: outro menino acidentalmente virou sua tigela de sopa. A colher escorrega para o chão, e seu rosto se derrete em desculpas e tristeza.

— Não faz mal — Irmã Therese diz de modo alegre. — Acontece pelo menos uma vez por refeição. — Ela se vira para mim. — Zofia, como é nossa convidada, posso lhe dar a honrosa função de cuidar de Simon?

— Cuidar? — murmuro.

— Ajude-o a se limpar — ela esclarece, imitando um gesto de lavar. — Seja responsável por cuidar dele. O banheiro fica no corredor.

Simon desliza para fora do banco e se aproxima, cheio de expectativa. Ele estende a mão. E eu congelo.

Minha mão não se move, minhas pernas também não. Estão tremendo. Minhas axilas se inundam de suor.

— Não posso — sussurro.

— Como disse? — Irmã Therese indaga, distraída.

Pegue a mão dele, eu me instruo. *Leve-o ao banheiro; não é difícil.*

— Não posso cuidar dele — digo mais alto, com mais desespero.

E não consigo explicar o medo violento crescente em minha barriga com esse pedido, só sei que não posso. Não posso me encarregar de levar esse garotinho ao banheiro. Não posso cuidar desse menino, não posso levá-lo ao banheiro, não posso ajudá-lo a se limpar, porque não posso levá-lo ao banheiro e porque não posso ficar encarregada deste menino.

— Deixe comigo. — Josef, com a mão firme no meu joelho embaixo da mesa, entendendo que há algo errado. — Simon *definitivamente* é muito adulto para querer a ajuda de uma *garota*. Não é mesmo?

— É — o menino chamado Simon replica, incerto, sem saber o porquê da recusa.

— Lá vamos nós. Vamos lavar este suéter e você pode me mostrar onde há roupa seca.

Depois do jantar, sento-me em silêncio enquanto os pratos são retirados e um homem mais velho parece comunicar que está encarregado de gerenciar os suprimentos.

— Boas notícias — anuncia Josef, incluindo-me na conversa. — Vão nos dar cinquenta cobertores.

— Maravilhoso — consigo comentar.

— Ernst pode ajudar a carregá-los para sua carroça — oferece a Irmã Therese.

— Perguntaram-nos agora há pouco se precisávamos de mais alguma coisa antes de sairmos — Josef interrompe. — Precisamos de mais alguma coisa? — Sua pergunta é direta e, acho, um pouco desajeitada. *Esta é sua última chance,* ele parece sugerir. *Por que não perguntou sobre seu irmão?*

— Um pouco de comida — Irmã Therese decide. — Enquanto Ernst e Josef arrumam os cobertores, vamos ver se a cozinha tem sobras para vocês levarem.

— Não quero tirar de vocês. A comida deve ser para as crianças.

— Pelo menos, vou embrulhar para vocês algumas maçãs e uma garrafa térmica de água. A menos que encontre a garrafa de Coca-Cola de Lemuel... — Ela pisca maliciosamente. — Eu queria experimentar. Você também não queria?

Josef saiu, seguindo Ernst até onde os cobertores são guardados. Sei que estava certo. Esta é a última chance que terei de perguntar sobre o meu irmão. Irmã Therese vira-se em direção à cozinha. Corro atrás dela e agarro a manga áspera de seu hábito.

— Por favor...

— Sim? — Ela parece perplexa.

— Estou procurando o meu irmão. Não o vejo há mais de três anos.

— Ah, minha querida. — Ela pega a minha mão, e seus dedos parecem surpreendentemente fortes. — Espero que se reencontre com ele em breve. Vou adicioná-lo às minhas orações, se estiver tudo bem para você.

— Não. Quero dizer, sim, se você quiser. Mas o que eu estava tentando dizer... ele tem doze anos, a mesma idade de algumas das crianças aqui. Acho que estava em Dachau. O mesmo caso de algumas das crianças aqui.

Então, a expressão de seu rosto muda, mostrando que entendeu.

— Ah. *Ah.* Você não veio até aqui procurando por ele, veio? É por isso que estava perguntando se alguma criança estava faltando esta noite?

SEPARADOS PELO HOLOCAUSTO

— Ele não estava no jantar. Mas eu estava pensando, talvez ele ainda possa vir para cá mais tarde — digo. — Parece que ainda tem chegadas?

— Temos. Todos os dias. Para algumas crianças que vêm para cá, esta é a segunda ou terceira parada.

— Ou talvez uma das crianças vindas de outro lugar já o tenha conhecido — sugiro. — E possa se lembrar dele.

— Quer me dar o nome dele e uma descrição física? — Irmã Therese pergunta. — Posso postar um relatório de "desaparecimento" em nosso quadro de avisos. Alguém que cruzou com ele pode ver.

Mudamos de direção agora, não para a cozinha, mas de volta ao escritório, onde Irmã Therese abre a mesma gaveta que tinha o abridor de garrafas. Ela alisa uma folha de papel de carta de cor creme sobre a mesa, datando-a no topo.

— Comece pela aparência dele. Feche os olhos se isso ajudar — ela sugere. — Às vezes ajuda.

Quando fecho os olhos, posso vislumbrar o rosto de Abek melhor do que o meu, mas de um jeito difícil de colocar em palavras úteis. *Bochechas gordas?* Ele as teve antes; agora, não teria como isso ser possível. *Um dente solto?* Já teria caído há muito tempo. Seu cabelo poderia ter sido cortado; suas contusões podem ter se curado ou multiplicado. Eu poderia dizer à Irmã Therese que ele tinha o tamanho do armário na parede onde meus pais costumavam medir nossa altura, mas Abek teria crescido.

— Ele tem… — começo incerta. — Ele tem olhos castanhos. Cor de avelã, na verdade, as íris têm um pouco de verde. Seu cabelo é ondulado. Uma de suas sobrancelhas pode estar dividida ao meio. Pouco antes de sermos levados, ele teve uma luta de espadas de madeira com outro menino; nós nos perguntávamos se ia deixar cicatriz. — Ele só estaria procurando por mim, Zofia — prossigo. — Nossos pais estão mortos, e ele sabe disso; foram enviados para as câmaras de gás assim que chegamos a Birkenau, vindos de Sosnowiec — continuo, mas em algum momento a Irmã Therese para de mover o lápis. Nem parece que está ouvindo; tem uma expressão estranha no rosto, em algum lugar entre apreensão e aborrecimento.

— O que foi?

— Isso é algum tipo de brincadeira? — ela pergunta. — Porque, se for, não é muito engraçada.

— O que quer dizer? — pergunto para a Irmã Therese. — Uma brincadeira?
— Lemuel ou um dos outros garotos colocou você nisso?
— Lemuel ou... claro que não.
— Isso seria cruel, esperar até que *Frau* Fischer se ausente para pregar uma peça.
— Irmã Therese — digo de maneira frenética. — Juro a você, não tenho ideia do que está falando, e não se trata de uma piada.
Agora a expressão em seu rosto mudou de irritação para algo diferente — preocupação e interesse.
— Você disse Sosnowiec? Lá na Polônia?
— Sim.
— Tivemos alguém aqui.
— *Alguém?* O nome dele era Abek?
Ela aperta os lábios.
— Não me lembro do nome dele. Lembro-me da cidade e lembro-me de um menino que esteve em Birkenau. A essa altura, a maioria das crianças aqui vinha de Flossenbürg; a Cruz Vermelha trouxe um grupo. Eu notava toda vez que vinha alguém que não era de lá.
— Você não o fez assinar em algum lugar?
— Isso foi no começo. Meses atrás. Não estávamos obrigando ninguém a se registrar para ser admitido; mal éramos um campo oficial. Nem tenho certeza se a UNRRA já enviara *Frau* Fischer.

— Você não mantinha registros. — Estou tentando manter minha voz firme, mas ela fraqueja.

Irmã Therese levanta as mãos num gesto para me acalmar.

— Você precisa entender. As crianças entravam sem sapatos. Tentávamos lhes dar sapatos. Vinham com fome, e as alimentávamos. Alguns ficaram, outros foram embora. Mas lembro-me de um garoto... lembro-me de ele dizer que iria procurar a irmã. Ele não parecia achar que tinha outro familiar, mas afirmou que sua irmã poderia ter sobrevivido a Birkenau. Isso me chamou a atenção porque, como eu disse, não tínhamos visto muitas pessoas que estiveram lá. Ele disse que sua família possuía uma fábrica na Baixa Silésia. Ficou apenas alguns dias.

— Era uma fábrica de roupas? Chamava-se Chomicki & Lederman?

— Acho que ele não disse. Realmente não me lembro. Só sei que ele queria encontrar a irmã e foi embora quando descobriu que estávamos recebendo apenas crianças com menos de dezessete anos, o que me fez pensar que sua irmã era mais velha do que isso.

— Ele estava saudável? — pergunto em desespero. — Ele parecia saudável?

— Ele parecia, sim — replica ela, e uma profunda sensação de alívio me percorre. — Ele estava saudável. Estava bem.

— Mas você não... mas você não podia...

— Eu não poderia forçá-lo a ficar. — O rosto da Irmã Therese está abalado. — Nem a me dar mais informações. Por favor, acredite em mim, Zofia, estávamos fazendo o melhor que podíamos. Havia inúmeras pessoas passando por aqui naquela época.

— Então, por que se lembra dele? — pressiono, insistente. — Se tantos passaram por aqui... você me perguntou se Lemuel estava lhe pregando uma peça porque perguntei sobre ele. Como ele pode ser importante o suficiente para que os meninos o usem para uma piada, mas *insignificante* o suficiente para que você nem se lembre do nome dele?

Ela estremece ante minhas palavras.

— Nenhuma das crianças é insignificante.

— Mas *esse menino tinha um nome.*

— Lembro-me dele porque... porque tivemos um incidente.

Eu me inclino para trás, assustada.

— Que tipo de incidente?

— Não importa.

— *Que incidente?*

Ela suspira. Suas palavras seguintes saem como se as estivesse arrastando.

— Ele roubou de mim. Tudo bem? — Por baixo do véu, ela baixa os olhos.

— Estávamos tão sem camas que o deixei ficar no meu quarto — relata ela. — Eu guardava o dinheiro da mercearia na minha mesa de cabeceira; o dinheiro que estávamos usando para todas as crianças. Na manhã seguinte, quando fui verificar o garoto, ele tinha sumido e o dinheiro também. Lembrei-me desse menino porque o restante das crianças não tomou café da manhã suficiente no dia seguinte, e todos aqui sabiam por quê.

Ele roubou? Sinto um choque de confusão e vergonha. Abek roubou o dinheiro da mercearia da Irmã Therese?

— Entendo.

Irmã Therese não queria ter de me contar essa parte da história. Ela estende a mão para colocar uma mecha solta para trás sob o véu e parece mais velha do que aparentou a tarde toda.

— Não o culpei, é claro. Eu sabia o que ele devia ter passado, e era apenas uma criança.

Meu coração está aos pulos e, ao mesmo tempo, desanimado. Não sei o que fazer com a história dela. Esse menino morto de fome era Abek? Esse menino que veio e saiu sem nome e desapareceu deixando para trás apenas bocas famintas? Perdi minha chance de encontrá-lo porque, em vez de procurar quando deveria, estava deitada em um hospital?

— Ainda devemos colocar um aviso — insiste a Irmã Therese. — Caso ele volte. Ou se chegar alguém que o conheceu.

— Nós ainda devemos colocar um aviso — eu concordo, mas minha voz é tão oca quanto uma caverna.

Recomeço minha descrição, e Irmã Therese a anota obedientemente. Quando termino, a página inteira está preenchida com a caligrafia dela. Ela recoloca a tampa na caneta.

— Realmente sinto muito que eu não…

— Está bem. Não há nada que se possa fazer sobre isso agora.

SEPARADOS PELO HOLOCAUSTO

Ela pega o papel e caminhamos até o corredor onde está o quadro de avisos. Como a Irmã Therese prometeu, fica em um local de destaque, logo na entrada principal, por onde quase todos os visitantes teriam que passar. Mas quando o vejo, meu coração desanima ainda mais. Nem um centímetro quadrado do próprio quadro é visível. Está todo coberto por panfletos, camadas e mais camadas deles, com descrições de familiares de algumas pessoas e perdas de outras. Alguns dos panfletos têm fotos anexadas — que sorte terem fotos — e há avós velhos e enrugados, noivos sorridentes e filhas dentuças.

Irmã Therese prega a descrição de Abek em um canto. Será coberto por outros papéis em uma semana.

— Posso fazer mais cópias — ela oferece. — E enviá-las com os trabalhadores que visitam diferentes campos, para serem colados em quadros de avisos por lá. — Ela morde o lábio. — Sei que está frustrada, mas esta é uma boa notícia, não é? Se era ele, significa que ainda estava saudável depois da guerra. Eu o vi com os próprios olhos.

Tento forçar um sorriso.

— Posso ver onde ele dormiu?

— Garanto a você, ele não deixou nada. Não haverá pistas.

— Não estou esperando nenhuma. É só que... — *isso parece bobo, mas eu não me importo* — ... é só que, em Birkenau, dormíamos em beliches lotados sem colchões. Eu gostaria de pensar nele dormindo em algum lugar quente.

— Claro.

Ela me conduz por uma escada estreita, rangente e de madeira, até a ala onde as crianças já estão dormindo. No segundo quarto, ela baixa a voz para um sussurro.

— Este era o meu quarto na época; agora, cedemos o espaço para as crianças.

A irmã abre a porta apenas o suficiente para passarmos, e pisco para me ajustar à luz. Quatro camas de solteiro encostadas às paredes. Simples, mas as roupas de cama parecem limpas, e cada uma tem um cobertor dobrado aos pés. Parece um bom lugar para dormir. Quente e arrumado. *Por que não ficou e esperou que eu o encontrasse?* Ou se foi embora, por que não voltou para casa, como o orientei?

Na penumbra, reconheço o menino na cama mais próxima da porta. É o pequenino do jantar, aquele que estava roubando comida extra. Ele dorme com os joelhos dobrados contra o queixo e os braços em volta deles.

Em silêncio, para não perturbar o menino adormecido, Irmã Therese levanta uma ponta de sua colcha e me mostra o colchão embaixo. Ele foi aberto e, por dentro, o que, a princípio, parecem pedras são, na verdade, pedaços de pão.

— Ele tem medo de que não haja mais — ela sussurra. — Estão sempre com medo de que não haja mais.

Enquanto Josef e eu deixamos a cidade e seguimos por uma estrada escura nos arredores, o banco de madeira crava em minhas nádegas ossudas de uma forma cruel que não fazia antes; cada pedra envia uma dor pelas minhas costas e pelos meus dedos inexistentes nos pés.

— Então, acha que era ele? — Josef questiona calmamente depois que lhe contei o acontecido. — O menino que veio para o convento?

— Não sei.

— Mas parece uma boa notícia.

Quando não respondo, Josef se vira para mim.

— Boa notícia, certo? Se for ele, vocês se desencontraram por apenas alguns meses. Ou *não* acha que é ele? — Ele estica a cabeça para tentar olhar para mim. — Zofia?

— Não quero falar sobre isso — respondo, incapaz de encontrar as palavras para explicar meus sentimentos complicados.

Será que acho que era ele? Era um menino da região de Sosnowiec que passara por Birkenau e procurava a irmã. Poderia ter havido muitos meninos assim?

Mas... não consigo imaginar Abek roubando dinheiro de pessoas que precisavam, pessoas que foram bondosas com ele.

Roubei o dinheiro de Dima. Roubei dinheiro de alguém que foi bondoso comigo, porque foi o único meio em que consegui pensar para encontrar meu irmão. Era a única circunstância em que poderia me imaginar uma ladra. Foi a mesma situação com Abek? O roubo é, na verdade, o melhor sinal de que *era* Abek?

Não consigo descobrir como concatenar tudo na minha cabeça. A forma como minha esperança é devorada pela culpa de não ter conseguido chegar lá antes. Como ouvir sobre alguém que poderia ter sido Abek não é o mesmo que encontrar Abek. Como chegar alguns meses atrasada é o mesmo que nunca chegar.

A situação com o meu irmão não é o tipo de coisa em que há concessões ou meias-medidas. Ou é Abek ou não é. Ou o levei para casa ou não.

— Mas se ela viu alguém que pode ser ele meses atrás, você está sendo ridícula — insiste Josef, interrompendo minha linha de pensamento. — Você tem alguma ideia de como algumas pessoas se sentiriam sortudas com essa notícia?

— Vou me sentir com *sorte* — deixo escapar — quando a pessoa que está ao meu lado na carroça for meu irmão e não você.

Foi uma coisa rude de dizer, mas estou muito exausta e confusa. E, acima de tudo, sinto que devo falar algo rude depois das coisas que Josef disse anteriormente. Quando o vejo estremecer ante o insulto, quase peço desculpas. Entretanto, não quero iniciar a conversa de novo e prefiro que ele se magoe, se isso o fizer ficar quieto.

Nenhum de nós se manifesta. Ele conduz a carroça e eu me sento como uma estátua; a estrada é longa e vazia. O único som são os cascos dos dois cavalos batendo na terra. Quando, depois de uma hora, fica escuro demais para enxergarmos a estrada à nossa frente, Josef para em uma casa onde ainda há uma luz acesa na janela.

— Acho que devemos parar por esta noite — anuncia ele, e não protesto. — Vou até lá para ver se eles sabem de um lugar para dormir aqui por perto.

Josef me deixa com a carroça. Pluma relincha baixinho no escuro até ele voltar, minutos depois.

— Podemos ficar aqui, em troca de ajudar nas tarefas amanhã — avisa ele. — Você vai dormir com a filha deles. Ficarei no celeiro.

Josef pega minha valise, ainda cheia de todos os pertences que embalei essa manhã, quando, esperançosamente, pensei que talvez não voltasse a Föehrenwald. Antes de levá-la até a porta, Josef se vira e abre a boca como se quisesse dizer alguma coisa. Ele não diz nada, porém, nem eu.

O casal que espera à luz do lampião é mais velho, o homem de barba branca e a mulher com uma leve curvatura nas costas. Nós os pegamos quando estavam indo para a cama; a mulher — *Frau* Wölflin, ela se apresenta — já está de camisola, os cabelos grisalhos caindo pelas costas em uma trança solta. Eles não parecem se importar com o fato de termos aparecido quase no meio da noite. *Frau* Wölflin diz que eles deixam a luz acesa exatamente por isso. Precisam de ajuda com a fazenda e alimentam e acomodam viajantes. Ela entrega uma pilha de cobertores para Josef e, enquanto o marido o leva para o celeiro, ela me serve um copo de leite. Eu o seguro e tento responder às suas perguntas educadas sobre a distância que percorremos e as condições da estrada.

— Foi um longo dia para você? — ela indaga.

— Foi um longo dia, Baba R... — começo e depois paro, humilhada. Quase chamei a mulher pelo nome de minha avó. Não é nem como foi com Gosia. Não tenho desculpa; mal conheço essa mulher. Estou tão exausta.

Frau Wölflin não percebe o deslize. Ou, se o faz, pelo menos não dá nenhum indício.

— Quero dizer, foi um longo dia — corrijo-me. — Obrigada por perguntar.

— Você não precisa beber isso. — Ela gesticula para o copo de leite intocado no meu colo. — Se está cansada, pode ir direto para a cama.

— Não quero ser rude, mas talvez eu vá mesmo para a cama. Estivemos viajando por um longo tempo.

Não sei o que esperava quando Josef disse que eu poderia dormir no quarto da filha deles. Porém, na idade dos Wölflin, acho que acreditava que a garota teria a minha idade ou mais. Em vez disso, quando sigo *Frau* Wölflin pela escada estreita e espero enquanto ela sussurra no ouvido da filha — *Hannelore, temos uma convidada; Zofia vai ficar com você esta noite* —, a cabeça loura com rabo de cavalo que se mexe sob o edredom pertence a uma criança, com não mais do que oito ou nove anos.

— Não se preocupe. — *Frau* Wölflin sorri. — Lore está acostumada com nossa casa ser uma espécie de pensão. Ela não vai se assustar ao vê-la pela manhã.

Quando *Frau* Wölflin sai, tiro os sapatos, mas percebo tarde demais que deixei minha valise no andar de baixo. Em vez de tentar descer tateando no escuro, afrouxo o laço na parte de trás do meu vestido e, em seguida, deito-me na cama completamente vestida, erguendo uma parte do edredom de penas de ganso e deslizando o mais silenciosamente que posso para baixo dele.

Estou cansada por tantos motivos que é difícil desembaraçá-los. Estou exausta pela esperança. Estou exausta pelo fato de ter acordado tão cedo essa manhã. Estou exausta deste país. Estou exausta do meu próprio corpo, às vezes, que parece que pode não voltar a ser tão forte ou resiliente quanto era antes.

Estou exausta da minha própria mente. Isso pode ser a coisa mais cansativa. Minha própria mente, pensando que uma fazendeira é minha avó e não me deixando saber em que eu deveria acreditar. Se eu pudesse parar de estar em guerra com minha própria mente... Domar o monstro. Parar meus sonhos.

De manhã, Hannelore acorda antes de mim. Todos devem ter acordado antes de mim. Ouço barulhos na cozinha no andar de baixo e sinto cheiro de mingau. Espreitando pela janela de vidro distorcido, vejo duas figuras, Josef e o sr. Wölflin, consertando uma cerca; o sol está muito acima do horizonte.

Apressada, enfio os pés nos sapatos, que chutei para baixo da cama na noite anterior, e desço correndo as escadas. *Frau* Wölflin está tirando os pratos do café da manhã de todo mundo; sua longa trança da noite anterior agora perfeitamente presa em uma coroa ao redor de sua cabeça.

— Não sei como dormi tanto tempo — peço desculpas, estendendo a mão para a louça empilhada na mesa de madeira rústica. — Sei que Josef prometeu que ajudaríamos nas tarefas.

Frau Wölflin dispensa minha ajuda com um abano de mão, apontando para uma tigela no meio da mesa, descansando em um jogo americano trançado.

— Guardei uns ovos cozidos para você. Quando terminar de comer, pegue um avental e saia para ajudar na lavagem, sim? Hannelore estava animada para que você descesse.

Como se fosse uma deixa, a porta se abre e Hannelore entra, seu próprio cabelo trançado para combinar com o da mãe, e um punhado de sardas no nariz.

— Você enfim acordou? — ela pergunta de maneira acusadora. — Tive que pegar minhas roupas e me vestir na cozinha para não acordar você.

— Sinto muito. — Tento manter uma cara séria enquanto me desculpo por esse crime, mas sua vozinha soa tão indignada que é difícil não rir.

— Tudo bem. Agora você está acordada — ela concede. — Tenho permissão para mostrar como a torneira funciona lá fora e, se houver tempo mais tarde, antes de você ir embora, posso lhe mostrar minhas bonecas.

— Você tem um bom plano para os visitantes.

— Recebemos muitos. — Ela suspira. — Durante muito tempo, não recebemos nenhum, mas agora sempre os temos por aqui.

— Por que não recebia nenhuma visita antes?

É *Frau* Wölflin quem responde, aproximando-se para acariciar o cabelo da filha.

— Durante a guerra — ela explica. — Tentamos não receber visitas durante a guerra.

Sinto que há significado nessa frase, mas não tenho certeza do que seja. Do que tinham medo durante a guerra? Saqueadores ou judeus em busca de proteção? Tinha de ser um dos dois.

— Você vem? — As pequenas mãos de Hannelore estão em seus quadris.

Posso perceber que ela planeja monitorar todo o meu café da manhã, por isso decido abandoná-lo, encontrando um avental no armário que *Frau* Wölflin me indicou e enfiando os ovos cozidos no bolso.

Lá fora, na luz, a terra dos Wölflin é malcuidada e selvagem. Uma horta na frente precisa de capina; um toldo precisa ser reparado. Não é à toa que estão felizes em ter pensionistas; esta propriedade é demais para um casal mais velho.

Hannelore me mostra como vamos encher uma tina com água da torneira externa. Como uma tina será para a louça e a outra, para a roupa, e como vamos guardar a água que sobrou para regar o jardim mais tarde.

— Seu amigo Josef disse que você vem de cidade grande — explica ela. — Eu não sabia se você saberia como usar uma bomba de água ao ar livre.

— Sou de uma cidade, originalmente — conto a ela. — Mas, por muito tempo, eu vivi… em outro lugar. Só tínhamos uma bomba ao ar livre lá. Às vezes, nem isso tínhamos.

— A água na bomba congelava? Isso acontece aqui no inverno.

— Algo parecido. Você vai à escola hoje? — pergunto, mudando de assunto.

— Estudo em casa. Stiefmutter não gostava que eu ficasse sozinha enquanto os soldados estivessem por perto. Talvez eu vá agora. — *Stiefmutter*, madrasta. Isso explicaria como *Frau* Wölflin pode parecer tão velha, mas ter uma filha tão jovem quanto Hannelore.

— Vai ser bom. Eu gostava da escola quando tinha a sua idade.

A porta da cozinha se abre e *Frau* Wölflin sai, indo para o limite da propriedade onde Josef ajuda *Herr* Wölflin a consertar a cerca. Enquanto observo, Josef bate o ombro contra um poste apodrecido, inclinando-se na madeira, enterrando os pés no chão. A frente de sua camisa — sua camisa cinzenta, um pouco manchada de sangue com um bolso ainda rasgado — agora está úmida de suor; suas mechas escuras grudam na testa.

Eu deveria me desculpar por ter sido seca com ele ontem à noite. Também deveria parar de fitá-lo agora. Não consigo me obrigar a fazer isso também.

Frau Wölflin termina de verificar o progresso da cerca e se aproxima de Hannelore e de mim, dando um beijo distraído no topo da cabeça da menina.

— Leve-lhe água logo — ela instrui, acenando de volta para o marido. — Ele não é tão jovem quanto pensa que é.

Esta é uma família. Não do jeito que era a minha. Mas é uma família mesmo assim; não é de admirar que eu quisesse chamar *Frau* Wölflin de Baba Rose. Percebo, vendo-a se preocupar com sua família, que nunca mais terei alguém se preocupando comigo. Mesmo que encontre Abek, sempre serei eu quem cuidará.

Olho para baixo, tentando me concentrar em limpar os pratos na minha frente. Quando terminamos de lavar, e depois de secar a louça e prender os vestidos em um varal, Hannelore pega minha mão.

— Ainda estão fazendo a cerca; há tempo suficiente! — ela exclama. — Ainda posso lhe mostrar minhas bonecas, e podemos desenhar.

Do outro lado do pátio, Josef nos vê voltando para a casa. Ele levanta as sobrancelhas, perguntando se estou bem, e eu aceno que estou. Mas, então, ele aponta para o pulso, como se estivesse usando um relógio de pulso, embora não esteja, para dizer que não devemos ficar muito mais tempo. Todos em Föehrenwald estão esperando pelos suprimentos.

De volta ao andar de cima, no quarto com piso de serragem e vigas de madeira no teto, sento onde Hannelore me orienta e obedientemente pego a boneca que ela me entrega. A cena que quer representar é uma escola, ela bancando a professora para as alunas bonecas. Alguns dos detalhes que inventa são engraçados, mas ela acerta muito. *Frau* Wölflin deve estar tentando prepará-la para a escola.

Depois que fez todas as alunas cantarem uma música e realizarem uma prova, e eu, um concurso de soletrar de faz de conta, Hannelore explica que é hora de guardar as bonecas e pergunta se eu gostaria de desenhar.

— Acho que não tenho tempo — respondo-lhe com pesar. — Meu amigo disse que precisávamos sair logo. Mas obrigada por passar a manhã comigo.

Ela franze os lábios.

— Ainda posso lhe dar um desenho. Fiz um desenho de você enquanto dormia.

Sorrio.

— Sua pequena espiã!

— Eu não estava desenhando enquanto *observava* você. Desenhei enquanto estávamos tomando café da manhã. Não consegui acertar seu rosto porque estava escondido pelo travesseiro, mas Josef disse que está bom.

— Bem, eu adoraria ver.

Ela pega a folha de papel em cima de sua cômoda e a entrega para mim, pegando uma boneca para trocar de roupa enquanto admiro o desenho. É um grupo de pessoas, de pé na frente do que reconheço ser a casa de fazenda em que estamos hospedados.

— É uma bela imagem. Conte-me sobre ela. Esta é você? — Aponto para a figura menor. — E aqui sou eu e Josef, e esses dois do outro lado devem ser seus pais.

— *Stiefmutter* e *Stiefvater* — diz ela.

— Bobagem — respondo. — Não tem como ambos serem seus padrastos.

— São, sim.

Balanço a cabeça, certa de que ela apenas entendeu mal o termo.

— Sua mãe é casada com seu padrasto ou seu pai é casado com sua madrasta?

Ela olha de volta para a boneca, abotoando um avental por cima do vestido.

— Mamãe não está aqui. Ela disse que voltaria para me buscar mais tarde.

— Onde está sua mãe agora?

Hannelore ajusta o avental de novo, mais do que precisa, e de repente parece muito mais velha do que oito anos.

— Não sei onde ela está. Ainda não voltou. Eu não podia falar sobre ela antes, mas *Stiefmutter* diz que agora tenho permissão porque os nazistas perderam.

Engulo em seco.

— Sua mãe deixou você porque era mais seguro? Foi isso que ela disse?

— Sim. Ela não queria que ninguém me levasse. E tenho cabelos claros, então seria fácil esconder.

É isso que deveríamos ter feito com Abek? Implorar a um casal sem filhos para mantê-lo seguro? Se o tivéssemos feito, eu seria capaz de bater à porta deles agora e encontrá-lo em um quarto aconchegante no sótão decorado com seus desenhos?

— Tenho uma fotografia — lembra Hannelore. Ela volta para a cômoda, abre a gaveta de baixo e tira uma caixa. De lá, puxa um livro e agora folheia as páginas, tirando fotos escondidas entre elas. — Não me lembro muito bem dela, mas era tão bonita que acho que poderia ter sido estrela de cinema. Não acha?

Ela me entrega a fotografia.

— Ela é muito bonita — concordo, contemplando a jovem com olhos grandes.

— O nome dela é Inge. Não é um nome bonito?

Minha voz falha.

— Muito bonito. — De repente, não quero mais segurar a fotografia, entregando-a às pressas para Hannelore, apenas vagamente ciente de que posso estar assustando uma garotinha.

— Hannelore, foi muito bom brincar com você, mas acho que já está na hora de eu ir embora.

— Ninguém disse que tínhamos que parar.

— Eu sei, mas... meu amigo, ele queria começar cedo, e temos uma longa viagem!

Estou de pé, movendo-me rapidamente em direção à porta, descendo até o andar de baixo, pegando minha valise no pé da escada, onde a deixei na noite anterior. Do lado de fora, *Frau* e *Herr* Wölf admiram a cerca, agora completa e reta, e Josef está lavando o rosto na torneira.

A mãe de Hannelore, Inge, era bonita o suficiente para ser estrela de cinema. Mas, quando olhei para aquela fotografia, só consegui pensar em outra mulher chamada Inge, uma garota-nada do hospital que não era bonita. Que estava coberta de crostas e cujos dentes e cabelos tinham caído.

Não é a mesma pessoa, digo a mim mesma. *Você sabe que não é; as histórias não batem.*

Mas muito disso combina; tantas de nossas histórias são as mesmas. A Inge que eu conhecia falava da filha, que morava com um simpático casal alemão. Ela se sentava no parapeito da janela do hospital e cantava canções para o céu noturno, e, então, um dia, de um jeito que pareceu uma inclinação graciosa, de um jeito que quase pareceu um acidente, inclinou-se mais para fora até cair do peitoril da janela.

Seu nome verdadeiro era Inge, mas todos nós a chamávamos de Bissel. *Bissel.* "Um pouco", em iídiche. Por causa da vez que uma das enfermeiras tentou nos dizer que nenhuma de nós era louca, mas aí olhou para Bissel e disse:

— Ela, talvez. Um pouquinho. Ela talvez esteja um pouco louca.

— Estou pronta para ir — digo a Josef. Ele se levanta da torneira, usando um pano desbotado para secar o cabelo. Quando olha para mim, consegue sentir que algo está errado.

— Vou pegar nossas malas — avisa ele.

— Já peguei. — Aponto para onde as coloquei, ao lado da carroça.

— Não podemos sair sem nos despedir dos Wölflin.

— Vá você. Esperarei aqui.

Passei o trajeto inteiro no dia anterior tentando convencer Josef de que não estava louca e agora estou desmentindo isso a cada frase, com minha brusquidão e com a maneira desordenada de subir na carroça sem esperar por ajuda.

Josef é educado o suficiente por nós dois. Ele volta para dentro para agradecer à família Wölflin, dizendo-lhes... não sei o que está dizendo. Que me sinto adoentada, que estamos atrasados ou que sou indescritivelmente rude. Fazem gestos que vejo como ofertas: *Vocês têm de sair tão cedo? Não querem mesmo levar algo para a viagem?* E Josef recusando: *Não, obrigado. Vamos ficar bem, mas que gentileza a sua perguntar.*

De volta à carroça, os cavalos atrelados e em marcha lenta, observo a casinha branca de fazenda ficar para trás até parecer um cartão-postal. Josef a deixa desaparecer no horizonte antes de se virar para mim.

— Aconteceu alguma coisa?

— Tudo — respondo com voz estrangulada.

— Tudo?

— Aconteceu tudo — repito, porque agora esta parece a melhor maneira de descrever. Irmã Therese, um garoto misterioso roubando dinheiro de um convento, Inge caindo da janela, outra Inge deixando sua filha, Hannelore me mostrando uma foto e as semelhanças de suas histórias, das histórias de todos. Tudo isso é cumulativo.

— Zofia, já lhe disse ontem que não acho você louca. Então, quer explicar mais?

Torço a alça da minha valise. O fecho parece ainda mais quebrado do que quando a peguei.

-— Aquela garota. Hannelore. Ela não é filha verdadeira dos Wölflin. Ela estava escondida.

Josef parece surpreso com o que passa pela minha mente.

— Eu sei. *Herr* Wölflin me disse. Sua mãe era filha de bons amigos deles, o casal que era dono da loja de rações. Foram levados.

— Inge — digo. — Inge está morta. — Nesse momento, a carroça passa por cima de uma pedra, então a palavra sai como uma punhalada. *Morta*.

— Zofia. — Ele leva os cavalos a parar. — O que está dizendo? Você conhecia a mãe daquela garota?

— Não. Não sei. Acho que não. Conheci uma Inge, mas nós a chamávamos de Bissel.

Conto a Josef, aos trancos e barrancos. Digo-lhe que mal conhecia Bissel, que nenhuma de nós a conhecia, exceto que ela dormiu em uma cama ao meu lado por dois meses e falava o tempo todo sobre a filha que iria encontrar quando a guerra terminasse. Mas não o fez. Em vez disso, sentou-se no parapeito da janela e inclinou-se para trás.

— E a filha dela está *esperando* — continuo. — A filha de Bissel está esperando em algum lugar como Hannelore, pensando que a mãe voltará para casa a fim de buscá-la. Mas ela nunca vai voltar para casa. Continuará esperando, mas Bissel nunca voltará para casa, e eu sei disso, mas ela não.

— A mãe de Hannelore também não vai voltar para casa — diz Josef. — Hannelore ainda pode acreditar que a mãe está vindo para buscá-la, mas os Wölflin sabem que não. *Herr* Wölflin me contou; estão escrevendo cartas, mas já presumem que ela esteja morta.

SEPARADOS PELO HOLOCAUSTO

— Eles supõem, mas não sabem — retruco. — E isso é o pior de tudo. A pior coisa possível.

— O não saber?

Minha mente está girando.

— Suponha que você pudesse descobrir a resposta para um mistério que deseja resolver. Mas de todas as possíveis respostas terríveis que imaginou, há uma ainda pior. Ainda gostaria de saber?

— Zofia, não estou entendendo — responde Josef, confuso, mas não impaciente. — A mãe de Hannelore, Inge, lembra outra mulher chamada Inge, e ambas deixaram suas filhas com famílias que não sabem o que aconteceu com elas? O que está perguntando?

O que estou perguntando?

Estou perguntando: se minhas opções fossem nunca conseguir encontrar o meu irmão ou saber com certeza que algo terrível havia acontecido com ele, qual eu escolheria? Qual é a linha entre a quantidade de informação que traz esperança e a quantidade que traz desespero?

Você escolhe o conforto da fantasia? Ou escolhe a dor real?

Não. Não é isso que estou perguntando. Isso não é o que eu sempre perguntei.

Desde o momento em que acordei no hospital, desde o momento em que a guerra acabou e comecei a tentar reconstituir meu cérebro, só tenho feito uma pergunta.

— Josef. — Minha voz é quase um sussurro. — E se meu irmão estiver morto?

Eu disse isso. A coisa que eu nunca me permiti dizer ou permiti que qualquer outra pessoa dissesse também. Essa é a pergunta que quero respondida.

Testemunhei centenas de pessoas morrerem. Tiro. Enforcamento. Fome. Espancamento. Esgotamento.

Vim aqui hoje atrás de esperança e coincidências. *O garoto nos registros de Dachau com nome parecido, Alek Federman. O menino que chegou para a Irmã Therese.* E se nenhuma das coincidências for a lugar algum porque meu irmão está morto?

As rédeas se contorcem na mão de Josef. Espero que me assegure que Abek não está morto. Espero que me diga novamente que recebi uma pista promissora da Irmã Therese e que devo me agarrar a ela.

O otimismo indulgente é o presente que cada pessoa que conheci me deu. Gosia. Dima. As enfermeiras. Todos me disseram que poderia levar muito tempo, mas que eu não deveria perder a esperança. Ou acariciaram meu braço e encontraram um jeito de desviar os olhos. Ou escreveram para Bergen-Belsen e não me disseram quando receberam resposta. Todos encontraram várias maneiras de lidar comigo. Com minha fragilidade, com minha dor, com minha esperança teimosa.

Josef me encara. Seus olhos cinzentos nunca pareceram tão profundos ou tão límpidos.

— E se ele *estiver* morto? — Ele solta as rédeas agora e se inclina para a frente pesadamente, os cotovelos nos joelhos. — E se ele estiver, Zofia? Acha que poderia encontrar uma forma de viver o resto de sua vida?

Espero ficar com raiva dele por verbalizar isso. Eu quero que a raiva se desenrole no meu peito e forme uma concha protetora ao redor do meu coração.

Acho que poderia viver o resto da minha vida se Abek estivesse morto? Mas, em vez de raiva escaldante, sinto uma espécie de calma arrepiante. *E se?* E se isso for verdade? E se a coisa contra a qual eu estava me protegendo realmente aconteceu? E se, em vez de usar toda a minha alma me preocupando com isso, eu tivesse que devotar minha alma a viver com isso?

Eu poderia fazer isso? Existe algum meio de eu poder fazer isso?

Perdida em pensamentos, estou apenas vagamente ciente de que Josef não está mais olhando para mim. Está olhando para o horizonte, perdido em algo próprio.

— Tenho uma irmã que morreu — Josef diz, baixinho. — Antes da guerra. Muito tempo atrás. Ela tinha dez anos e ficou doente primeiro. — Ele murcha um pouco quando diz isso. Murcha como um balão, e a frase sai crua como se ele não tivesse prática em elaborá-la. — Sei que não é a mesma coisa; não é o mesmo tipo de coisa — continua. — Mas significa que sei como é o luto quando tem a chance de ser superado. Minha família teve muito tempo para descobrir como seria a vida sem ela. Como lidar com isso.

— Como você lidou com isso?

— Mal — ele responde, fazendo uma careta. — Isso destruiu os meus pais. Isso os transformou em pessoas diferentes. Klara mantinha a família unida de formas que não percebemos na época.

SEPARADOS PELO HOLOCAUSTO

— Como era sua irmã? Klara?

Ele prende a respiração bruscamente.

— Era engraçada. Teimosa. Tipo, um dia, quando ela tinha uns oito anos, estava brava comigo por eu não a deixar brincar com meus amigos, então ela limou o calcanhar do meu sapato. Somente o esquerdo. Um pouco todos os dias, durante uma semana. Achei que estava ficando louco. Ou que talvez eu tivesse alguma doença debilitante porque uma das minhas pernas era mais curta do que a outra. Não acho que muitas crianças de oito anos tenham esse tipo de paciência ou esse tipo de, sei lá, *astúcia*.

— Vocês eram próximos?

Ele balança a cabeça.

— Na verdade, não. Eu a julgava imatura. Mas acho que também presumi que nos tornaríamos melhores amigos quando fôssemos mais velhos. Em vez disso, ela ficou doente.

— Ah, Josef. Sinto muito.

Sem pensar, pouso a mão em seu antebraço. Ele olha para baixo e não a afasta. Ele se inclina para ela. De maneira quase imperceptível, mas o faz. Posso sentir os tendões e músculos de seu antebraço ondulando sob a manga quando ele coloca os cavalos em marcha novamente. Devagar, transfere ambas as rédeas para a mão esquerda, descansando a direita aberta no colo, palma para cima. Devagar, deslizo a mão por seu braço e entrelaço meus dedos nos dele. Essa troca leva uma eternidade, minutos inteiros. Só quando ele solta um breve suspiro tenho certeza de que era isso que esperava que eu fizesse, e só quando, agradecido, enrola seus dedos em volta dos meus, como se estivessem famintos, como se eu estivesse em segurança, percebo que ele estava com medo de que eu não o fizesse. Seus dedos são mais frios que os meus e parecem sólidos e reais.

— Josef — digo baixinho. — E se meu irmão estiver morto… mas e *se ele não estiver*? Ainda não estou pronta para desistir. Você acha isso estúpido?

Ele suspira.

— Não sei. Não sou a pessoa certa para você perguntar sobre coisas estúpidas. Começo brigas com gente maior do que eu, lembra?

— Entro em trens e atravesso países — digo.

— Isso não é estúpido. É corajoso.

A escolha de palavra me surpreende; não é uma que eu escolheria para me descrever. As atitudes que tive não foram tomadas por coragem. Tomei-as por necessidade.

— Acho que apenas faço o que qualquer um faria para encontrar sua família — falo. — Você não faria isso, se sua irmã estivesse viva? Ou seus pais. Se estivessem.

Sua mão se contorce na minha, e ele se mexe meio sem jeito.

— Acho que ainda *estão* vivos.

Encaro-o, boquiaberta.

— Sério?

— Até onde sei. Penso que sim. Mas podemos falar de outra coisa.

Seu rosto se fecha numa máscara, o mesmo tipo de evasão de quando me ofereci para consertar sua camisa. Um bloqueio.

A revelação sobre seus pais é insondável para mim. Como alguém pode ter familiares vivos e não fazer o que estou fazendo ou o que Miriam está fazendo, dedicando o máximo possível de horas para encontrá-los?

— Você está procurando por eles, no entanto, certo? — pergunto. — Ainda está procurando por eles? Josef?

Em vez de responder, Josef tosse e abruptamente solta minha mão para cobrir a boca. A tosse parece forçada, porém, rasa no peito. Quando termina, pega de novo as rédeas com as mãos e se afasta. Há um vão de ar frio agora contra a minha coxa.

— Eu não queria bisbilhotar. — Tento consertar as coisas. — Eu só queria saber sobre seus pais.

— Não é isso — ele insiste. — É só que é tarde. Ficamos na casa dos Wölflin por mais tempo do que pretendíamos, creio eu. Acho que devo me concentrar nos cavalos.

— Ah. Tudo bem.

Nada do que ele diz é rude ou mesmo indelicado, mas é distante, uma voz que pode ser medida em quilômetros. Não sei o que disse ou fiz, mas voltei a ser uma estranha para ele.

Já é tarde da noite quando voltamos para Föehrenwald; a maioria dos chalés já está escura. Passamos por alguns veículos, de cor cáqui, de aparência oficial, estacionados em grupo na entrada do campo. Não estavam lá quando partimos; devem ser os quebrados, agora consertados, que a sra. Yost mencionou mais cedo.

Deixando Josef nos estábulos, volto para meu chalé. Quando chego perto o suficiente, vejo que é um dos poucos que ainda estão com a luz acesa, com o brilho de um lampião vindo das cortinas do meu quarto. Hesito, pensando se devo esperar do lado de fora até que as luzes se apaguem. Prefiro não falar com ninguém agora; prefiro apenas cair na cama, dobrar os joelhos contra o peito e dormir.

Ando na ponta dos pés pelo quarto da frente onde Judith e Miriam estão dormindo, torcendo para que a luz do nosso quarto esteja acesa por acaso. Ou talvez Breine e Esther a tenham deixado acesa para que eu não tivesse de me atrapalhar quando voltasse. Todavia, quando coloco a mão na maçaneta, ouço um raspar na madeira e, em seguida, uma gargalhada — minhas colegas de quarto estão sem dúvida acordadas lá dentro.

Ao abrir a porta, pisco algumas vezes com a visão diante de mim: Breine em seu vestido de noiva, de pé em uma cadeira para que fique alta o suficiente para ver seu corpo inteiro no espelho na parede. Esther, de pé atrás dela, na cama de Breine, segurando um lenço para imitar um véu. Ambas riem de maneira histérica.

— Está... está tão horrível. — Breine engasga, enxugando uma lágrima do olho.

— Shhhhhh.

— Está tão horrível — Breine sussurra desta vez e pega o lenço-véu para jogar na cabeça de Esther.

O vestido assenta em Breine tão bem quanto pensei: o que quer dizer que não o faz. As pences no corpete, que deveriam definir seus seios, não param em seus mamilos, estão quase na cintura. O decote é muito alto, a cintura é muito baixa e a bainha bate na parte menos bela de suas panturrilhas.

— Não está tão ruim — atenua Esther lealmente, pegando um punhado de tecido na parte de trás, puxando-o para um lado, depois para outro, tentando sem sucesso encontrar um corte mais lisonjeiro. — Você está linda.

— Está tão... Por que pensei que poderia me casar com isto?

— Você ainda pode — Esther começa a falar, otimista, mas vacila quando Breine lhe lança um olhar atravessado.

— Ah, Breine. Por que não experimentou o vestido logo quando o encontrou?

— Não achei que isso importasse. Eu ficava repetindo para mim mesma que qualquer coisa que não cheirasse a esterco estaria boa.

Quando fecho a porta atrás de mim, Breine e Esther notam minha presença.

— Ah, Zofia, venha e testemunhe o horror disso — Breine me encoraja. Mas, quando me chama para entrar, um cordão de miçangas se solta, voa para fora da manga e cai sobre o lampião. Os olhos de Esther e Breine se encontram no espelho. Esther mantém uma expressão digna por aproximadamente dois segundos; então, o som das miçangas batendo contra o vidro do lampião as torna impotentes novamente contra os risos.

— Vamos, desça. — Esther estende a mão. — Vamos tirar esse vestido antes que ele mate alguém.

— Vamos tirar esse vestido de mim e *matá-lo* — concorda Breine.

— Esperem! — Ambas olham para mim e congelam em um quadro estranho, Breine a meio caminho de descer da cadeira. — Você se importa se eu der uma olhada? — pergunto baixinho.

— No vestido? Não me importo se você pegar essa coisa e queimar.

— Poderia voltar para a cadeira, por favor?

Breine troca um olhar com Esther. Elas acham meu pedido estranho, mas Breine obedientemente volta para a cadeira.

Ando ao redor dela primeiro, notando onde o vestido está muito largo e onde está muito apertado; onde a costura é desigual e quanto pode ser desmontado sem ter de refazer toda a peça. Elas veem um vestido que não tem jeito. Eu vejo um vestido que precisa de ajuda. O tipo de ajuda que sou capaz de fornecer... ou um dia fui, pelo menos.

Depois de fazer um círculo completo, aproximo-me e sinto o tecido entre o polegar e o indicador, examinando a espessura da seda, imaginando qual tamanho de agulha eu precisaria para a delicadeza do tecido. Pinçando a seda entre os dedos, tento ver como ficaria se fosse reduzido ou ajustado de modo diferente... da mesma forma que Esther fez, mas com melhores resultados, já que tenho prática nesse tipo de coisa, e ela não.

SEPARADOS PELO HOLOCAUSTO

Vestidos são diferentes dos uniformes dos soldados. Faz muito tempo que não costuro algo bonito.

Breine e Esther pararam de rir. Vejo-as olhando uma para a outra e depois de volta para mim com expressões em algum ponto entre surpresa e admiração. Percebo que, no pouco tempo que me conhecem, não me viram fazer nada em que eu seja boa. Ou qualquer coisa, na verdade, que fosse parte do que me fez eu mesma.

Adicionar uma faixa pode ajudar a cintura folgada. A dona do vestido obviamente tinha a cintura mais grossa do que Breine. Retirar o suficiente para o vestido se adequar à cintura de Breine exigiria arrancar quase todos os pontos, e não acho que o tecido poderia suportar isso. Mas se eu fizesse uma faixa, poderia ajustar a cintura sem muita costura adicional.

Em seguida, vou para a parte inferior do vestido, virando a bainha em busca de verificar se há algum material extra que eu possa usar para fazer uma faixa combinando. Há. E teria ainda mais tecido extra se a bainha fosse levantada alguns centímetros, o que também tornaria a peça mais jovial e apropriada para uma mulher de vinte e dois anos como Breine. Eu gostaria de ter uma máquina de costura. Mas talvez este trabalho fosse melhor à mão. Eu gostaria, pelo menos, de ter o bom conjunto de agulhas de Baba Rose e um carretel de linha de seda amarela.

Ainda assim, meus dedos estão formigando e vivos novamente, do jeito que estavam quando vasculharam a caixa de doações. Sinto-me com propósito. Um problema precisa ser resolvido e, pela primeira vez, eu sei como resolvê-lo.

— Eu poderia consertar isso — concluo.

— Sério? — Breine pergunta.

— O tecido é muito frágil para refazê-lo por completo, mas eu poderia levantar a bainha e fazer algo para consertar a cintura. Talvez retrabalhar o decote e reorganizar algumas miçangas para que pareça um pouco mais moderno.

— Você sabe fazer tudo isso?

— Sei, sim. Tínhamos uma fábrica de roupas.

— Você nunca disse que eram roupas — diz Breine. — Minha mãe me ensinou a pregar botão, e isso é tudo que consegui. Ela disse que as empregadas fariam o restante.

— Nem isso sei fazer — Esther diz. — Meu pai queria que eu fosse trabalhar com ele em seu jornal. Ele me disse que editores não precisam de economia doméstica.

— Para clientes particulares, fazíamos um trabalho mais sofisticado, às vezes à mão — explico. — Faz tempo que não faço nada assim.

— Mas já fez antes? — Breine pergunta.

Faço que sim com a cabeça.

— Se confiar em mim, posso tentar consertar isso. Posso pelo menos melhorá-lo.

— Ah, Zofia, sinceramente. Se conseguir fazer parecer que tenho dois seios em vez de quatro, vou amar você para sempre.

Esther me entrega um lápis para que eu possa fazer algumas marcações para alterações, e, depois, ela e eu deslizamos o vestido sobre a cabeça de Breine, enquanto Breine fica de pé com os braços para cima e tenta permanecer imóvel. Mas o tecido é velho e problemático. Ela ri toda vez que uma conta cai no chão e depois se desculpa, mas então Esther começa a rir, e eu também.

— Quer saber, isso nem importa — comento. — Vamos remover a maioria delas de qualquer maneira.

— Sério? Remover as miçangas?

— Sério, de verdade. Elas não estão favorecendo você nem o vestido.

— Voem livres, miçangas! — Breine grita, balançando os ombros até que uma dúzia de contas se solte de uma vez, e então estamos rindo de novo.

Quando, enfim, apagamos o lampião, devem ser duas ou três da manhã. Afundo na minha cama, e meu travesseiro nunca foi tão macio.

Então, estou pensando em tudo. Em Hannelore e Inge. Em Josef e sua irmã. Na conversa que tivemos a caminho de casa, sobre esperança e finais felizes e tristes. E em Abek, sempre Abek, e todas as últimas vezes que sonhei que o vi.

Eu gostaria que fossem histórias melhores. Histórias mais felizes sobre os últimos tempos. O problema é que meus últimos tempos são inerentemente tristes: a última vez que vi o meu irmão. A última vez que minha família esteve junta. A última vez que minha cidade foi Sosnowiec, e não Sosnowitz.

Suponho que existam histórias sobre as últimas vezes de coisas *ruins*. O último uniforme alemão que tive que ajudar a fazer. A última noite que tive que dormir, congelada no barracão, antes que o Exército Vermelho nos libertasse. A última vez que comi uma batata crua com as mãos nuas: estava tão faminta que quase a engoli inteira. Essas contam como últimas vezes felizes? Não sei. A ausência de dor não é o mesmo que a presença de felicidade.

E se as vezes que acho serem as últimas não acabaram? Algumas últimas vezes estão em aberto. Quando eu encontrar Abek novamente, nossa separação não será mais "a última vez que vi Abek", será apenas "a última vez que o vi antes da guerra".

Penso em tudo isso enquanto Breine e Esther param de rir no escuro e acabam adormecendo.

Mas também penso em um vestido. Um vestido, uma fita métrica e alfinetes que deixam marcas no meu dedo indicador, e o trabalho metódico de consertar alguma coisa. Parece um bálsamo, um bálsamo fresco para o meu cérebro adormecer pensando em um vestido.

*S*eu rosto embaçado aparece na minha frente novamente. Sua voz é tão triste. Desta vez não estamos em uma lembrança, nenhuma que eu possa identificar. Estamos sentados juntos em um espaço escuro que pode ser meu quarto, ou pode ser o escritório do meu pai, ou pode ser apenas um espaço escuro. E, desta vez, de alguma forma, estou ciente desde o início que é um sonho. Mesmo enquanto estou nele, estou ciente de que é um sonho.

— Já está na hora? — ele pergunta. — É hora de pensar na última vez em que você me viu?

— Estou tentando — respondo-lhe. — Estou tentando.

— Está se aproximando — diz ele. — Você está se aproximando, então, por favor, faça uma promessa para mim, Zofia. Garanta que esta é a última vez que você mente sobre a última vez que me viu.

— Como pode ser mentira se não sei qual é a verdade? — pergunto. — A ausência da verdade não é a presença de uma mentira. Estou tentando. Estou tentando. Estou tentando.

Duas semanas depois, as pessoas de Feldafing chegaram. É por isso que os carros extras estavam perto da entrada do campo quando Josef e eu voltamos — eles carregavam a primeira rodada de transferências de Feldafing. Nos dias seguintes, os carros e alguns caminhões foram indo e voltando, trazendo centenas de novos deslocados para o campo.

Em nosso chalé, o quarto da frente foi reorganizado para acomodar uma terceira cama ao lado da pia. Uma jovem austríaca agora a ocupa. Ela tira os sapatos sempre que entra pela porta da frente. Anda na ponta dos pés mais silenciosamente do que qualquer pessoa que já vi. Mais tarde, alguém me disse que ela passou a guerra escondida em um espaço sob as tábuas do piso de um vizinho. Não viu a luz do sol ou ficou em pé por três anos. Agora, sua coluna se curva para a frente como a de uma velha, e sua voz é um sussurro inexperiente. Deixei-lhe um par de meias no travesseiro porque pensei em como Breine fez questão de dividir o tapete comigo na minha primeira noite aqui, porque afirmou que todos nós passamos por isso juntos. Não sou mais a novata.

Josef saiu outra vez. Dois dias depois de voltarmos do Kloster Indersdorf, eu o vi sair do campo, dessa vez em um carro, com um funcionário do campo. No jantar daquela noite, Chaim mencionou vagamente que Josef se ofereceu para ajudar com algo perto da fronteira da Alemanha ocupada pelos britânicos. Mas Chaim não deu detalhes, e fiquei muito chateada por Josef ter saído sem se dar ao trabalho de me dizer para pedir mais informações.

O campo está cada vez mais organizado. A sra. Yost anunciou no jantar uma noite que eles estavam transformando uma sala não utilizada em uma biblioteca, um local central para armazenar todos os livros que recebemos como doações. Da vez seguinte, disse-nos que as linhas telefônicas haviam voltado. De modo intermitente, ela disse, mas teoricamente de volta.

Por algumas horas por dia, agora podemos ficar em uma fila que sai do escritório dela e desce o corredor, esperando para ligar para um ente querido, para uma organização de ajuda humanitária ou para perguntar sobre um apartamento. Falamos rápido e tentamos não perder muito tempo com gentilezas, esperando terminar nossos negócios antes que a linha fique muda outra vez.

— Senhorita Lederman? — chama a voz confusa do outro lado da linha telefônica.

— Sim! — grito no receptor para o funcionário do Comitê Judaico-Americano de Distribuição Conjunta que tenho na linha. — Ainda estou aqui! Consegue me ouvir?

— Espere um momento; o que eu disse é que eu estava indo verificar os arquivos. — Ele desaparece e, enquanto está fora, o telefone começa a estalar outra vez, o que, em geral, é um sinal de que a linha está prestes a cair de novo. *Volte, volte,* eu imploro em silêncio.

Há um barulho quando o funcionário do comitê humanitário pega o receptor outra vez.

— Senhorita Lederman? Estou com sua carta aqui. Infelizmente, não temos registros correspondentes para um Abek Lederman.

Fecho os olhos, tentando abafar a conversa que ecoa da fila do lado externo da porta.

— E quanto a Alek Federman? Você verificou isso também?

— Não há nada nesse nome também. Sinto muito.

— Estou ligando para acrescentar algo também — eu me apresso a dizer antes que ele desligue. — É possível que ele tenha ido para o Kloster Indersdorf. Apenas por alguns dias após a liberação. Você poderia adicionar isso?

— Podemos adicionar isso ao arquivo.

Ouço o som fraco de uma caneta riscando, então sei que ele está fazendo isso.

SEPARADOS PELO HOLOCAUSTO

— Nós a encorajamos a tentar de novo em algumas semanas — orienta ele quando termina. — Recebemos notícias de mais pessoas todos os dias.

Quando estou me preparando para dizer adeus, há uma batida à porta atrás de mim, a pessoa seguinte está esperando na fila para usar o telefone. Cubro o receptor com a mão. *Vou sair em breve*, articulo com os lábios. Mas, então, percebo que não é uma pessoa qualquer, é Miriam. Seu rosto está branco como um lençol.

— Miriam?

— Minha irmã — ela sussurra, entre atordoada e exultante. — Acho que encontrei o hospital certo.

— Você encontrou... ah, Miriam, isso é maravilhoso!

— Posso usar, quando você terminar? — Ela estende a mão em direção ao telefone. — Lá fora, eles disseram que eu poderia furar a fila.

— Sim, sim, claro! — exclamo. — Estou desligando agora! — Agarro sua mão estendida, e ela pega a minha e a empurra com entusiasmo.

— Minha irmã! — ela repete, agora segurando minha mão com as suas enquanto pulamos para cima e para baixo.

— *Senhorita Lederman?* — A voz metálica e distante do funcionário em Berlim me lembra que ainda tenho o telefone pressionado no ouvido. — Senhorita Lederman, ainda está aí?

— Ainda estou aqui, ainda estou aqui — asseguro-lhe. — Vou tentar ligar de volta na próxima semana, assim como você disse. Obrigada.

Quando desligo, passo o telefone para Miriam. Ela respira fundo antes de pegar o fone, procurando se acalmar, alisando o cabelo ruivo. Seu dedo indicador treme quando começa a discar. Penso em ficar, mas depois me lembro de como, quando voltei para Sosnowiec, queria que meu reencontro com Abek fosse privado. Miriam me lança um último olhar apavorado e alegre quando alguém atende do outro lado.

— Boa sorte — sussurro, saindo pela porta.

Quando deixo o escritório da sra. Yost, não saio do prédio. Em vez disso, caminho pelo corredor até a sala vazia que vai se tornar a biblioteca. O que eu adoraria mesmo é uma revista de moda, grossa, com anúncios de lojas de roupas femininas para me dar ideias para o vestido de Breine ou pelo menos confirmar que minhas próprias ideias não estão irremediavelmente desatualizadas. Não uso um vestido novo há cinco anos. Não ponho os pés em uma loja decente há mais tempo ainda, desde que os alemães tomaram a nossa fábrica. Gostaria de me sentar como uma vez fiz com meu pai, virando as páginas devagar, aprendendo a antecipar tendências, que tipos de tecido poderíamos precisar encomendar em maior quantidade.

Mas a biblioteca ainda não está terminada: há uma lona protegendo o piso contra respingos, o odor acre de tinta fresca impregnado nas paredes. Caixas, de livros, suponho, estão empilhadas no meio da sala, mas acho que não devo abri-las.

Saio e ouço passos: Breine correndo em minha direção.

— Aí está você! — Ela segura minhas mãos. As dela estão sujas sob as unhas; ainda não foi ao quarto para lavá-las. — Tenho boas notícias. O trem do meu tio não teve tantos atrasos quanto esperávamos. Acabei de receber um telegrama; ele deve estar aqui amanhã!

— Amanhã?

— Não é incrível? Em poucos dias, estarei casada!

— Breine, seu vestido. — Entro em pânico. — Não fiz muito progresso ainda. Estava agora mesmo procurando uma revista para ter ideias, mas ainda tenho horas de trabalho pela frente.

— Sei que você tem estado ocupada.

E *tenho* estado ocupada, mas essa não é a única razão pela qual estou atrasada. Nas poucas vezes em que me sentei com o vestido, minhas mãos enrijeceram. Acho que parte de mim não quer fazer o trabalho. Costurar um vestido é seguir em frente com a minha vida. Costurar um vestido seria uma cura, e é por isso que as enfermeiras tentaram me fazer pegar uma agulha e linha quando eu estava sentada na minha cama de hospital. Costurar um vestido seria uma traição. *Não seria? Devo ter permissão para seguir em frente antes de encontrar o meu irmão?*

— Vou recomeçar agora — asseguro-lhe.

— Você não precisa ir agora mesmo. Venha comer primeiro.

— Não, não quero adiar mais, e também queria pedir uma agulha melhor.

— Vamos pedir uma para as outras garotas no jantar — ela insiste, puxando-me em direção à porta. — Por melhor que você seja, aposto que vou me agradecer mais tarde por não deixar você costurar de estômago vazio.

No refeitório, nosso canto normal não parece estar como costuma ser: em vez de uma pequena mesa, várias foram colocadas juntas, com doze ou catorze pessoas sentadas lado a lado.

— Noite da reunião — Breine se desculpa. — Esqueci; sinto muito. Você só vai ter de aturar a nossa conversa por alguns minutos antes da refeição.

Reconheço alguns dos novos ocupantes, de forma vaga, como as pessoas coradas e de aparência saudável com quem Breine e Chaim trabalham nos campos todos os dias. O colega de quarto de Chaim, Ravid, forte e queimado de sol, fica na cabeceira e bate seu copo de água na mesa para chamar a atenção de todos.

— Não quero me impor — sussurro para Breine quando nos aproximamos. A mesa está cheia; Chaim reservou um lugar para Breine, mas não há lugar para eu me sentar sem fazer os outros se deslocarem.

— Sério, ninguém vai se importar.

Breine se acomoda no lugar que Chaim reservou para ela e então dá uma cotovelada brincalhona no homem do outro lado até que ele desliza mais para o lado para dar espaço a mim. Ravid levanta uma sobrancelha para a interrupção de Breine — a cadeira rangendo, o barulho dos talheres enquanto ela passa garfo e colher para o homem que acabou de deslocar.

— Acha que eu tenho permissão para continuar? — Ravid pergunta secamente. Breine faz uma careta para ele.

— Como eu estava começando a dizer — Ravid continua. — Estamos quase prontos para passar para a próxima fase do Aliyah Bet.

Ao redor da mesa, ninguém parece tão confuso quanto eu sobre a expressão que Ravid acabou de usar. *Aliyah* significa imigrar para Eretz Israel. Eu sei; significa isso há séculos.

Mas nunca ouvi falar de *Aliyah Bet*.

— Breine — sussurro —, o que é Aliyah Bet?

Ravid para de novo e desta vez olha diretamente para mim.

— Temos uma pergunta?

Meu rosto fica vermelho, mas seu tom não foi raivoso, apenas firme.

— Não conheço essa expressão — admito.

— Sabe sobre as cotas de imigração da Grã-Bretanha para a Palestina? — ele pergunta, antes de dar uma explicação. — As poucas pessoas que podem ir para lá legalmente são parte do Aliyah Aleph. Plano A — continua Ravid. — Aliyah Bet, no entanto, não é permitido pelas leis. Plano B.

— Entrar ilegalmente? — pergunto.

— Plano *B* — Breine me corrige. Fico admirada que Breine fará parte disso. Ela não cultivava antes da guerra. Revelou-me que seu pai era o presidente de uma companhia de seguros. Contou-me que passava os dias aprendendo a administrar uma casa, contratar bons empregados e arrumar uma boa mesa. Tinha um vestido diferente para cada dia da semana. Possuía um chapéu e luvas diferentes para cada vestido.

— O que acontece se você for parada? — pergunto. — É ilegal. O que acontece se você for pega?

— Ouvimos dizer que, se os navios forem parados, os passageiros serão levados para um campo de refugiados — replica Ravid. — Mas já estamos em um campo de refugiados.

— Quer vir conosco, Zofia? — Breine provoca.

— Ir com vocês? Estou indo para casa.

— Vamos todos para casa — convida ela. — Só que uma nova casa.

— Vou para a minha casa na Polônia — digo com firmeza. — Aquela casa era minha e de Abek, e, depois que eu o encontrar, será nossa de novo. — Contorço-me para sair do assento. — Agora vou trabalhar no seu vestido.

Depois de uma hora infrutífera tentando trabalhar no vestido de Breine em nosso chalé, por fim decido que não há uma superfície plana espaçosa o suficiente para o projeto e acabo carregando a pilha de amarelo nada lisonjeiro de volta para o refeitório. A essa altura, as mesas estão quase vazias, afora os voluntários para o serviço de limpeza. Estendo o vestido em uma mesa que foi limpa. Alisando a seda com a palma da mão, sento e avalio de novo o material com que tenho de trabalhar.

Na minha frente há um kit de costura improvisado, o melhor que consegui montar depois de sair procurando ao redor do campo. Não tive problema para conseguir linha, mas para encontrar a cor certa, sim — as duas melhores candidatas são mais laranja do que o tecido do vestido ou muito branca. Também tenho uma fita métrica desgastada, uma coleção de agulhas que precisam ser afiadas, punhados de botões soltos e alguns alfinetes reunidos em uma manteigueira. Nada parece novo, o que significa que tudo na minha frente foi escondido em campos ou saqueado imediatamente depois. Escondidos em bolsos, enfiados em colchões de palha. Pequenos atos de rebeldia: possuir um botão inútil que os nazistas não conheciam, segurar um carretel de linha no meio de uma noite gelada. Mas agora as mulheres me deram tais coisas de bom grado.

Normalmente, eu colocaria um pedaço de musselina atrás da seda para fazer o tecido se comportar melhor com a tesoura. Mas, como não tenho, juntei uma pilha de jornais. Lembro-me de minha mãe usar esse truque algumas vezes quando estava tentando um projeto experimental e não queria desperdiçar materiais caros, mas eu nunca fiz isso sozinha. Preocupo-me com a tinta do jornal espalhando-se pelo tecido claro e delicado.

Minhas mãos estão ásperas e rachadas, como têm estado há anos, mas agora, enquanto estou sentada com o vestido, fico surpresa ao perceber que não estão calejadas. Não nos lugares que costumavam estar.

Baba Rose nunca me deixou usar dedais. Ela dizia que eles reduziam a precisão e que bordados detalhados não podiam ser feitos com um dedal. Sob sua supervisão, deixei meu dedo indicador ficar em carne viva e ensanguentado e, em seguida, ficar forte o suficiente para que eu mal sentisse a pressão de empurrar uma agulha até mesmo nas lãs mais grossas. Mas agora não tenho mais mãos de costureira; meu dedo indicador não está mais ou menos machucado do que qualquer outra parte de mim.

— Breine disse que você precisava de uma tesoura.

Olho para cima. Josef, parado a alguns metros de distância.

Camisa aberta no colarinho, a concavidade em seu pescoço chamando minha atenção de uma maneira que eu gostaria que não acontecesse. Agora que ele está diante de mim, percebo que não saberia o que lhe dizer, mesmo que tivesse estado por perto nas últimas semanas. Não sei por que insiste em se afastar, mas sei que isso me cansa e me deixa sem jeito.

— Tesoura? — ele repete, e agora vejo que segura uma na mão.

— Você voltou — constato.

— Acabei de voltar, hoje de manhã.

— Espero que você tenha feito uma boa viagem — falo com rigidez, não me permitindo prosseguir, em especial para expressar qualquer coisa que revele quanto notei sua ausência. — E já tenho uma tesoura normal. Eu estava procurando uma tesoura de picotar.

— Como ela é?

— Tem lâminas serrilhadas que evitam que a seda se desfie.

— Ah — responde ele —, ela não especificou isso. — Agora olho com mais atenção para a que ele está segurando: prateada com lâminas estreitas e afiladas. — Esta é para as crinas dos cavalos quando ficam com carrapichos ou emaranhados. Eu a lavei — acrescenta. — Mas não parece que é o que você está procurando.

— Deixe-me ver. — Pego a tesoura dele, passo o dedo pela lâmina, testo o peso na mão. — Esta é de fato mais afiada do que a que tenho. Vou usá-la, se não se importar.

— Claro. Eu a trouxe para você.

Contudo, então, Josef permanece ali. Senta-se à mesa. A uma distância respeitosa, mas, mesmo assim, no assento ao lado do meu, fato que tento ignorar enquanto inicio meu trabalho. Primeiro, uso uma pequena faca emprestada para soltar a costura na bainha inferior. É um movimento tedioso e delicado e tenho pavor de errar, então faço isso devagar, meu nariz a apenas alguns centímetros do tecido. Com o canto do olho, vejo Josef se levantar, mas voltar minutos depois. Ele buscou um lampião para me prover mais luz.

Então, posso senti-lo me fitando. Não meu rosto, mas minhas mãos, o que de alguma forma parece mais pessoal.

A tesoura de tosa que ele me emprestou é pesada no começo. As lâminas não têm ângulo, então não posso cortar o tecido diretamente ao longo da mesa, como faria em circunstâncias normais, o que dificulta a criação de uma linha reta. Se eu tivesse percebido que Josef iria me observar, teria usado uma régua e riscado a lápis onde planejava cortar. Mas faço isso ao redor da circunferência do vestido mesmo assim, cortando por onde o havia marcado antes contra as pernas de Breine, obtendo tecido para eu modelar a faixa que imaginei e remendar quaisquer partes do vestido que estejam manchadas ou puídas. Agora que encurtei a roupa, é hora de rebatê-la. Antes que eu possa procurar um alfinete, Josef me entrega um. E, então, entrega-me outro, e outro depois disso. Minhas mãos estão firmes na seda, e lembro-me de como é tocar um tecido caro, como é fazer algo em que sou habilidosa e fiz uma centena de vezes.

Enquanto trabalho, as outras mesas do refeitório começam a se encher de novo — jogos de baralho, pessoas escrevendo cartas e outras apenas tentando fugir por um tempo de seus aposentos apertados. O fundo silencioso se eleva em um zumbido baixo e amigável.

No alfinete seguinte que Josef me entrega, nossas mãos se tocam. Espio disfarçadamente para ver se ele fez isso de propósito, porque estou fazendo de propósito: abro muito a mão, de modo que, em vez de meus dedos se fecharem em torno do alfinete, eles se fecham em torno de seus dedos angulosos. Mas, assim que faço isso, Josef afasta a mão. Então, enquanto ruborizo de vergonha, ele arrasta a manteigueira para o meu alcance, para não ter de me repassar mais nada.

— Você ouviu falar de Miriam? — ele pergunta baixinho.

Com meu rosto ainda queimando por sua rejeição sutil, assinto.

— Eu a vi no escritório da sra. Yost. Ela encontrou o hospital? É uma notícia maravilhosa.

Mas Josef meneia a cabeça, sua expressão sombria. *Não*, ele está dizendo. Não, não foi isso que aconteceu.

— Josef, o que houve com Miriam? Ela não encontrou a irmã?

Ele engole em seco.

— Ela encontrou a irmã. Mas era tarde demais.

O tecido vacila na minha mão.

— O que quer dizer com "era tarde demais"? A irmã dela está… *morta*?

— Ela soube hoje à tarde.

— Mas hoje à tarde foi quando eu a *vi*. Ela ia fazer uma ligação. — Eu me interrompo, percebendo. Quando a vi, estava prestes a ligar para o hospital certo. Estava a minutos de receber a pior notícia de sua vida.

A seda amarela nada diante dos meus olhos, embaçada e sem sentido. Miriam e suas cartas. Suas centenas e centenas de cartas. Miriam e a esperança em seu rosto quando espiou no escritório da sra. Yost horas atrás. Eu deveria ter me oferecido para ficar com ela enquanto fazia a ligação? Em vez disso, teve que receber a notícia sozinha.

— Mas a irmã dela estava viva — eu protesto. — Ela estava viva *depois* da guerra. Ela foi levada para um hospital.

— Ela estava muito mal — diz Josef. — Aconteceu apenas algumas semanas após a liberação. Ela não conseguiu melhorar.

— Mas, ainda assim, Miriam poderia ter tido algumas *semanas*. Algumas semanas a mais com uma pessoa é uma vida inteira.

— Eu sei.

— E a única razão pela qual ela não conseguiu foi por causa de algum erro administrativo que lhe indicou o hospital errado.

— Eu *sei* — Josef repete.

Estou cheia de fúria e angústia. Ela sobreviveu à guerra. A irmã de Miriam sobreviveu à tortura, estava viva, foi resgatada e morreu mesmo assim. Enquanto isso, Miriam sentava-se em nosso chalé e escrevia centenas de cartas.

— De qualquer modo, eu não sabia se alguém havia lhe contado — observa Josef. — E achei que você gostaria de saber. Ela não voltará ao seu chalé por alguns dias; perguntou aos administradores se poderia ter um quarto privado na enfermaria para que pudesse passar o luto sozinha.

Assinto com a cabeça, incapaz de encontrar as palavras certas. Em vez disso, concentro-me em fazer os alfinetes e depois a agulha atravessar o tecido, um ponto de cada vez. Uma coisa que sei consertar, uma coisa estragada que sou capaz de consertar. Minúscula até, incremental. Concentro-me no meu trabalho e mantenho o cérebro no lugar, algo que melhorei em fazer nas últimas semanas, algo que costurar me ajuda a fazer. É mais fácil permanecer na realidade quando estou ancorada na tangibilidade do tecido.

— Você é muito boa no seu trabalho — Josef sussurra por fim, levantando-se da mesa.

— Você não precisa ir.

— Não quero incomodá-la.

— Mas acabei de convidar você para ficar — protesto.

— Sei que você tem apenas até amanhã para terminar o vestido de Breine.

— Josef, que besteira. — Agora largo o meu trabalho e o encaro, alimentada por minha raiva pelo que aconteceu à irmã de Miriam e as injustiças que todos ainda sentimos todos os dias. — Se quiser sair, você deve sair. Tudo bem. Mas não pode me dizer que *eu* preciso que você vá embora quando acabei de lhe dizer para ficar. Não pode segurar minha mão na carroça e me contar sobre sua família e depois me ignorar. Não é justo. Não sei dizer se você gosta de mim ou se não gosta, se quer ser meu amigo ou se quer ser alguma outra coisa… Não dá para eu saber como você se sente.

Ele fica ali parado, imóvel.

— Não é tão simples assim.

— Não é tão complicado também. — A parte de trás do meu pescoço está dolorida, por eu ter ficado curvada sobre a mesa. Esqueci que

Baba Rose fazia todos se levantarem e se espreguiçarem a cada quinze minutos. Eu a esfrego, irritada.

— Zofia — suplica ele.

— Josef.

Minha voz está imbuída de um tom exasperado, mas não consigo nem expressar o que estou perguntando, o que quero dele. Se ele dissesse agora que gosta de mim, eu iria querer isso? E o que isso significaria? Eu iria querer algo como o que Breine tem, uma proposta de casamento de uma pessoa que mal conheço?

Eu não iria querer; sei disso. Não gostaria de um vestido de noiva, não gostaria de voltar a Sosnowiec com outro homem estranho, como fiz com Dima. Mas, então, tocar a mão de Dima sempre parecia mais gratidão do que desejo. Nunca quis levantar meu rosto para Dima, demorar-me um pouco mais na esperança de que ele se inclinasse devagar.

— O que não é simples, Josef? — exijo saber. — Se não gosta de mim, você precisa simplesmente dizer isso.

Josef abre a boca, sua expressão dividida.

— Seria mais fácil se eu não gostasse... mas gosto e...

— Do que você está *falando*? — começo a dizer, porém sou interrompida.

Atrás de Josef, houve um barulho: a porta pesada do refeitório se abriu e quem passou por ela deixou cair alguma coisa. Uma bolsa ou fronha meio cheia, ao que parece; só consigo ver a silhueta. Algumas pessoas erguem a vista por um instante, depois voltam para seus jogos de cartas, mas Josef observa com elaborada preocupação. *Um fingimento.* Ele só quer uma desculpa para sair da conversa.

O recém-chegado colocou seus pertences de volta na bolsa, mas ainda permanece parado perto da porta, examinando o salão. Um retardatário de Feldafing, provavelmente, que perdeu o último carro.

Um voluntário do sexo masculino vai até ele e pergunta se pode ajudar. Agora que o recém-chegado está obviamente bem atendido, acho que Josef terá de voltar para mim, mas continua fingindo estar profundamente interessado na conversa à porta. Frustrada, tento me concentrar no vestido de Breine. Tento dizer a mim mesma que a falta de resposta é uma resposta em si.

— Sinto muito, mas só temos lugares para adultos e famílias — diz o voluntário ao recém-chegado. Um menino (dá para ver que é um menino agora pela maneira como coloca a bolsa no ombro). — Claro que você pode passar a noite, mas amanhã teremos de procurar o diretor do campo e descobrir a melhor maneira de reassentá-lo em um dos lares para pessoas da sua idade. O mais próximo fica a menos de um dia de carro, e temos…

— Acabei de vir de lá — interrompe o menino.

— Disseram que estão lotados? — o voluntário o interrompe com brusquidão. — Sabem que não devem fazer isso.

O menino faz que não com a cabeça. Ele remexe em sua bolsa e tira uma folha de papel dobrada.

— Havia uma carta para mim lá. Ele desliza o dedo até o fundo e aponta para onde a assinatura deve estar.

— Estou aqui para encontrá-*la*.

Estou de pé sem nem perceber. Solto os alfinetes sem nem perceber. O vestido de Breine está grudado na minha saia pela estática; puxo-o para fora da mesa junto à tesoura e à fita métrica.

Minha sensação é a de que estou em um sonho porque nada do que aconteceu na minha vida de vigília me preparou para como me sinto agora. A tesoura cai no chão, e o menino encontra os meus olhos.

— Zofia, é você? — ele pergunta.

— Abek? — falo, e o meu mundo se encaixa.

PARTE TRÊS

Föehrenwald, outubro

Meu irmão está vivo. Ele está vivo e me reconheceu. Ele pronunciou meu nome em voz alta.

Outras pessoas também o ouviram. Este é o segundo pensamento que me vem à mente, e é um pensamento tão estranho neste momento que a princípio não consigo descobrir a razão.

Porque significa que você não está imaginando coisas, respondo à minha própria pergunta. Se outras pessoas nesta sala também falaram com Abek, isso significa que não sou louca nem estou vendo fantasmas. Fantasmas são espíritos, e meu irmão é de carne e osso, e está vivo.

Abek é mais rápido do que eu; ele correu pela sala enquanto mal me movi da mesa, e agora joga os braços em volta da minha cintura. Do jeito que costumava fazer, acho, quando era muito baixo para alcançar qualquer outra parte de mim. Agora ele cresceu. Ainda sou mais alta do que ele, mas não muito; a macia penugem de sua cabeça atinge meu nariz em vez de minha caixa torácica.

Meus braços ainda pendem ao longo do meu corpo, o que nem percebo até que Abek sussurra algo.

— O quê? — pergunto, minha voz soando oca para mim e como se estivesse vindo de longe.

— *A a Z* — ele repete. — Abek e Zofia, *A a Z*.

Então, atiro meus braços em volta dele e começo a soluçar.

Parados no meio do refeitório, estamos cercados por uma plateia. Alguém correu até a sra. Yost, e ela está aqui, chorando. Vejo Esther e

Ravid e os outros com quem normalmente tomo as refeições. Então, pessoas que nem conheci vêm tocar meu cabelo, ou o cabelo de Abek, como se boas notícias pudessem ser absorvidas pela proximidade.

Somos possíveis, dizem seus toques. Tudo é possível. Alguém enfia uma xícara de chá na minha mão. Outra pessoa aparece com uma lata de carne para Abek, que sobrou do jantar. Meu irmão a segura meio sem jeito debaixo do braço porque ainda está com a bolsa em uma mão e eu não vou soltar a outra.

Josef. Ele estava parado aqui agora há pouco. Examino o salão: com certeza, ainda deve estar no meio da multidão, mas, no momento que o localizo, é de perfil. Já está se virando para sair pela porta.

— Sente-se. Está com fome? Sente-se — balbucio para Abek, emocionada demais para pensar em Josef. — Ou fique de pé, se você ficou sentado em uma carroça a tarde toda. Ou talvez devêssemos ir a algum lugar? — pergunto. — Sra. Yost, ele pode vir ao meu...

— Claro, não seja boba.

Ofereço-me para levar sua bolsa. Ele não permite, segurando-a perto do peito enquanto me segue passando pelos residentes contentes e invejosos.

No chalé, percebo como minha imaginação tem sido incompleta. A parte que imaginei mil vezes é a que já acabou: os primeiros minutos de nos encontrarmos, as primeiras lágrimas de alegria.

Também imaginei as partes que vêm muito depois. Imaginei uma vida futura, uma em que viveríamos em Sosnowiec, encontraríamos nossos velhos amigos e reconstituiríamos nossas vidas.

Mas são esses minutos intermediários que não planejei. Aqueles em que somos estranhos consanguíneos que não se falam há anos. Aqueles em que espero meu cérebro se recuperar e perceber que vou ficar bem agora.

Meu irmão está parado na porta do meu quarto, cauteloso, enquanto eu divago com o simples propósito de preencher o silêncio. Dou a ele informações não pertinentes sobre a cadeira que range e o piso frio; conto-lhe sobre como uma das minhas colegas de quarto ronca. Penso em pedir para pegar sua bolsa novamente, mas vejo como ele está se agarrando a ela, o único objeto familiar em um mundo de objetos estranhos.

E eu. Sou familiar agora.

— Está com fome? — pergunto de novo, como se não tivesse perguntado dez minutos antes. Ele indica com a cabeça a lata em suas mãos, ainda fechada, insinuando que poderia comer se estivesse com fome. — Eu poderia lhe dar um garfo — ofereço. Abek balança a cabeça. Não está com fome.

Estou deixando-o nervoso. Estou me deixando nervosa. Forço minhas mãos a pararem de tremer. Finalmente, gesticulo para ele se sentar na minha cama, enquanto me sento na de Breine, em frente a ele.

Seu rosto. Sinto que estou fazendo com ele o que fiz com os prédios em Sosnowiec: tentando dar sentido à aparência atual e reconciliar com o que me lembro de então, sobrepondo a aparência de Abek à que existe em minha memória. Os olhos cor de avelã em que pensei tantas vezes. O cabelo castanho, um pouco mais escuro do que quando o vi pela última vez, do jeito que o meu ficou mais escuro também, à medida que envelheci. E há um pouco de algo novo em seu rosto, fico surpresa ao perceber: um punhado de penugem acima de seu lábio superior.

A maior diferença, claro, é que ele é quase um homem agora. Perdi todos os momentos de conexão da transição entre o Abek que eu lembro e o novo diante de mim. É como se eu tivesse recebido a primeira e a última página de um livro, e tivesse de usar apenas as duas para compor o enredo entre elas.

Qual era a história dele? O que perdi? O que teve de vivenciar sozinho?

Enquanto falo, Abek observa o quarto do jeito que fiz quando cheguei. Seus olhos percorrem as camas, a escrivaninha, a bacia. Mas quando seus olhos encontram os meus, sua expressão é cautelosa, e quase de imediato desvia a vista. Ele é tímido comigo. Não posso culpá-lo por isso. Deve ser enervante o jeito voraz com que o contemplo.

Enfim, depois do que parece um longo tempo, fico sem coisas para lhe contar e permaneço em silêncio. É só quando permito esse silêncio que percebo por que estivera me esforçando tanto para preenchê-lo. E é só quando permito a imobilidade que percebo por que não consegui parar de me agitar mais cedo: há coisas que eu precisava dizer nos últimos três anos. Os monstros que mantive presos, os pensamentos que não quis examinar. As desculpas que me odiei por não ser capaz de pedir.

— Abek — começo a falar, incerta, porque todos os meus discursos treinados abandonaram a minha cabeça. — Quero que você saiba, eu não queria deixar você — continuo. — Juro que não. Um dia, vieram à procura de garotas que sabiam costurar. Pensei que era apenas um detalhe de trabalho e que eu estaria de volta no fim do dia. Achei que poderia haver comida melhor ou que poderia estar mais perto do lado masculino do campo. — Deslizo para fora da cama de Breine e me ajoelho na frente dele. O pedido de desculpas sai dos meus lábios deselegante e cru. Cada frase parece a abertura de uma ferida, um lembrete de todas as pequenas e grandes maneiras pelas quais falhei. — Eu não sabia que eles iriam nos mandar embora. Se eu soubesse que tudo isso aconteceria, eu não teria... Deixei você sozinho. Fiz a única coisa que prometi que não faria e deixei você sozinho. Abandonei você. Sinto muito, sinto muito, sinto tanto... — Lágrimas escorrem dos meus olhos, e minha voz treme fortemente.

Quando chego ao fim, o fim horrível, forço-me a enfrentar a possibilidade seguinte: que Abek não me perdoe. E se ele nunca percebeu que eu me *ofereci* para a tarefa que me levou embora? E se estiver com raiva por eu não ter encontrado uma forma de levá-lo também?

Ele olha para as mãos agora, limpando a garganta antes de falar.

— Está tudo bem, Zofia.

— *Não* está. Você deve ter me procurado no campo. Deve ter se perguntado por que eu não estava tentando lhe roubar comida ou... — Minha voz falha. — Deve ter pensado que eu estava morta.

— Está tudo bem — ele insiste. — Eu nem sabia que você nunca voltou para Birkenau. Também não fiquei lá por muito mais tempo.

— Onde você *esteve*?

Abek engole em seco.

— Em cinco lugares. Continuei mudando, mas acabei em Buchenwald. É aqui na Alemanha. Os americanos libertaram o campo em abril.

— Você estava aqui na Alemanha? — repito, tentando processar a notícia.

Ele não estava lá. Todas as vezes em que me odiei por ter ido para Neustadt ou me perguntei se deveria tentar voltar. Ele não estaria lá de qualquer maneira. Ele já tinha saído. Ele não sabia que nunca voltei.

— Mas e a função que consegui para você? Com o comandante?

Abek olha para baixo.

— Não deu certo. Ele foi transferido para um novo campo, e acho que pensou que encontraria alguém de quem gostasse mais.

Seu modo de falar — alguém de quem gostasse mais —, é um modo de falar tão infantil que parte meu coração. Ainda ajoelhada diante de Abek, pego sua mão, quase incapaz de acreditar que sua mão está de fato ali para eu segurar.

— Abek. Por que não foi para *casa*? Depois que acabou? Fiquei meses no hospital, mas voltei para Sosnowiec assim que pude. Se Buchenwald foi liberado em abril, você tentou pegar um trem? Onde você *esteve*?

Ele se encolhe um pouco com minhas perguntas; eu as tenho disparado com rapidez tais quais tiros de metralhadora, sem lhe dar tempo de responder. Não posso evitar; estou com tanta fome de descobrir tudo que perdi.

— Havia uma velha viúva — ele começa, decidindo responder à minha última pergunta primeiro. — Fora de Buchenwald. Ela disse que nos daria espaço e alimentação para ajudar na época de plantio. Trabalhei para Ladna e nos fins de semana tentava viajar para diferentes campos procurando você.

— Ladna! — exclamo.

Ele me olha, curioso.

— Sim. A velha, o nome dela era Ladna.

— Eu sei, mas... Ladna, como em *O Redemoinho* — explico, esperando que ele entenda, que se lembre do nosso conto de fadas favorito. A filha do rei e da rainha que era tão bonita que muitos príncipes vinham cortejá-la. — Como em *O Redemoinho* — repito. — No qual a adorável princesa Ladna é sequestrada por um anão no dia de seu casamento.

Ele ri, apenas por um momento, e meu coração se enche de uma alegria impossível com o som.

— Não acho que *essa* Ladna teria um dia de casamento. Ela era muito... peculiar. Era como a sra. Schulman.

— Não acredito que você se lembra da sra. Schulman! — Meus pais contrataram a sra. Schulman para ensinar Abek e a mim quando não tínhamos mais permissão para frequentar a escola. Ela era rígida, fazendo-nos repetir as tarefas várias vezes até que atingissem suas definições exatas de perfeição. Nós a odiávamos, mas mamãe nos encorajava para que fôssemos gentis: ela não tinha mais ninguém.

— Coitada da sra. Schulman — comento.

— Coitados de *nós* — corrige Abek. — Nossos pobres dedos. Como nossa caligrafia poderia ser perfeita se nossos dedos estavam sempre machucados?

— Mesmo assim. Talvez, como a Ladna de *O Redemoinho,* ela só precisasse de seu próprio príncipe em uma armadura dourada para conquistá- la. Qual era o nome do príncipe na história?

— Ah, não me lembro — comenta Abek.

— Ele se arrastou até o ouvido do gigante e saiu do outro lado, e... o que foi, Abek? Ouvimos esse conto de fadas uma centena de vezes. O nome do príncipe começava com *D*? Tenho certeza de que você se lembra.

— *Não* me lembro mesmo. — Meu irmão se mexe desconfortavelmente na cama. Seu rosto ficou vermelho. Posso dizer que o envergonhei, que se sente mal por não conseguir se lembrar. E não devia: nem *eu* me lembro. Só quero mais dessa conversa, onde estamos rindo juntos. Mas, ao tentar conseguir isso, transformei a conversa em um interrogatório.

Os olhos de Abek voam brevemente em direção à porta, e fico preocupada, irracionalmente, que eu o tenha deixado desconfortável o suficiente para que ele se arrependa de ter vindo aqui e decida ir embora.

Por instinto, estico minhas pernas, criando uma barreira em seu caminho até a porta. *O que estou fazendo?* É um gesto tão bizarro e desesperado, mas é assim que me sinto. Bizarra e desesperada.

— Você está tão grande — observo depois de uns minutos. — Faz tanto tempo. Vou ter de me acostumar com o fato de que você não é o mesmo irmãozinho de que me lembro.

A poucos metros de distância, Abek puxa um fio solto na colcha que cobre a minha cama, e faço o mesmo na de Breine.

Deixo outro momento de silêncio pairar no ar antes de falar novamente.

— É estranho, não é? É maravilhoso, claro, mas também é estranho.

Abek assente com a cabeça antes mesmo de eu terminar a frase, aliviado por eu ter verbalizado isso primeiro.

— Sim. Eu não sabia mesmo como seria. Mas é um pouco estranho.

— Não temos que descobrir tudo agora.

— Eu sei.

— Você deve estar exausto — conjecturo, notando as olheiras em seus olhos. — Vou dormir no chão, e vamos pegar emprestado mais...

— Não quero que você durma no chão — ele me interrompe, aflito. — Tenho certeza de que existem chalés para homens.

— Não — protesto. — Está tarde; teríamos de perturbar a equipe e acordar as pessoas para conseguir um lugar para você. O chão está bom, ou eu poderia me espremer com Breine, ou Breine poderia ficar com Esther. Elas são minhas colegas de quarto; estou sentada na cama de Breine. Elas provavelmente estão esperando em algum lugar para nos dar privacidade.

Estou balbuciando de novo, do jeito que estava quando entramos no quarto. Mas agora não são os nervos, sou eu não querendo perder meu irmão de vista. Esta noite quero adormecer sabendo onde minha família está, e minha família somos nós dois.

— Abek — falo, de repente pensando em algo. — Como acabou em Munique, para começo de conversa? Vim para cá porque pensei que todos os prisioneiros de Birkenau haviam sido enviados para Dachau. Mas Buchenwald... conheço essa cidade. Fica a centenas de quilômetros daqui. Como veio parar aqui?

— Porque também ouvi que os prisioneiros de Birkenau foram enviados para Dachau. — Ele percebe que isso ainda não foi processado por mim e continua a explicar. — Eu não sabia que você nunca voltou para Birkenau, então pensei que você deveria ter vindo para Munique.

— Você era o garoto de quem a Irmã Therese me falou? — pergunto. — O garoto que roubou o dinheiro da comida do quarto dela?

Ele fica vermelho-escuro e confirma com a cabeça.

— Sei que foi errado — ele começa a dizer.

— Não foi errado, foi o que me ajudou a encontrar você! Quero dizer, foi *errado*, mas...

— Mas fiz assim mesmo — ele termina. — Porque você disse que nos encontraríamos. Você disse que nos encontraríamos, não importava o quê.

Durmo naquela noite com a mão pendurada para fora da cama, sobre a pilha de colchonetes e cobertores que preparamos para Abek. Quero me assegurar de... não sei do quê. De que ele não será levado de novo, suponho. De que não vai desaparecer no ar.

Ainda parece um conto de fadas, quase. Como o pó mágico de uma fada madrinha espalhado sobre uma cidade para embalá-la para dormir. Algo bom demais para ser verdade, algo que poderia se dissolver a qualquer momento. Mas não se dissolve. Pela primeira vez, não vou para a cama com medo dos meus próprios pesadelos. Pela primeira vez, sei que não virão. A última vez que vi Abek não importa, agora que tenho uma primeira vez: a primeira vez que nos reencontramos.

Acordo no meio da noite, uma vez porque meu braço está frio, fora das cobertas; outra vez porque ficou dormente; e mais uma vez porque Abek se vira e seu cabelo faz cócegas em meus dedos. Mas ele está lá; essa é a questão. Toda vez que acordo, ele ainda está lá.

Na terceira vez, vejo que também está acordado, seus olhos brilhando no escuro, olhando para a minha cama.

— Não consegue dormir? — sussurro. — Está com sede?

Ele balança a cabeça.

— Devo contar uma história? Devo lhe contar nossa história?

Começo a história do alfabeto, bem baixinho no escuro. Começo pela letra *A*, com o nome dele, como do tio-avô Abek, que morreu poucos dias antes de seu nascimento. Passo para Baba Rose, Chomicki & Lederman e o zumbido agitado das máquinas de costura, e sussurro e sussurro até minha garganta ficar seca e áspera.

— *O* é para... — começo e então me interrompo, porque não consigo me lembrar do que é o *O*. Fazia muito tempo que eu não tinha de ir tão longe no alfabeto. Estou sem prática e cheia de esquecimentos. No chão, vejo Abek se remexendo em seus cobertores. — *O* é... — continuo.

— *O* é para o Lago Morskie Oko — sussurra Abek. — Onde ficava a cabana.

— Oko — repito com admiração. — Isso mesmo! Tínhamos a cabana. A água ali era tão profunda e verde.

É para lá que costumávamos ir todos os verões, onde estávamos de férias antes da chegada dos alemães. A água límpida e fria; papai andando de camiseta; mamãe lendo romances na varanda, uma maçã meio comida descansando em sua barriga enquanto ela deixava passar a hora do jantar sem colocar nada no fogão. Eu tinha me esquecido por completo. Abek me dera um presente tão grande ao me recordar disso. A dádiva da lembrança, a dádiva do nosso passado. O presente de algo que eu não tinha sido capaz de completar por conta própria.

Continuo, mas só consigo recitar mais algumas letras antes de ouvir a respiração de Abek se estabilizar, percebendo que ele adormeceu.

— Boa noite — sussurro.

Acordamos na manhã seguinte com uma batida à porta do chalé, primeiro na porta externa, a que Judith atende, e depois na porta do nosso quarto. Esther tropeça, metida em seu roupão, para atender a esta batida enquanto o restante de nós abre os olhos. Eu, com meu braço ainda pendurado ao lado da cama, e Abek, com os olhos inchados e uma expressão atordoada enquanto se lembra de onde está.

É o tio de Breine, um homenzinho chamado Świętopełk, que tem o mesmo queixo de Breine. Ele tem um jeito antiquado, cortês — um jeito elegante de tirar o chapéu —, que parece tão deslocado neste campo quanto é apropriado para seu nome, tão antigo que eu só vi nos livros de história.

Breine salta da cama e, então, ela e seu tio se lançam nos braços um do outro. Ela me disse que, antes da guerra, tinha-o visto apenas duas vezes na vida; ele morava longe e não era próximo do irmão. Agora, são a única família um do outro, e as velhas divergências não importam.

— Nosso casamento — ela anuncia, enxugando as lágrimas de felicidade. — Nós podemos ter nosso casamento hoje à noite.

Fico apreensiva, a princípio, que o primeiro dia de Abek aqui seja tão ocupado. Ele merece tempo para descansar, e não ser jogado no planejamento caótico do casamento. Nós dois merecemos tempo para nos acomodar. Observo sua reação ao anúncio de Breine, preocupada que ele fique muito sobrecarregado. No entanto, a menos que eu esteja imaginando coisas, o que vejo em seu rosto é principalmente alívio.

— Não se preocupe com o vestido; posso usar até um saco de batatas — Breine me diz, mas, mantendo a expressão de Abek no canto do meu olho, meneio a cabeça.

— Claro que vou terminá-lo. Ninguém na minha família jamais deixaria uma noiva parecer nada menos do que bela. Não é mesmo, Abek? Você pode imaginar como Baba Rose ficaria brava?

Ele sorri e balança a cabeça. Decido que será bom ter essa distração. Ocupação pode ser um antídoto de alívio para muitas coisas: tristeza, constrangimento, confusão. Um casamento será bem-vindo.

A notícia de que o tio de Breine chegou se espalha rapidamente e, durante o dia inteiro, parece que todo o campo está ajudando nos preparativos para o casamento. Os homens juntam madeira e confeccionam uma khupá, e as mulheres na cozinha tentam transformar a comida racionada em um banquete comemorativo. Uma amiga de Breine, cujos ancestrais são da Espanha, traz um saquinho de nozes, que ela diz ter mantido escondido durante toda a ocupação, guardando-o com determinação para uma ocasião especial. Parece-me milagroso que à beira da morte e da inanição, ela pudesse guardar nozes. Mas o fez, e agora ela as mói para fazer biscoitos de casamento.

E, enquanto as mesas de jantar são movidas e rearranjadas ao meu redor, e toalhas de mesa incompatíveis são trazidas e estendidas sobre elas, espalho a roupa parcialmente finalizada de Breine na mesma mesa em que trabalhei antes. Os mesmos alfinetes ao meu lado, a mesma linha, só que agora, em vez de Josef, tenho Abek ao meu lado.

— Venha para cá e me ajude — eu o instruo, indicando o assento ao meu lado.

Somos formais, a princípio. Estar perto do meu irmão — *meu irmão* — durante o dia é diferente inclusive de saber que ele está dormindo em colchonetes perto da minha cama no escuro. Então, estamos nos comportando um com o outro da maneira educada e distante que costumávamos nos comportar se tivéssemos companhia. Quando peço para me passar retalhos de tecido, botões ou linha, faço questão de acrescentar um *por favor* atencioso e depois um *obrigada* igualmente atencioso no final. E ele faz questão de dizer *de nada* tão efusivamente quanto. Depois de quinze ou vinte vezes disso, o negócio começa a parecer absurdo. Antes de nos separarmos, eu teria apenas indicado com a cabeça alguma coisa e grunhido; ele a teria passado para mim enquanto mal erguia a vista de seus carrinhos de brinquedo.

— Você está entediado? — pergunto a ele, finalmente. — Eles podem ter terminado de arrumar a nova biblioteca. Você pode ver se já está aberta e se há algo interessante para trazer e ler. — Escolhi esta frase com cuidado; não quero sugerir algo que o afaste por muito tempo. — Você teve a chance de ler muito? Você ao menos gosta de ler?

— Eu não me importo de ficar — Abek diz e me entrega outro alfinete. — Gosto de ler algumas coisas. Em um dos meus campos, havia um livro. Alguém o havia contrabandeado. Uma tradução de Charles Dickens. Eu tentei lê-lo. Mas não preciso pegar nenhum livro agora.

Charles Dickens. É quase impossível para mim ajustar-me a essa ideia, de meu irmão ter idade suficiente para ler romances complicados sozinho. Ele passou por tanta coisa sem mim. Há tanto dele agora que está *sem mim*.

Termino a costura no decote de Breine e volto a atenção para a bainha, apontando para uma ruga na seda. Abek pega a parte do tecido para onde estou apontando, esticando-o contra a mesa.

— Agora que sei onde você realmente esteve — digo, apenas um pouco tímida —, vou ter que revisar minha imaginação. Eu nunca imaginei você em uma fazenda, por exemplo. E estou percebendo quantas vezes minha mente deve ter pregado peças em mim, colocando-o em lugares onde você não poderia estar.

— O que você quer dizer? Que tipo de lugares? — Ele gentilmente segura o tecido para onde eu aponto em seguida. Demoro a responder à pergunta dele porque quero fazê-lo de uma forma que não o assuste nem o deixe preocupado.

— Eu... eu não estava bem. Por muito tempo durante a guerra. Minha mente não estava funcionando. Continuei ficando cada vez mais confusa. Há muitos buracos que preenchi ou outras coisas que receio ter inventado. Mas pensei ter visto você algumas vezes. — Forço uma risadinha. Agora que Abek está em segurança na minha frente, parece mais simples agir como se eu estivesse apenas confusa, ocasionalmente vaga como uma tia maluca, e não como se estivesse muito doente. — Uma vez, pensei ter visto você pela janela em Neustadt — digo a ele. — Outra vez, na fila da sopa em Gross-Rosen e depois novamente entrando no barracão dos homens. Em Birkenau, pensei ter visto você enquanto trabalhava em um jardim. Enterrei um nabo para você, mas quando você não o pegou, percebi que ou não conseguira ou eu não tinha visto você. Fiquei tão decepcionada... Foi muito difícil para mim conseguir um nabo inteiro.

Abek tem me observado atentamente enquanto conto essa história. Eu receio que tenha medo de mim ou se preocupe comigo, mas ele parece tranquilo, na verdade, por saber o quanto esteve em minha mente.

E, agora, quando chego à parte do nabo, ele começa a balançar a cabeça.

— Não. Não, eu encontrei — diz ele. — O nabo.

— Você o encontrou?

— Lembra? — ele diz animado. — Você enterrou o nabo e espetou um pedaço de pau na terra para que eu soubesse onde cavar para encontrá-lo.

— Eu fiz isso? — Não me lembro do pedaço de pau, mas parece um detalhe razoável. De que outra forma eu poderia esperar que ele encontrasse o que enterrei?

— Eu não tinha nada para deixar em troca, por isso usei o pedaço de pau para desenhar minha inicial e informar você de que o encontrei.

Fecho os olhos, tentando dissipar minha confusão. Entendo a história que ele está contando, mas é difícil para mim lembrar-me disso. É como se a versão de Abek fosse um pedaço de pano solto, mas se eu conseguir costurá-lo em uma colcha, deixará de ser uma história e começará a ser uma das minhas lembranças.

A última vez que vi Abek, pratico dizendo a mim mesma. *A última vez que vi Abek, ele estava comendo um nabo que consegui para ele. Ele estava me deixando um desenho que havia feito na terra.*

— Chovia naquele dia? — pergunto-lhe.

— Acho que sim.

A última vez que vi Abek, chovia. Não falei com ele, mas voltei ao local onde enterrei um nabo. No chão havia um A. *Olhei para o traçado na terra até que a chuva o apagou.*

Sentada aqui à mesa em Föehrenwald, uma vozinha cautelosa dentro de mim está perguntando: *Foi realmente assim que aconteceu?*

Estou tão acostumada com aquela voz, tão acostumada a desconfiar de mim mesma... Levarei um tempo para descobrir no que posso acreditar agora.

— Estou quase terminando — digo a ele, gesticulando para o vestido de Breine. — Você pode ir se lavar.

— Você não precisa da minha ajuda para terminar? Eu não tenho que me lavar.

— Nós vamos a um casamento hoje à noite. Você realmente *precisa* se lavar. Pare nas caixas de doação e veja se consegue encontrar uma camisa nova e limpa. — Eu mesma vou ficar bem com o fato de que ele vai sair agora e que não vou vê-lo por uma hora. — Mas volte para o chalé quando terminar, está bem? Assim que terminar, e espere lá fora por mim. Podemos continuar conversando mais tarde. Temos muito tempo agora.

Depois de terminar meu trabalho, levo o vestido para a lavanderia comunitária e o espalho sobre a tábua de passar. Na fábrica da minha família, os ferros eram elétricos. Eles eram ligados às tomadas; suas temperaturas podiam ser controladas ajustando um dial. Aqui, eles são pesados, de metal fundido, e aquecidos com carvão em brasa. Eu praticamente nunca usei esse tipo antes; é um risco aquecê-lo demais e deixar marcas de queimado no vestido. Eu me pergunto, a princípio, se é melhor deixar o vestido de Breine sem passar.

Mas é o casamento dela. É o casamento dela e minha obra, e não posso deixá-la se casar amassada. Pego uma toalha de banho ainda úmida do varal estendido do outro lado do aposento e a coloco sobre o vestido para fazer uma barreira entre o ferro quente e a seda frágil.

Passar o vestido com o ferro antiquado demora mais do que eu esperava, mas quando corro de volta pelo campo, sem fôlego e preocupada que Breine fique chateada com meu atraso, descubro que cheguei ao nosso chalé antes dela. Ela chega apressada alguns minutos depois, a pele ainda rosada, os dedos ainda enrugados do banho, rindo e se desculpando.

O casamento está programado para começar ao anoitecer porque Breine e Chaim queriam trabalhar um dia inteiro antes da cerimônia. Esther havia dito a ela que isso era loucura, que não havia necessidade de ela capinar terrenos no dia de seu casamento, mas Breine insistiu. Seu relacionamento com Chaim se baseava em construir coisas novas, dissera. Que melhor maneira de construir algo novo do que cuidar de tenros brotos?

Esther chega logo depois de Breine, com as mãos cheias de tubos prateados e pós compactos. Maquiagem... ela deve ter dado a volta no campo e pegado emprestado tudo o que conseguiu.

— Eu não preciso de tudo isso! — Breine protesta. — Chaim nem me reconhecerá. Ele pode nem me reconhecer como estou, sem sujeira sob as unhas.

— Breine — Esther protesta.

— *Esther*.

Enquanto elas discutem o ruge e o batom, desembrulho o vestido da toalha de banho e o coloco na cama de Breine, prendendo a respiração.

Não houve tempo para Breine ver meu trabalho, muito menos para experimentar o vestido. Agora, ela para no meio de uma frase. Olha para mim, e seu queixo cai.

— Ah, Zofia.

— Você gostou?

— Eu... eu mal consigo acreditar que é o mesmo vestido! Eu *não* consigo acreditar. É maravilhoso. É completamente, completamente... — Ela se volta para Esther. — Talvez um pouco de batom.

— Isso mesmo — diz Esther.

— Mas só um pouco, e só para que meu rosto não fique completamente ofuscado pelo meu vestido.

Esther aponta para a cadeira da escrivaninha até que Breine se senta obedientemente, e, então, ela ergue uma série de batons até o rosto de Breine, procurando a cor mais atraente.

— Este, eu acho — decide, escolhendo um rosa cremoso. — Abra a boca um pouco. Não, mais natural, assim.

Depois que Esther aplica o batom emprestado na boca de Breine, ela passa um pouco na ponta do dedo para usar como rouge nas bochechas da amiga.

— Vou passar uma pequena quantidade — ela promete em resposta à careta de Breine. — Você ainda vai se parecer exatamente com você mesma; será apenas um pouco de cor no caso de ficar nervosa e pálida em pé na frente de todos nós, sabendo que estamos observando você.

— Bem, você me deixou nervosa agora. — Breine ri.

Observando toda a conversa, sou invadida por uma lembrança.

— Use três pontos — sugiro a Esther.

Ela passa a ponta do dedo sobre a bochecha de Breine.

— Três pontos?

— Minha tia Maja sempre me disse: um ponto de ruge alinhado abaixo da pupila, um cerca de dois centímetros abaixo, alinhado com a ponta do nariz, e um terceiro no alto da bochecha. Você faz um triângulo com três pontos e, em seguida, mistura no meio para uma aparência mais atraente. — Rio. — Eu não posso acreditar que de repente me lembrei disso.

— Faremos três!

Esther termina a maquiagem de Breine e vai para o cabelo, começando com uma trança, como Breine sempre usa, mas depois a prendendo na base da nuca de Breine. Quando termina, ela segura um espelho de mão e todas nós examinamos o trabalho.

Breine levanta os dedos, tocando levemente seu rosto e cabelos elegantes.

— Não está exagerado, está? — Esther pergunta. — Eu prometi que não ficaria. Breine? Diga-me que você não está odiando o resultado.

— Não está exagerado — Breine diz calmamente. — É assim que eu costumava parecer o tempo todo. Minha mãe dizia que uma mulher nunca deveria sair de casa sem usar batom, e ela sempre se certificava de que eu arrumasse o meu cabelo. — Agora ela sorri com tristeza, e seu olhar fica um pouco distante. — Ela teria querido um casamento tão diferente para mim. Teria desejado uma vida tão diferente.

Esther e eu nos olhamos. Breine costuma ser tão otimista; não tenho certeza de como responder. Esther coloca a mão em seu ombro.

— Espero que ela fique feliz por você mesmo assim. Chaim é um homem maravilhoso.

Breine respira fundo e, em seguida, estende a mão para retribuir o toque de Esther com um tapinha rápido em sua mão.

— Vamos ao vestido.

Nós lhe damos uma toalha para segurar no rosto para evitar que a maquiagem borre. E, então, Esther mantém o cabelo de Breine no lugar enquanto eu deslizo o vestido sobre sua cabeça e o abotoo nas costas.

Quando termino com os botões, Breine ergue as palmas abertas, os olhos interrogativos.

— Como estou?

Esther leva as mãos ao coração.

— Oh, Breine, você está perfeita.

O rosto de Breine se ilumina e ela gesticula para Esther trazer a cadeira para que possa ter uma visão completa de si mesma no espelho da parede.

Eu não digo nada ainda; em vez disso, ando ocupada ao redor dela em um círculo completo, endireitando a bainha, examinando criticamente meu trabalho.

A nova faixa na cintura dá a Breine uma forma de ampulheta, e um decote remodelado chama a atenção para seu lindo pescoço e colo. Todas aquelas dúzias de miçangas minúsculas, aquelas miçangas minúsculas infernais, eu reapliquei nas bordas recortadas. Agrupadas dessa forma, em vez de espalhadas por todo o vestido, eles captam a luz e brilham como se Breine estivesse carregando seu próprio sol.

Fiz um bom trabalho. Talvez não completamente à altura dos padrões da Chomicki & Lederman, mas um trabalho muito bom, especialmente devido aos meus recursos e prazos limitados. Eu não teria vergonha se meu pai ou Baba Rose vissem esse vestido.

E, no início desta tarde, pouco antes de levar o vestido para passar, fiz um último ajuste porque a roupa não parecia completa. Ao longo do decote, na parte mais baixa, perto do coração de Breine, rasguei alguns pontos da costura e, antes de repará-la, prendi um pequeno quadrado de seda:

Escolha amar, escrevi. Foi o que Breine me disse quando me falou pela primeira vez sobre Chaim: ela estava escolhendo amar a pessoa diante dela.

Escolha amar.

Damos um lenço a Breine para enfiar sob a manga, e quando ela está tão pronta quanto possível, Esther e eu colocamos nossos próprios vestidos da caixa de doação: o dela, rosa e com babados; o meu, da cor de uma ameixa madura, um pouco curto na bainha, mas, tirando isso, com um caimento perfeito. Ambos cheiram levemente a naftalina até que Breine nos encharca de perfume.

Assim que terminamos, o tio de Breine bate à porta em um terno emprestado, cabelo impecavelmente penteado, e Esther e eu saímos para dar um tempo de privacidade à pequena família antes da cerimônia.

Abek está esperando por mim do lado de fora do chalé, o cabelo ainda úmido e parecendo recém-lavado. Ele encontrou uma camisa nova, abotoada com um pequeno espaço de folga entre a gola e o pescoço.

— Estou bem? — ele pergunta.

— Acho que devo perguntar: você lavou atrás das orelhas? — provoco, fingindo inspecioná-lo. — Está tudo bem. Estou tão feliz que você está aqui!

No caminho para o pátio, vejo Josef na nossa frente. Ele também está com uma nova camisa da caixa de doações. A dele é de uma cor avelã suave, um tom mais claro do que seus olhos. Eu só o vi com a camisa cinza que usava quando nos conhecemos. Esta lhe cai melhor. Esta desliza mais de perto ao longo de seu peito e barriga. Esta é um pouco curta demais nas mangas, mas curta de uma forma que mostra seus pulsos. Ele tem pulsos bonitos.

— Oi — digo suavemente.

— Oi — ele responde de volta, e estou feliz por ter escolhido o vestido que traz calor de volta à minha pele.

— Eu não consegui apresentá-lo ao meu irmão — digo e observo com orgulho Abek estender a palma aberta para Josef em um aperto de mão adulto. — Meu irmão, Abek. E este é Josef Mueller.

Josef retribui a saudação, mas seus olhos permanecem em mim. Muita coisa passa por trás deles. Um pedido de desculpa? Arrependimento? Algo afiado e rude, fazendo meu peito doer. Ainda estou tentando analisar a expressão quando somos separados por risonhos convidados do casamento, vindo para comemorar, carregando-nos junto à multidão.

O campo inteiro esteve guardando rações de querosene para este casamento. O pátio está iluminado por lampiões, e, quando Abek e eu nos aproximamos, Ravid e sua noiva, Rebekah, distribuem velas.

O pátio em si ainda é feio, principalmente terra batida e poeira. Todas as flores que algum dia houve aqui foram arrancadas para dar lugar à horta de ervas plantadas para alimentar o campo. Mas isso não é tão visível no crepúsculo.

No meio está a khupá, um lençol branco e liso preso à madeira tosca. Chaim está embaixo dela, esperando com um terno grande demais e um corte de cabelo um pouco severo demais.

Atrás de mim, a conversa se acalma, e percebo que é porque Breine está se aproximando. Seu cabelo ruivo resplandece ao sol poente.

É lindo, é tão lindo, esse casamento entre a ousada Breine e o tímido Chaim. Em um mundo diferente, o lençol poderia ser um tecido fino e bordado, assim como, em um mundo perfeito, Breine seria escoltada por seus pais. Mas ela não tem mais pais, então, enquanto percorre o caminho, fica entre o tio, cujo rosto está brilhando, e uma senhora idosa que ouvi ser chamada de sra. Van Houten.

— Nas fotos, vai ficar branco, como ela queria — diz a sra. Yost, que apareceu ao meu lado, enquanto gesticula para o vestido de Breine.

— Eu não acho que faria diferença se o vestido fosse da cor de água de louça — sussurro de volta. — Olhe para o rosto dela.

E é verdade. À medida que Breine se aproxima, posso olhar para ela não como fiz no chalé, como um manequim para um projeto de costura,

SEPARADOS PELO HOLOCAUSTO

195

mas como uma noiva. Ela está radiante; está muito mais bela do que qualquer vestido que mesmo a melhor das costureiras poderia ter feito.

— Mas na foto, vai parecer branco — insiste a sra. Yost. — Se eles mostrarem uma fotografia deste dia para seus netos daqui a cinquenta anos, ninguém precisa saber que foi tirada em um campo.

O tio de Breine e a sra. Van Houten conduzem-na até a khupá e em um círculo ao redor de Chaim, que deixa seus olhos segui-la enquanto encara a multidão.

Um húngaro está se casando com uma meio polonesa, meio tcheca, que é escoltada por uma holandesa no lugar de sua mãe e um tio distante no lugar de seu pai, e todos sabem o que fazer agora porque sua fé é a mesma língua.

Não vou a um casamento há anos, desde criança. Não desde antes da invasão alemã. Mas quando o rabino chega às Sete Bênçãos, pego-me concordando com as palavras hebraicas que eu não sabia que lembrava.

Bendito és tu, Senhor, que alegras o noivo e a noiva.

Lágrimas se acumulam em meus olhos e escorrem, salgadas, pelo meu rosto. A sra. Yost, normalmente exasperada e impaciente, puxa um lenço da manga. Os óculos de Esther escorregaram quase inteiramente de seu nariz porque ela estava muito distraída com a cerimônia para empurrá-los periodicamente.

Vejo Josef onde os homens estão parados, anguloso à luz das velas, o cabelo ainda desgrenhado, mas o rosto liso, recém-barbeado de um jeito que o faz parecer nu. Enquanto observo, seus olhos se afastam do casal e, sob a cobertura das sombras, encontram os meus. Ele deve ter me sentido olhando.

Eu deveria me sentir envergonhada, mas não desvio o olhar. Não sei se é a alegria do momento, meu vestido novo ou a felicidade dos últimos dias que me anima, mas quero ser vista por ele. Neste dia, quando meus lábios estão cheios de batom e meu cabelo está recém-lavado, quero ser vista como se fosse bonita.

Decido que vou sustentar seu olhar até que seja ele a desviá-lo. Mas, então, ele não o faz. Estamos nos encarando entre os postes da khupá, enquanto a cera escorre pelos meus dedos e a cerimônia continua ao fundo. Nosso contato visual é interrompido apenas pelo som de vidro quebrando, seguido por um aplauso.

Sobressaltada, desvio os olhos do olhar de Josef. Sob o pé de Chaim há um pano solto, que agora deve conter cacos. A quebra do vidro é a parte final da cerimônia. Deve simbolizar muitas coisas; meu pai disse uma vez que isso o lembrava da fragilidade da vida. Agora sabemos em primeira mão que a vida é frágil e não precisamos desse lembrete. Mas Breine queria um casamento de verdade, então aplaudo com todo mundo até minhas palmas doerem.

Após a cerimônia, voltamos para o refeitório, onde alguns homens reuniram instrumentos e tocam música animada para acompanhar o jantar. Mesas foram empurradas para o perímetro e estão repletas de pratos — pratos dos países de origem de Breine e Chaim e de todos os outros países representados no campo.

Faço Abek ir na minha frente na fila da comida, dizendo-lhe para fazer um prato com o dobro das porções de seus favoritos e depois levá-lo à nossa mesa de sempre, onde Esther já está sentada com os amigos. São todos do nosso grupo de jantar regular, exceto que o lugar onde Miriam geralmente se senta foi ocupado pelo tio de Breine. Agradeço, pelo menos, que a enfermaria seja longe do refeitório, fora do alcance do som. Miriam sempre pareceu gostar de ouvir Breine planejar seu casamento, mas fazê-la ouvir o ruidoso festejo apenas um dia depois de saber sobre sua irmã parece incrivelmente cruel.

Sinto uma pontada de culpa ao ver Abek se acomodar com seu prato: esta festa de casamento veio no momento mais horrível para ela e no momento mais maravilhoso para mim.

— Você se divertiu? — pergunto a Abek, depois de apresentá-lo às pessoas que ele não conhece.

— Sim — diz ele. Mas, quando responde, suas bochechas se tingem com um tom de rosa salmão.

— Você se divertiu *mesmo*? — pressiono. — Tem certeza?

— Foi bom — ele insiste. — Foi só...

— O quê? Por que você está corando?

— Tio Świętopełk — ele finalmente murmura, pouco acima de um sussurro, os olhos correndo para onde o tio meticuloso de Breine está separando sua comida em montes arrumados, enxugando a boca com um guardanapo entre cada bocado.

— Tio Świętopełk? — repito, confusa. — O que tem ele?

— Eu estava atrás dele durante a cerimônia — Abek sussurra. — E ele estava... — Ele explode em risadinhas antes que possa terminar a frase.

— Estava o quê? O que ele estava fazendo?

— Ele estava *peidando.* — Abek mal consegue dizer a palavra antes de começar a cair na gargalhada. — A cerimônia inteira. Cheirava *tão mal.* O *tempo todo.*

— Ah, não...

— E às vezes os peidos eram silenciosos, mas...

— *Não!*

— Mas havia uma parte em que era tipo, tipo...

— Como uma corneta? — sugiro.

— Como um flautim! Era como, *tut, tut, tut*! *Tutii... tutii...*

Abek enterra o rosto no guardanapo, tentando esconder o riso de todos os outros à mesa, e dou uma espiada no tio Świętopełk levando outro pedaço de comida à boca.

— Abek. *Abek.* — Cutuco meu irmão na lateral do seu corpo, e ele abaixa o guardanapo apenas o suficiente para revelar uns olhos lacrimejantes de rir. — Olhe para o prato dele. Só está comendo *repolho.* Todo o seu prato é apenas pilhas e pilhas de repolho.

Estou dando corda a essa piada porque é engraçada, porque o clima é tão leve que tudo parece um pouco mais engraçado esta noite. Mas também porque parece o tipo de piada que Abek e eu tínhamos antes. Porque, quando ele tinha oito anos, nada o fazia rir mais do que quando eu colocava a palma das mãos sobre a minha boca e simulava o que parecia um barulho muito rude.

— Repolho — Abek repete em horror simulado. — Ah, não. Onde ele vai dormir esta noite? Alguém precisa avisar...

— A todos? — completo.

— Alguém precisa avisar a todos no campo, imediatamente. — Ele coloca as mãos em volta da boca, como se estivesse formando um megafone. — Atenção. Temos um anúncio importante sobre o tio Tut.

— *Shhhhh.* Ele vai ouvir você.

— O tio Tut fornecerá a música esta noite.

Eu o chuto por baixo da mesa, um gesto tão familiar que quase me faz suspirar, e Abek começa a mastigar o interior de sua bochecha enquanto tenta conter o riso.

— *Abek.*

— Estou tentando — ele bufa.

— Por que você não vai dar uma volta? — sugiro. — Pegue mais comida e veja se há outra garrafa de vinho para a mesa, e nós dois vamos nos recompor enquanto isso.

Ele obedientemente recua a cadeira, e eu o observo caminhar em direção à mesa de comida, os ombros ainda tremendo de vez em quando.

Esther está me observando, seus olhos sábios e avaliadores.

— Vocês riem do mesmo jeito — diz ela.

— Mesmo? — Sorrio com orgulho.

— Você deve estar tão, tão feliz — diz ela, e eu estendo o braço sobre a mesa para apertar sua mão.

Quando Abek volta, acho que estamos seguros: o tio Świętopełk deixou nossa mesa para se juntar a alguns dos mais velhos conversando em um canto.

Abek não trouxe outro prato de comida, mas colocou uma garrafa de vinho aberta na mesa. Ele me serve um copo e, então, apesar da minha sobrancelha erguida, serve-se de um também.

— Sabe em quem estou pensando? — digo a ele. — Papai. Assistir a esse casamento me fez pensar nele.

— Sobre o casamento dele e da mamãe?

— Não, não exatamente. Embora eu ache que estava pensando neles assim também. Mas, principalmente, estava pensando em como papai era um bom homem. Quando se casou com mamãe, ele podia estar desejando se mudar para a própria casa, e não morar com os pais de sua esposa e a irmã mais nova. Mas ele o fez, mesmo assim; ele realmente quase criou tia Maja também, não foi?

— Ele estava sempre tentando fazer a coisa certa — continuo. — Mesmo naquele dia no estádio, tentando defender o velho farmacêutico quando ele sabia que iria… — eu paro. — De qualquer forma, quando o tio de Breine a acompanhou até Chaim, isso me fez pensar em papai.

— Porque papai levou tia Maja até a khupá?

— Porque… não, Abek, tia Maja nunca se casou. Você não se lembra?

— Uhum. Você quer outro copo? — ele pergunta, levantando a garrafa.

Agito a mão para mostrar a ele que não.

— Você se lembra do que ela sempre disse sobre o que um homem precisaria ter para que ela se casasse?

— *Sim.* Eu disse sim.

Percebo agora que meu irmão parece estar um pouco vermelho no rosto e com os olhos vidrados, e que sua taça de vinho já está vazia enquanto a minha ainda está quase cheia. Lembrando que a garrafa estava aberta quando ele a trouxe para a mesa, tenho uma suspeita de que este copo não é o primeiro. Então, quando Abek pega a garrafa novamente, movo antes minha mão para o jarro de água que se encontra no meio da mesa e encho o copo de Abek com ele.

— É um casamento, Zofia — ele protesta. — Uma ocasião especial!

— E parece que você já comemorou o suficiente. Você tem doze anos.

— Você me disse para pegar mais vinho!

— Eu não disse para você *beber* — respondo, rindo.

— Você não precisa me dar um sermão assim — ele retruca.

Diante de nós, alguns companheiros de mesa notaram nossa conversa e estão tentando, sem sucesso, não olhar. Abek se recosta na cadeira, com os braços cruzados sobre o peito. Dá para ver que se sente envergonhado por ser apontado como tão jovem. Todos os outros na mesa estiveram bebendo; eu mesma tomei alguns copos. Fico imaginando, de repente, se haveria algum mal em servir-lhe apenas mais um gole para que ele pudesse não se sentir humilhado na frente de um grupo de novas pessoas que acabou de conhecer.

— Talvez se você diluísse — sugiro, tentando contemporizar.

— *Aguar?*

— Ou em mais algumas horas, você poderia…

— Essa não é a questão.

Eu não sei qual é a questão. Não consigo acreditar que ele realmente ficaria tão chateado por uma taça de vinho, mas não posso pensar no que mais o teria tornado de repente tão mal-humorado e defensivo.

Esther ergue uma sobrancelha de forma solidária; testemunhou toda a conversa. Decidindo algo, ela deixa cair o guardanapo sobre a mesa e circula até nós.

— Abek, eu queria saber: você gostaria de dançar comigo? Eu não sou muito boa — ela se desculpa. — Entretanto, se você não se importa com uma parceira desajeitada, podemos tentar juntos.

Olho para Esther com gratidão enquanto ela estende a mão e Abek a pega. Os dois ziguezagueiam pela pista, balançando desajeitadamente com a música.

Muitas outras pessoas também se juntaram, e agora sou a única que sobrou em nossa mesa, que está cheia de copos que não combinam e guardanapos amassados. Bebo o conteúdo do meu copo enquanto observo a pista de dança.

Havia garrafas de bom vinho, e agora estão vazias; havia garrafas de bebida ruim, e agora estão quase vazias também. A essa altura, já bebi o suficiente esta noite e ficar sentada ainda me deixa tonta, por isso ocupo-me juntando todos os pratos sujos em uma pilha e levando-os para a cozinha.

Josef está parado diante da grande pia branca, braços submersos até os cotovelos.

— Você não está dançando lá fora? — Coloco os pratos no balcão.

Ele gesticula para a água com sabão.

— Ficaríamos sem pratos. — Para ilustrar ainda mais o seu ponto de vista, ele pega um dos sujos da pilha que acabei de trazer e começa a lavá-lo.

Mas do outro lado da pia há uma pilha diferente, quase tão alta quanto, de pratos limpos.

— Você não acha que isso deveria ser suficiente por enquanto? — pergunto. — A maioria das pessoas já comeu. Por que você não volta para a festa e nós simplesmente levamos os que você lavou até agora?

Ele meneia a cabeça e pega outro prato.

— Eu não sou muito de dançar, de qualquer maneira.

— Nem Esther, mas você deveria vê-la tentando ensinar Abek lá no salão.

— Eu poderia muito bem terminar de lavar. Alguém vai ter de fazê-lo mais cedo ou mais tarde.

É claro que ele não vai ser persuadido, então arregaço minhas mangas e pego um pano de prato limpo.

— Você não precisa — ele protesta enquanto amarro um avental improvisado sobre meu vestido. — Ainda menos com seu irmão aqui.

— Estou tentando não o sufocar. Acho que já o envergonhei uma vez esta noite. Eis o trato: você lava, eu seco. Isso será mais rápido com dois de nós.

Nós diminuímos rapidamente a pilha, mas dá para ver por seus ocasionais suspiros que há algo que Josef quer dizer. A próxima vez que puxa um prato para fora da água, ele não o solta quando me adianto para pegá-lo. Suspenso entre nossas mãos, ele pinga água no chão.

— Eu não parabenizei você por encontrá-lo — ele diz. — Nem pedi desculpas por dizer que não o faria.

— Você estava apenas sendo racional — digo de forma afável. É fácil ser afável, é claro, já que meu irmão está agora a menos de cinquenta metros de distância. — A maioria das pessoas teria concordado que eu estava sendo tola.

Seu aperto no prato só aumenta.

— Mas e se você tivesse realmente me ouvido? Se você tivesse me ouvido e não enviasse todas aquelas cartas, ou...

— Josef, estamos em um casamento — suspiro. — Estou com o vestido mais bonito que usei em anos e o estou usando para lavar louça na cozinha. Agora ande e vamos terminar isso logo para que eu possa tirar este avental e você possa falar que estou linda no meu vestido. — As palavras que saem da minha boca são um pouco alimentadas pelo álcool, sem dúvida, mas não a ponto de eu não poder controlá-las se realmente quisesse. — E *isto*, a propósito, é o que uma pessoa em um vestido novo quer ouvir quando entra em um aposento — continuo. — *Você está linda*. E não: *Estamos sem louça*.

Choquei Josef para que largasse o prato molhado. O prato recua contra a frente do vestido do qual acabei de me gabar. Meu aperto parece firme o suficiente no começo, mas o prato escorrega pelas minhas mãos —

e depois pelas de Josef quando ele também tenta agarrá-lo enquanto cai — e enfim se espatifa no chão, quebrando em mil pedaços.

— Oh — digo inutilmente enquanto os cacos se acomodam ao redor dos meus pés.

— Vou pegar uma vassoura — diz ele.

Droga.

Nós varremos os pedaços, os grandes em uma lixeira, os menores embrulhados em um pano, e as únicas palavras trocadas — *Está vendo aquele caco debaixo da pia?* — são práticas.

Arruinei o momento, se é que houve um. De quatro, passo um pano úmido no chão para recolher os cacos menores. Meu vestido agora está úmido e empoeirado na bainha, e minhas axilas estão escorregadias de suor. De pé novamente, limpo a testa com a parte de trás do braço. Josef varre metodicamente, de cabeça baixa, cerdas de vassoura raspando no chão.

— Acho que este é o último — digo. — Você acha que devemos tentar salvar este pano com os cacos ou podemos simplesmente jogar tudo fora? Josef?

Ele para de varrer e levanta os olhos para mim.

— Você está linda em seu vestido.

Eu me assusto.

— Você não precisa dizer isso *agora*.

— Você estava linda em seu vestido no casamento, e varrendo pratos quebrados em seu avental está ainda mais linda. Você tem que saber disso.

Ele estende a mão, e meu rosto fica vermelho até eu perceber que Josef está gesticulando não para a minha mão, mas para a toalha cheia de cacos, jogando-a na lixeira.

— Vamos jogar fora.

— Josef.

— Vou terminar o resto da limpeza sozinho. — Ele mergulha as mãos de volta na água com sabão.

— Não.

— Está tudo bem.

— *Não* — digo, tomando uma decisão. — Vamos dançar. — Ele começa a protestar novamente, mas já estou desamarrando meu avental. — Chega, Josef. Já chega.

Estou dizendo "chega de lavar louça", mas também estou dizendo "chega de você se afastar". Chega de decidir quando terminamos de conversar e quando quer me dizer que prefere ficar na sua e quando quer me dizer que sou linda. Chega disso. Não vou mais tolerar. Estendo a mão, com firmeza.

— Esta é sua última chance de vir e dançar. Se eu baixar a mão, não vou pedir de novo. Nunca mais. Não vou pedir nada de você nunca mais.

Ele precisa pensar sobre isso; vejo-o calculando o preço de qualquer movimento. Só quando deixo minha mão cair um centímetro é que ele tira a dele da pia, ensaboada e pingando, e aceita minha palma estendida.

A água escorre de sua mão para os meus dedos, passando pelo meu pulso, mas não acho que seja o gotejar que me faz estremecer.

De volta à sala principal, os músicos guardaram seus instrumentos e, em vez disso, alguém ligou um fonógrafo. Não é mais música tradicional de casamento, mas música de big band, viva e efervescente com o som de metais. Não sei dançar, mas parece que muita gente também não sabe. Dois dos funcionários canadenses estão fazendo uma demonstração no meio da sala, e então outros, desajeitados, seguem seu exemplo o melhor que podem. Josef parece aliviado; está longe de ser o único iniciante nesta pista de dança.

Ele coloca um braço em volta da minha cintura como os canadenses estão fazendo. Isso faz minha pele tremer, mas também é estranho, tentar descobrir como nossos corpos devem se encaixar em meio a um mar de pessoas enquanto a música explode ao fundo. Josef, como fica claro depois de alguns minutos de dança, tem um senso rítmico terrível. Os passos são simples, mas ele não consegue começar no tempo certo. Estou tentando não rir dele, mas não consigo evitar. E, em vez de ficar irritado, ele também está rindo, jogando as mãos para o ar e exagerando cada passo desajeitado.

É assim que seria um encontro? Seria assim se eu tivesse conhecido Josef no colégio ou em um clube social? É assim que ainda poderia ser se pudéssemos ter um relacionamento que não fosse tingido pela minha dor ou pela dele?

— Venha aqui. — Eu o puxo para o canto da sala, atrás de um cabideiro em que as pessoas penduram paletós, onde não vamos incomodar mais ninguém. — Cuidado com meus pés — digo. — O terceiro e o quarto passos são mais rápidos. Devagar, devagar, rápido, rápido.

Ele assente com a cabeça baixa, observando meus pés e, então, gesticulo com a cabeça para oferecer mais orientação; aí, nossas testas se chocam.

E, de repente, estamos nos beijando.

Assim que nossos lábios se encontraram, meu coração palpita: minha cabeça está tonta.

E, então, abruptamente Josef puxa a cabeça para trás. Por um momento me pergunto se cometi um erro terrível. *Ele não quer isso?* Mas depois sinto seu batimento cardíaco, pesado contra meu peito, e percebo que foi apenas por que ele sentiu a palpitação também, e nós dois estamos abalados. Quando ele se inclina novamente, é com intenção. Coloca as mãos atrás da minha cabeça e acaricia meu rosto com o polegar, e eu me inclino para a frente. Nossos lábios se encontram com mais suavidade desta vez, de forma menos desajeitada, e tão lentamente que o tempo para.

Eu beijei alguém antes. A primeira vez foi em uma festa de aniversário, quando tinha treze anos, e um garoto chamado Lev e eu fomos desafiados a ir para trás de uma cortina da sala de jantar. Nós passamos os dois meses seguintes nos encontrando ocasionalmente às escondidas, ele esperando por mim depois da escola com buquês murchos de flores colhidas. Mas isso é diferente. Não parece com o beijo em Lev, como uma pantomima ou um ensaio para a coisa real. Eu posso sentir esse beijo correndo por todo o meu corpo.

— Opa! — O cabideiro se move, um homem procurando seu chapéu, e nós dois nos separamos. — Opa! — o homem exclama outra vez, alegremente bêbado. — Todo mundo está se divertindo esta noite!

O homem bêbado vasculha o cabideiro, dando-me tempo suficiente para me recobrar e pensar no que estou fazendo. Agora é quando eu deveria sugerir voltar para a pista de dança ou tomar um copo de água. Josef está olhando para mim, esperando que eu sugira isso; ele também sabe que é o que deveria acontecer.

— Você quer ir embora? — pergunto em vez disso. — Encontrar outra sala onde não seja tão barulhento?

Ele hesita apenas um segundo.

— Sim.

— Aonde você quer ir?

— Para onde você quer ir, Zofia?

— Vamos para o seu chalé.

Essa frase carrega muitas coisas. Eu poderia ter dito: Vamos *ver a nova sala da biblioteca no prédio da administração*. Poderia até ter dito: *Vamos para o meu chalé, para onde Abek voltará em algum momento esta noite, e Esther também, sapatos na mão, bêbada de vinho*. Mas sei que Josef divide o quarto apenas com Chaim e que naquela tarde Chaim fez o que Breine fez: mudou seus pertences para um quarto conjugal onde eles vão morar juntos. O quarto de Josef ficará vazio a noite toda.

Examino o refeitório. Esther e Abek desistiram de dançar. Mas alguém arranjou um baralho de cartas e eles estão sentados à mesa com Ravid e alguns outros. Capturo o olhar de Esther e indico Abek com a cabeça. Ela acena de volta: *Ele está bem; está tudo bem. Vou ficar de olho nele por um tempo*.

Hesito novamente, só por precaução, paralisada por um momento com a ideia de deixar meu irmão fora da minha vista. Mas Abek está rindo; parece se divertir.

Do lado de fora do refeitório, Josef e eu ficamos subitamente tímidos, caminhando lado a lado como estranhos. Josef pede desculpas por bater no meu quadril, e eu falo coisas sem sentido sobre as estrelas.

— As estrelas estão realmente brilhantes esta noite, mesmo que aparentem o mesmo de sempre.

Quando entramos no chalé de Josef — ao passarmos pelo quarto de Ravid na frente e entrarmos no de Josef nos fundos, e ao ver sua cama arrumada com precisão hospitalar —, de repente estou ainda mais consciente do que fiz.

— Essa é a cama de Chaim — diz ele desnecessariamente, apontando para o colchão sem lençóis. — Eu posso sentar lá ou posso procurar uma cadeira, se você se sentir mais confortável.

— Não.

— Posso lhe oferecer um pouco de água?

— Não.

— Nunca estive no interior de um chalé feminino. Eles parecem...

Eu o interrompo antes que ele possa falar mais, colocando meus braços em volta de sua cintura, esmagando meus lábios contra os dele. Estamos nos beijando de novo, só que agora respiramos com mais força; posso sentir seu corpo começar a responder ao meu, sentir a maneira como minhas mãos começam a tremer, mas ficam mais certas, e, depois, mais certas do que nunca sobre qualquer coisa. Deslizo-as sob sua camisa e, em seguida, contra a pele nua de seu peito, onde seu coração bate na minha palma. Ele ofega contra meus lábios e, depois, pega os botões do meu vestido, demorando-se no topo, perto da minha nuca.

— Posso...

— Sim — respondo, mas tenho que fazer isso sozinha quando ele não consegue tirar o botão da casa. Quando termino, ele gentilmente puxa meu queixo para cima usando a ponta dos dedos e, então, toca sua língua na cavidade agora nua do meu pescoço.

Meu corpo inteiro estremece enquanto ele cuida do botão seguinte sozinho, e depois mais outro.

Esqueci que o prazer podia ser tão forte. Depois de anos sentindo nada além de uma dor perpétua e insistente, meu corpo começou a se sentir como um instrumento dela. Como se tivesse sido construído para suportar as coisas em vez de experimentá-las. E, então, quando a guerra acabou, quando eu estava em segurança no hospital, o que mais senti foi dormência, uma anestesia protetora contra meus próprios sentimentos. Esqueci que podia querer algo porque queria, e não só porque estava faminta ou com frio.

— Zofia — Josef sussurra, e sua voz me traz de volta a este momento, à realidade deste instante e do meu corpo. Como a porta é fina e destrancada, e pode ser aberta a qualquer minuto. Como tia

Maja me contou o que acontece nas noites de núpcias, mas sempre foi colocado assim — *o que acontece nas noites de núpcias* — e não o que acontece com um rapaz que você conhece há apenas algumas semanas.

Fecho os olhos, tentando bloquear o rosto de tia Maja, mas agora meu corpo está em guerra consigo mesmo.

— Espere.

— O quê? — Josef diz entre beijos no meu pescoço, beijos suaves e lentos que me fazem derreter.

— Josef, espere.

Desta vez, meus braços se movem antes que meu cérebro possa pensar, e empurro Josef para longe. Ele olha para mim, confuso, levantando a palma das mãos.

— Eu sinto muito. Achei que você estava bem com... Devo ter entendido errado.

— Eu tenho apenas oito dedos nos pés — falo num rompante.

— O quê?

— Oito. No hospital, dois deles estavam congelados demais para serem salvos. Se eu tirar os sapatos, não ia querer que você sentisse repulsa se visse meus pés.

Josef dá um passo atrás, estuda-me e, depois, vira as costas. Penso que isso deve significar que está enojado, até que ele levanta a parte de trás do cabelo.

— Vê? — ele pergunta. E eu vejo; é difícil não ver: uma careca do tamanho de um damasco. — Num inverno, fiquei doente. Meu cabelo começou a cair e neste ponto não voltou a crescer — continua. — E eu acho que nunca voltará. Ficarei careca ali para sempre até que o resto do meu cabelo caia também.

— É por isso que você nunca penteia o cabelo direito? — pergunto, e começo a rir.

— É exatamente por isso. Se eu penteasse meu cabelo corretamente, todo mundo veria o pouco cabelo que me resta.

Eu arregaço a manga: uma cicatriz em forma de aranha, correndo do meu antebraço até o cotovelo.

— Uma lançadeira voou do tear no meu segundo campo — digo a ele. — Não curou direito. Achei que se eu relatasse a lesão, eles me mandariam para o barracão dos doentes e eu nunca sairia.

— Não tenho os meus molares direitos. — Ele abre a boca com os dedos, gesticulando para mim para eu olhar lá dentro, onde dois buracos negros ocupam o lugar dos dentes. — Um soldado me acertou com a coronha de seu rifle e eles voaram para fora da minha boca.

— Eu tenho cicatrizes de picadas de pulgas — digo a ele.

— Você acha que tem marcas de picadas de pulgas? Eu coçava as minhas até sangrar; não as deixava em paz. Ficaram buracos que parecem cicatriz de catapora de alto a baixo nas minhas pernas.

Ele levanta uma perna da calça. No ambiente mal iluminado, mal consigo ver esses supostos buracos, mas rio mesmo assim, rio e choro enquanto continuamos esse passeio por nossos corpos, pelas coisas secretas e ocultas que estão danificadas neles. Josef também ri enquanto solta a perna da calça e coloca a mão na manga da camisa.

— Meu ombro foi deslocado e não ficou bom — diz ele. — Não consigo mais fazer nem uma única flexão. Tenho dificuldade em me sustentar nos braços se estou em determinada posição. Se estou…

Ele se interrompe. Não está mais rindo. Mesmo à luz do lampião, dá para ver que seu rosto ficou vermelho, e então me sinto corar também, porque consigo entender o que está tentando dizer: se eu estivesse deitada de costas e ele estivesse em cima de mim, talvez não funcionasse, ele pode não ser capaz de se sustentar nessa posição.

— Eu não me importo — digo.

Josef hesita.

— Eu preciso… Devo ir buscar…

Ele não termina, mas eu sei o que ele estava prestes a dizer. *Ele deveria ir buscar proteção? Isso pode ter consequências?*

— Não. — Sou tomada por uma onda de ternura e depois uma última onda de nervosismo. — Eu não… eu não sangro há muito tempo. Josef, quando estou sem roupa, dá para contar minhas costelas. Mesmo depois de meses no hospital, não pareço muito… feminina. — *Meus seios se foram*, é o que quero dizer a ele. Meu ciclo secou. Estou enrugada; sou uma garota-nada.

— Eu não me importo — ele diz e estende a mão para apagar o lampião.

Minha última confissão e essa escuridão final me libertaram. Ele sabe cada coisa embaraçosa sobre meu corpo.

Lá fora, ao longe, ainda posso ouvir a música do casamento.

Estou pensando em Breine, tendo um casamento agora para provar que está viva, para se lembrar de nunca mais esperar por coisas que possam fazê-la feliz. Estou pensando em tia Maja e seus conselhos para a noite de núpcias. Mas tia Maja não está mais aqui para me dar conselhos; ninguém está.

Estendo a mão para o botão da calça de Josef, mas antes que possa desabotoá-la, ele segura a minha mão.

— Não — diz ele. — Tem outra coisa. — A voz de Josef é baixa e rouca.

— Já chega de doenças.

— Não é algo que esteja errado. É algo mais sobre mim. Não consegui pensar em uma forma de…

— Por favor, pare de falar — eu o instruo. E ele faz isso. Senta-se na beirada da cama e coloca as mãos na minha cintura enquanto eu termino de desabotoar o restante dos botões do meu novo vestido ameixa e o deixo cair no chão. Eu pego suas mãos e as coloco nos meus seios achatados. Por sua respiração aguda, posso dizer que não sou tão lisa para ele.

Ele coloca seus lábios no meu ventre, e eu corro as mãos por seu cabelo. Beijo o topo de sua cabeça, e nos lembramos de que estamos vivos.

*E*is um pedaço da minha memória, da minha memória-fantasma-morta, que vem flutuando de volta para mim. Parece que eu deveria ter uma recordação mais feliz, como se fazer algo feliz também devesse desencadear lembranças felizes. Mas não é assim que esse quebra-cabeça funciona, ao que parece. As peças não vêm em ordem. Cada uma delas flutua no lixo da minha mente até se ligar a algo aleatório, obscuro.

Não mandaram meu pai para a esquerda quando chegamos a Birkenau. Meu pai já estava morto. Meu pai estava morto porque, quando viu os soldados alemães chutarem o velho farmacêutico, foi socorrê-lo, e então atiraram nele. Primeiro, um soldado enfiou a mão violentamente na garganta do meu pai, derrubando-o, e depois atiraram nele. Displicentemente, como se suas armas fossem mata-moscas. Ele caiu no chão. Seu braço dobrado atrás dele como o de uma boneca de pano; lembro-me de pensar que seu ombro estava deslocado.

Ele não foi a única pessoa a morrer naquele dia no campo de futebol, na chuva. Os soldados atiraram em outros que desobedeceram às ordens. Pessoas que tentaram passar de uma fila para outra. Uma mulher começou a gritar que seu filho estava trabalhando, que ele tinha uma dispensação; se ela soubesse que não teria permissão para voltar para casa, teria se despedido dele. Ela tentou sair; eles atiraram nela.

Houve tanta morte e sangue naquele dia, tudo acontecendo de uma vez. O resto da minha família eu perdi quando chegamos a Birkenau, e talvez fosse mais fácil para mim acreditar que tinha perdido meu pai assim também: à esquerda, de uma vez. Lembrar que o havia perdido alguns dias antes significaria que eu precisaria ter dois aríetes de dor em vez de apenas um.

Isso realmente importa, no fim? De um jeito ou de outro, ele está morto.

Quando acordo em seguida, Josef ainda está dormindo, de bruços, o cabelo despenteado como grama de praia. Esta é a posição em que ele adormeceu também, a posição em que nós dois adormecemos. Lado a lado, sobre nossa barriga, as mãos dobradas perfeitamente perto do queixo, subitamente conscientes do espaço pessoal um do outro e de como seria rude impor-se a ele. Antes de dormir, minha última lembrança era eu perguntando se o ombro dele doía, ele me perguntando se eu estava com muito frio, eu dizendo que não estava com frio, mas quase nua, por isso ia manter meus braços onde estavam protegendo minha nudez. Ele rindo.

Eu pretendia fechar os olhos por apenas um minuto e depois voltar para Abek. Mas é claro que adormeci por mais tempo. Ainda está escuro lá fora, mas o céu é um hematoma escuro em vez de um preto. Mais perto do nascer do sol do que da meia-noite. Procuro o lampião ao lado da cama de Josef e o acendo; é brilhante o suficiente para eu enxergar ao redor do quarto e me orientar. Estou meio vestida. Mais cedo, Josef enrolou um cobertor em volta da cintura enquanto procurava no escuro nossas roupas íntimas, passando-me a minha antes de se virar para vestir a própria — modéstia tardia que me divertiu. Ele deve ter se levantado de novo enquanto eu ainda dormia: uma cadeira se apoia debaixo da maçaneta, protegendo contra qualquer pessoa que entrasse. E, quando fui dormir, meu vestido estava empoçado no chão. Agora está dobrado em sua mesa de cabeceira, com meus sapatos enfiados por baixo. Fácil para eu encontrá-los se quisesse sair enquanto estava escuro.

Suas roupas estão penduradas no guarda-roupa aberto, em uma barra de madeira com um pedaço de barbante amarrado no meio para separar sua metade da de Chaim, suponho. A metade de Chaim está vazia agora, e a de Josef tem apenas uma outra camisa dentro: a que estava usando no dia em que o conheci, a que usou em todas as outras vezes que o vi. Mesmo quando as caixas de doação chegam, transbordando de linho e naftalina, ele aparentemente nunca tira nada delas, exceto sua nova camisa de casamento.

Ando na ponta dos pés para tirar a camisa do guarda-roupa, encolhendo-me quando os cabides batem, mas Josef não acorda. A camisa é do tipo de cinza desbotado que poderia ter sido branco ou azul; engomado pelo sol agora, mas carregando as lavagens e o peso de cem outros dias, pressionada contra a pele de Josef. Tem um cheiro de coisa limpa como a grama e o sol em que secou, e, por baixo, tem o cheiro do próprio Josef, a doçura defumada de sua pele. De perto, posso confirmar o que notei anteriormente sobre o trabalho manual de Josef com os botões: eles foram recolocados, com firmeza, mas sem nenhum cuidado com a estética. O bolso ainda está rasgado. Não é tão necessário para a camisa, suponho.

Em silêncio, volto para meu vestido e apalpo o bolso. Enfiei uma agulha e linha dentro, para o caso de algo dar errado no último minuto com o vestido de Breine. Não acho que Josef vai se importar com a cor incompatível.

Sentada na cama vazia de Chaim, coloco o lampião ao meu lado e ajeito os botões primeiro, removendo os tortos e alinhando-os com as casas. Para o bolso, recorro a um ponto básico de chuleio, o primeiro ponto que aprendi com Baba Rose guiando cuidadosamente minha mão enquanto eu arrastava a agulha por dois pedaços de pano de treino. Esta não é a costura extravagante reservada para as roupas em nossa fábrica. É a costura particular e familiar que eu usaria para fazer a bainha das calças do meu pai ou para adicionar um remendo na manga de Baba Rose.

— O que está fazendo? — Josef ainda está meio adormecido, sua voz baixa e entrecortada, sua bochecha vincada pelo travesseiro.

— Volte a dormir — falo.

— Está consertando a minha camisa?

— Por que você não tem mais de uma?

— Tenho duas — ele murmura.

— Bem, *agora* você tem duas, porque escolheu uma nova para o casamento. Por que nunca escolheu outra antes?

— Outras pessoas precisam mais delas.

— Josef. Você tinha *uma camisa.*

— Gosto de ver você trabalhar. Você é muito boa...

— Como você poderia saber? A julgar pelo estado dos botões antes de consertá-los, você é muito ruim.

— Gosto de ver você trabalhar. — Ele está apagando novamente, arrastando as palavras.

— Volte a dormir, Josef.

Espero até que sua respiração se estabilize novamente e então faço uma dobra extra no tecido do bolso. Corto um pedaço de tecido de onde não será notado e rapidamente começo a costurar.

Z é para Zofia, 1945, que consertou uma de suas camisas e arrancou a outra de você.

Torço o pano entre os dedos, fazendo o menor rolinho que consigo, e o coloco no espaço extra que criei no bolso; depois, eu o costuro. Ficaria mortificada e satisfeita se ele o encontrasse. Minha família achava meigo quando eu fazia essas mensagens, mas nas poucas outras vezes em que fiz isso para amigos, nunca contei a eles. Nunca consegui decidir se iriam pensar que era meigo ou estranho. Talvez seja estranho. Eu mal conheço Josef.

Hoje estou escolhendo amar a pessoa na minha frente, disse Breine, ao me contar que planejava se casar com um homem que conhecia havia menos de dois meses. Não que eu esteja dizendo que quero me casar com ele. Não que esteja dizendo que o amo.

Mas ontem à noite estávamos juntos, e mesmo que Josef nunca encontre essa mensagem, gosto da ideia de meu nome estar perto de sua pele. Gosto ainda mais da ideia de que há um registro do que aconteceu ontem à noite, e algo pode acontecer comigo, e algo pode acontecer com Josef, mas ainda haverá esse registro porque eu o escrevi.

Quase de volta ao meu chalé, vejo uma figura saindo pela porta: Breine em um roupão, segurando algo contra o peito. Ela se assusta com meus passos, depois ri quando percebe que sou só eu.

— O que está fazendo, voltando para casa só agora? — Ela ergue uma sobrancelha. — *Alguém* andou se divertindo.

— O que você está fazendo aqui, afinal? — provoco-a de volta. — Você não deveria morar com Chaim agora?

Ela me mostra o item em sua mão.

— Escova de dente. Eu esqueci. Chaim disse para eu não me incomodar, mas quem quer acordar sem escova de dente na primeira manhã ao lado do marido? — Seu rosto fica rosa com a última palavra. — Marido! Você acredita nisso?

— Foi um casamento lindo, Breine.

— Não foi? Eu realmente acho que sim.

— Foi. E agora eu deveria deixar você voltar para o seu *marido*. Se você ficar longe por muito tempo, ele vai pensar que você mudou de ideia.

— Sim. — Ela faz uma pequena reverência boba, segurando as pontas de seu roupão. — Estou feliz por ter visto você, porque eu ia procurá-la amanhã de qualquer maneira. Eu queria lhe dizer uma coisa: Ravid não vem.

— Para a cama com você e Chaim? Espero que não!

Ela ri.

— Para Eretz Israel. Ravid está em contato com alguém que tem um barco. Pode sair da Itália. Mas ele e Rebekah não vão vir conosco. Eles nos contaram depois do casamento.

— Por que não? Ele organizou vocês todos, não foi?

— É por isso. Ravid vai ficar para trás para ajudar a organizar mais viagens; ele acha que é mais valioso assim.

— Tenho certeza de que é difícil para você dizer adeus a um amigo.

Ainda não sei por que estamos tendo essa conversa. Não conheço Ravid o suficiente para ter uma opinião sobre se ele deveria ir com o resto do grupo.

Mas os olhos de Breine são astutos; há uma expressão complicada neles quando ela agarra minhas mãos.

— É sobre isso que eu queria falar com você. Zofia, eu estava pensando se você não deveria vir conosco. Ela levanta um dedo antes que eu possa protestar. — Eu sei que você disse anteriormente que tem seus próprios planos, mas agora o convite é real. Há dois lugares vazios. Você não precisa preenchê-los, mas... ouça. Sou grata a você por fazer meu vestido, e estou feliz por você ter encontrado seu irmão, e, bem, sou um pouco mais velha, e não quero parecer mandona, mas... tem sido realmente reconfortante para mim seguir em frente com a vida, não voltar. Se fôssemos ao Ravid antes de qualquer outra pessoa, aposto que ele lhe daria as vagas. A você e Abek.

— Eu não posso simplesmente... ir embora.

— Por que não? Você veio aqui para encontrar Abek e o encontrou. Você fez o que queria fazer. Pense no que acontece a seguir, no entanto. Tudo bem? É apenas uma sugestão.

Deslizo minhas mãos nas de Breine. Finjo que estou com frio. Coloco minhas mãos debaixo dos braços e olhe para o chão.

— Ainda não estou pronta para decidir nada. Abek *acabou* de chegar. *Acabei* de encontrá-lo. Foram apenas alguns dias.

— Isso tem alguma coisa a ver com Josef?

Meu rosto arde por ela perguntar isso, por achar que eu poderia planejar uma decisão tão grande em torno de um rapaz que conheci há apenas algumas semanas.

— Peço desculpas — diz ela, em resposta ao meu silêncio. — Eu vi vocês dançando juntos e agora você está voltando para casa às quatro horas da manhã.

— Não é sobre Josef. É sobre o fato de que eu já tinha um plano. Assim que encontrasse Abek, voltaríamos para casa. Esse era o plano.

— Zofia — ela diz gentilmente. Ela não tenta pegar minhas mãos de novo, mas dá um jeito de se abaixar e ficar menor do que eu para que possa olhar nos meus olhos. — O que há para você agora? Diga-me, Zofia. O que está esperando por você lá em sua casa?

— Minha amiga Gosia — começo, mas sei que isso não é uma resposta. Gosia me diria para ir ser feliz, onde quer que fosse, e enviar-lhe postais pelo caminho. O que mais? O apartamento da minha família? Mas eu poderia deixá-lo para Gosia também. Ele parece parte da minha história, mas foi novo um dia. A certa altura, Baba Rose e seu marido eram jovens e recém-casados, e se mudaram para um apartamento vazio e começaram a enchê-lo de móveis e construir uma nova vida.

O que havia de especial naquele apartamento antes de eles se mudarem? Nada. Tudo de especial naquele apartamento era a família que construíram nele. Não poderia ter sido qualquer apartamento?

Penso na última vez em que saí da casa da minha família. Na calada da noite, enquanto o doce Dima dormia, no mesmo dia vi uma bandeira nazista no vaso da minha vizinha e na mesma noite um grupo de homens me ameaçou. Meu lar já havia sido saqueado, destruído, uma casca de si. Disse a mim mesma que o lugar em que cresci não parecia certo porque minha família não estava lá comigo. E se não parecesse certo porque não está mais certo? Abek não disse que queria voltar para Sosnowiec. Apenas disse que queria ir para casa.

— Eu só acho que é melhor para todos nós seguirmos em frente — ela repete. — Só isso.

— Vou pensar sobre isso — respondo. — Vou falar com Abek.

— Pense rápido — diz ela. — Se eu falar para Ravid que você está interessada, ele poderá adiar outras pessoas por uma semana mais ou menos. Então, pense bem, mas pense rápido.

De volta para a minha cama — enquanto Esther cochila do outro lado do quarto e Abek está enrolado no antigo lugar de Breine —, eu me mexo e remexo, tentando voltar a dormir contando ovelhas, depois multiplicando por dois e tentando recitar países do mundo. Meu travesseiro está quente e desconfortável, e não consigo parar de pensar que uma hora atrás era no travesseiro de Josef que minha bochecha estava apoiada. O sol já despontou no horizonte, inundando o quarto de violeta e depois de laranja queimado, e me reconcilio com a ideia de que não vou dormir mais esta noite.

Do outro lado do quarto, um murmúrio. Abek. Eu congelo, com medo de tê-lo acordado com minha agitação, mas então o barulho fica mais alto. Abek se debate em seus lençóis. Ele ainda está dormindo. É um pesadelo: os ruídos que faz não são palavras, mas ganidos, desesperados e assustados. Imediatamente, rastejo para fora da cama e vou até meu irmão. Primeiro, acaricio sua testa, fazendo sons calmantes, mas como ele não se acalma, sacudo seu ombro com força.

— Abek, acorde. Acorde agora. — Seus olhos se abrem, fora de foco no início, lutando para se situar no quarto escuro, agarrando o meu pulso. — Você está sonhando. Você está apenas sonhando.

Respirando fundo, ele dispara:

— Incomodei você? Eu disse alguma coisa?

— Eu mal notei você fazendo barulho — minto, meu coração se entristecendo um pouco com a lembrança de seus ganidos fracos. — Eu já estava acordada, na verdade. E Esther... — Gesticulo para onde Esther está dormindo como ela costuma fazer, a cabeça enterrada sob o travesseiro.

— Oh...

— E... e agora que você acordou também, vamos levantar e dar uma volta.

— Um passeio? — ele repete, um toque de sono ainda em sua voz. — Agora?

— Sim, eu já estava querendo mesmo — improviso, indo até a minha cama para procurar meus sapatos. Na verdade, eu só não quero deixá-lo voltar a dormir e ouvi-lo fazer aqueles sons novamente. — Vamos, eu peguei os seus sapatos também.

Vagamente, sei que Föehrenwald fica nos arredores de uma cidade de verdade chamada Wolfratshausen. Esther me contou sobre isso, sobre como existem algumas lojas abertas, lugares para comprar páezinhos ou uma tigela de sopa. Eu nunca tive a oportunidade de experimentar isso, e agora parece um bom dia para tentar. Não temos um casamento para preparar. Não tenho um vestido para costurar. Não tenho um irmão para encontrar. Se eu não planejar algo para Abek e eu fazermos, o dia se estenderá à nossa frente em pontas soltas.

O sol ainda está nascendo quando saímos do chalé. Abek caminha atrás de mim, esfregando o sono dos olhos com os punhos.

— Isso não é legal? — Tento animá-lo enquanto passamos pelos estábulos e pelo lago. — Sairmos um pouco do campo, sozinhos? Pensei que, em vez de irmos ao refeitório tomar o desjejum, podíamos ir a um restaurante e tomar um café. E acho que há ruínas de um castelo. Nós poderíamos passar nelas primeiro.

Mas, quando chegamos às ruínas do castelo que Esther mencionou, vejo que suas descrições foram generosas. Uma placa informa que o castelo foi demolido há duzentos anos, quando um raio atingiu um torreão que armazenava pólvora. Agora não há nada além de algumas pedras soltas.

— Café — digo teimosamente. — Vamos ver se encontramos café de verdade. É uma ocasião especial, posso pagar desta vez. E talvez uma torta?

Mas essa ideia também não funciona; ainda está muito cedo para algum café abrir. Praticamente, não há outras pessoas na rua. Além disso, depois do frio da noite passada, optei por usar um suéter, mas agora o dia está inesperadamente se tornando um último suspiro do verão. É de manhã cedo, mas quando voltamos desanimados para o campo, há poças de suor sob meus braços. Meu vestido gruda desconfortavelmente.

— Eu me pergunto como o tio Tut está indo — digo, minha voz falsamente alegre, direcionando o comentário para os ombros caídos de Abek à minha frente, enquanto ele se arrasta pela estrada estreita de cascalho.

— Hum? Oh. Certo. Ha.

Mas não é tão engraçado à luz do dia. Até eu sei disso. Eu só esperava recuperar um pouco da bobeira da noite anterior.

— Zofia. — Ele para de repente, enfiando as mãos nos bolsos. — Sinto muito pelo vinho ontem à noite. Por ter ficado aborrecido.

— Você não precisa se desculpar — digo, gesticulando para nós continuarmos andando. — Foi o fim de um longo dia, e muita coisa aconteceu esta semana.

— Ainda assim, eu não deveria.

— Está tudo bem — insisto. — E agora eu fiz você se levantar de madrugada para nada, ao que parece, e está muto quente. Mas estamos quase de volta ao campo; podemos pegar alguns trapos molhados para colocar na testa e nos refrescar.

— Ou... — ele começa lentamente — ... ou eu estava pensando que poderíamos fazer outra coisa.

— Como o quê?

— Poderíamos dar um passeio de bicicleta.

— Ha — digo, minha vez agora de ser sardônica. — Havia uma bicicleta na caixa de doações?

— Não, você não as viu quando passamos? Havia umas fora dos estábulos. — Estamos nos limites do campo agora. Abek aponta para os estábulos caiados de branco, onde duas geringonças enferrujadas estão encostadas na parede.

Percebo agora que ele não estava brincando. Ele está animado, na verdade, mais do que vi desde que chegou.

— Mas — protesto, rindo — nós nem sabemos andar de bicicleta. Eu ia aprender no verão em que os alemães chegaram, aí eles baixaram uma lei que os judeus não tinham permissão para tê-las.

— *Eu* sei.

— Você sabe andar de bicicleta? Quando você aprendeu a andar de bicicleta?

— Ladna — diz ele. — A fazenda onde eu fiquei. Ela tinha uma. Eu poderia lhe ensinar também.

Meu primeiro impulso é dizer que está enganado. Ele não sabe andar de bicicleta. Sinto-me como me senti quando ele disse que tentara ler Charles Dickens, triste e confusa com a ideia de uma vida sobre a qual nada sei.

— Está muito quente para isso.

— Estaria quente, mas o vento nos faria sentir mais refrescados. Por favor? — ele me pede, parecendo tímido, de repente. — Vamos nós dois fazer isso. Seria divertido. Fazer algo novo juntos. Algo que nunca fizemos juntos antes.

— Tipo, criar uma lembrança nova? — pergunto.

Seu rosto se ilumina.

— Sim. Uma coisa totalmente nova.

— Eu suponho…

As bicicletas dos estábulos estão enferrujadas; a borracha dos pneus parece rachada e frágil, e os freios rangem. Abek faz questão de inspecioná-los — para mim, acho, um gesto docemente cavalheiresco — e os declara seguros:

— Desde que não vá muito longe.

— Passe sua perna por cima — ele me instrui, segurando firme a parte de trás do selim.

— Eu vou cair.

— Você não vai.

Abek já demonstrou para mim, pedalando a bicicleta com suas pernas finas e desajeitadas. Ele explicou que você só cai se parar. *Quanto mais rápido você for, mais segura estará*, disse ele.

— Está prestando atenção, Zofia? Você não vai cair — ele me tranquiliza novamente. — Vai começar com um pedal para cima e um para baixo, por volta das onze horas e cinco minutos. E, então, você pressiona o pedal de cima para a frente ao mesmo tempo que traz o pedal de baixo para cima com o outro pé. Isso faz sentido?

— Não podemos começar na grama?

Abek balança a cabeça.

— É melhor em terreno duro. Parece mais assustador, mas você pode aumentar a velocidade mais rápido lá, então há menos chance de cair. Está pronta? Eu prometo que não vou deixar você cair.

O guidão balança na minha mão; sei que tudo o que tenho a fazer é mantê-lo reto, mas ele parece ter vida própria quando me esforço o melhor que posso para movimentar os pés da maneira como Abek demonstrou. Eu posso sentir que ele está certo. Se pudesse pedalar mais rápido, eu sentiria mais equilíbrio. Mas não consigo fazer minhas pernas se moverem assim; os pneus velhos e furados parecem abraçar cada pedaço de cascalho.

Tentamos repetidas vezes, corridas curtas de cada vez. Cinco metros, depois quinze, depois vinte. A cada vez, Abek me ajuda a parar a bicicleta, reposicionar a corrente rebelde e depois discute o que devo fazer da próxima vez: como devo me sentar mais para trás no selim, como posso tentar começar com o pedal direito para cima em vez do esquerdo. Ele é, percebo com orgulho agridoce, um bom professor. Mesmo para alguém tão jovem. É paciente e meticuloso, e insiste em tentar me ensinar, mesmo quando digo que ficaria feliz em sentar e vê-lo pedalar por aí sozinho.

Ele é um bom menino, percebo que é o que estou tentando formular. Ele cresceu para ser um menino muito decente e bondoso.

Devemos estar pedalando há uma hora. Ao meu lado, Abek está com uma mão no selim da bicicleta e a outra no guidão, evitando que eu tombe ou saia da estrada. Posso ver os músculos de seu braço magro ficarem tão tensos que estão trêmulos. Seus dedos ficaram brancos, e ele está ofegando mais do que eu enquanto se esforça cada vez mais duro para acompanhar.

— Nós podemos parar — começo a gritar.

— Não, deixe comigo. Eu não vou deixar você cair.

— Você está ficando cansa…

— Zofia, mantenha os olhos no caminho.

Mas é muito tarde. Quando me viro para olhar para Abek, meu corpo esquece que está ligado ao guidão, que me virar também vai virar a bicicleta. Abek tenta corrigi-lo novamente, mas não consegue. Por um momento perigoso, a bicicleta fica em equilíbrio, decidindo para qual lado tombar, e então Abek agarra minha cintura e me puxa para si, e caímos em direção ao terreno mais alto em vez de uma vala.

Meus joelhos derrapam na grama, mas é pior para Abek. Aterrissei metade em cima dele, com o salto do meu sapato cravando em sua canela.

— Você está bem? — pergunto, rolando de joelhos, com medo de tê-lo machucado.

— Eu não queria que isso acontecesse — ele se desculpa, levantando-se. — Eu disse que não deixaria você cair. Eu prometi.

— Você não fez de propósito — asseguro-lhe, aliviada por ele não estar ferido. — A menos que você *de fato* tenha feito isso de propósito porque eu fiz você acordar tão cedo.

Ele balança a cabeça, mortificado.

— Juro que não.

— Abek, eu estava brincando. Claro que você não fez isso de propósito. Eu me diverti.

— Mesmo?

— Eu me diverti de verdade. Você é um bom professor.

Ele galantemente oferece a mão, ajudando-me a levantar, e então nós dois ouvimos o som de alguém se aproximando, vindo dos estábulos.

— Pelo menos, com os cavalos, eles parecem meio culpados quando jogam você no chão — uma voz grita. Viro a cabeça e vejo Josef com as mãos nos bolsos. — Essa bicicleta não se importa nem um pouco.

Ele está vestindo a camisa que consertei apenas algumas horas atrás, e pensar nisso me provoca calor. Eu me pergunto se deveria ter feito alguma coisa quando saí — deixado um bilhete para ele ou acordá-lo novamente. Não conheço o protocolo para sair da cama de um homem no meio da noite.

— Esses cavalos nunca parecem culpados — digo, buscando tirar qualquer resto de grama do meu cabelo.

— Você ainda não é amiga próxima o suficiente deles.

Abek está olhando de um lado para o outro entre nós. Estou feliz por tê-los apresentado ontem; não saberia como fazê-lo agora. Meu amigo Josef? Meu namorado? Ele deve ter nos visto sair juntos ontem à noite.

— Os freios rangem, certo? — Josef se vira para Abek. — Foi o que ouvi alguém dizer ontem.

— Eles rangem. E essa corrente não fica no lugar.

Josef se agacha, e Abek se ajoelha ao lado dele, suas cabeças juntas enquanto examinam a corrente, as mãos ficando gordurosas e escuras.

SEPARADOS PELO HOLOCAUSTO

— Eu não sei nada sobre bicicletas — Josef está dizendo a Abek. — Mas e se tentássemos simplesmente limpar a corrente? A graxa está endurecida.

— Eu deveria ter tentado isso antes de usá-las — diz Abek.

— Tenho certeza de que não teria feito muita diferença. Essas bicicletas estão uns cacos.

Eles parecem tão à vontade um com o outro. Gosto de como Josef fala com Abek, assegurando-lhe que não foi o culpado pelo fato de as bicicletas funcionarem mal. Eu gosto de como Abek o escuta.

Família? Meu coração faz a pergunta antes que meu cérebro possa detê-la. É assim que o meu futuro pode ser, ou alguma variação disso?

— Há trapos limpos em uma pilha nos estábulos — revela Josef a Abek. — Eu posso trabalhar na corrente e também, se quisermos tentar algo para os freios, o prédio dos cursos técnicos pode ter algum tipo de óleo que funcione. Você quer ir ver? É o edifício em forma de *A* atrás do refeitório.

Abek limpa as mãos gordurosas na grama antes de desaparecer nos estábulos, voltando alguns momentos depois com um par de flanelas macias.

— São estes?— ele pergunta, jogando-os e, em seguida, partindo na direção do prédio que Josef descreveu, olhando-me rapidamente para ter certeza de que está tudo bem.

Quando Abek desaparece de vista, Josef se acomoda na grama e tenta tirar a corrente da roda dentada.

— Tente ali — sugiro, apontando.

— Você entende de bicicletas agora? — ele provoca. — Você quer fazer isso?

— Eu sei como entender máquinas quando elas quebram. Remontei máquinas de costura, consertei teares.

Ele cora… Eu falei sobre isso na noite anterior. Contei-lhe que a cicatriz no meu braço é de uma lançadeira voando de um tear. Eu disse a ele quando estava prestes a ficar nua em seu quarto.

Seguindo minhas instruções, ele tira a corrente e a coloca diante de si na grama limpa.

— Eu, hum, ia procurar você mais tarde — diz ele, pegando um dos panos macios e começando a limpar a corrente, elo por elo, de sua sujeira endurecida. Se eu não o conhecesse, pensaria que Josef está tão desconfortável quanto eu, tentando descobrir como falar comigo hoje.

— Você deixou algo no meu quarto ontem à noite.

Mentalmente, examino o que poderia ter ficado lá; tudo que eu tinha comigo eram minhas roupas e sapatos, e sei que não voltei para casa nua.

— O que eu deixei?

— Veja no meu bolso para mim — diz ele, indicando com a cabeça suas mãos cheias de graxa.

É o bilhete que deixei na camisa dele, penso, mortificada. *De alguma forma, ele já o encontrou e agora vai me provocar sobre isso.* Josef percebe minha expressão, mas obviamente não atina para o que significa.

— É um pouco de linha — explica ele. — Sobrou de quando você consertou os botões.

— Linha — repito com alívio e agora enfio a mão no bolso da camisa de Josef, deslizando ao longo de seu peito até meus dedos se fecharem em torno do emaranhado de seda amontoado no fundo. Ainda é emocionante tocá-lo de maneira tão íntima, mas percebo com vergonha que deixei minha mão demorar mais do que o necessário. Rapidamente, puxo a linha e a estico no colo, soltando os nós que se formaram no bolso de Josef.

É uma tarefa meio tola se preocupar com isso. Não sobraram mais do que quatro ou cinco centímetros de linha depois que terminei o conserto. Posso encontrar um uso para quase tudo: um pedaço de linha um pouco mais longo poderia ter sido usado para costurar um botão solitário, ou como fio dental, ou para amarrar o laço de cabelo de uma boneca. Mas esta peça é tão inutilmente curta que nem eu conseguiria pensar em alguma utilidade para ela. Eu a joguei em uma lata de lixo no quarto de Josef. Ou seja, percebo com prazer que ele a pescou de propósito para ter uma desculpa para falar comigo.

— Desculpe ter saído tão cedo — digo, alisando a linha desembaraçada no meu colo. — Achei que deveria voltar para Abek e não queria que ele ou Esther se preocupassem, e…

E eu não tinha ideia de como agir, termino a frase silenciosamente. Porque nunca estive nessa situação e nunca pensei que estaria.

Josef interrompe minhas desculpas.

SEPARADOS PELO HOLOCAUSTO

— É claro, é claro. Presumi que você queria voltar. Eu ia deixá-la em paz esta manhã porque pensei que você a passaria com Abek. — Ele está polindo outro elo da corrente agora meio cintilante. — Como está Abek? Como é estar com ele?

— Ele está... — Eu me interrompo porque estava prestes a dizer *Ele está bem*, o que é uma resposta tão incompleta para esta situação. Josef olha para mim e coloca seu trabalho de volta na grama. Está realmente interessado na minha resposta, não apenas procurando por algo superficial. — Ele está aqui há uma hora me ensinando a andar nessa bicicleta idiota. Mesmo que eu seja péssima nisso e a bicicleta seja terrível. E é estranho, porque... — Faço uma pausa porque estou tentando formular algo em voz alta que nem tive a chance de formular na minha cabeça.

— Porque desde que ele voltou, a coisa toda foi quase como um sonho. Tê-lo no casamento, tê-lo dormindo em nosso chalé. Mas de uma forma estranha, foi só agora, esta manhã, que me senti como se tivesse um irmão. Não apenas uma lembrança. Se isso faz algum sentido.

Josef morde o lábio, assentindo.

— Eu acho que sim. Com minha irmã... há uma diferença entre amar uma pessoa e amar uma lembrança dela. Ou amar quem alguém é e quem você quer que ele seja.

— Esther diz que até rimos do mesmo jeito.

— Não riem, não...

Sua resposta me pega desprevenida, e eu enrolo meu pequeno pedaço de linha para jogar nele.

— Obrigada.

Ele levanta a mão em defesa simulada.

— Eu não quis ofender você. Só estou dizendo que acho que vocês não têm a mesma risada. A sua é mais dissimulada. Eu já vi; você bufa, às vezes.

— *Obrigada...*

—Quero dizer, de um jeito bom. Você ri como se tudo fosse segredo. — Ele olha para mim, sua boca torcendo um pouco de vergonha, eu acho. — Você ri, e eu nunca tenho certeza do que vai sair da sua boca a seguir.

Ele está quase terminando de limpar a corrente de bicicleta, então vou até onde a segunda bicicleta ainda está encostada na parede dos estábulos e caminho de volta. A corrente desta está ainda mais estropiada do que a primeira, e é por isso que Abek e eu não a escolhemos, para começo de conversa. Deitando-a na grama, protejo minhas mãos com um pano limpo e a removo das engrenagens.

— Breine está tentando me fazer ir com eles — digo.

Sua mão vacila.

— Eles estão em contato com alguém que tem um barco. Sairá da Itália e ainda há vagas. Eles vão em breve.

— Você nunca falou sobre... eu sempre pensei que você iria... — Ele se recompõe e começa de novo. — Você quer ir?

— Não tenho certeza. Eu mal tive chance de pensar sobre isso. *Você* quer ir?

Ele aperta os lábios.

— Não faço parte desse grupo.

— Nem eu. Breine acabou de dizer que eles tiveram algumas vagas inesperadas.

Ele fica em silêncio por tempo suficiente para que eu comece a pensar que não vai responder nada.

— Eu não vou — ele diz finalmente.

— Por que não?

— Simplesmente não vou. Não é o lugar ao qual pertenço. Não quero tomar o lugar de alguém que realmente quer isso.

— Ok — digo. — Então, o que você realmente quer?

— O que você quer dizer?

Sei que estou entrando em território pessoal, mas sigo em frente mesmo assim. Estive na cama deste homem; não está fora dos limites para mim fazer essas perguntas.

— Bem, Breine e Chaim estão aqui porque estão aprendendo a administrar uma fazenda. Esther está aprendendo estenografia. E estou aqui porque procurava meu irmão. Todavia, quando estávamos na carroça a caminho do Kloster Indersdorf, você disse que estava tentando sair o mais rápido possível. Só que não vi você tentando sair.

Ele fica tenso.

— Eu cuido dos cavalos.

— Não estou dizendo que você não está sendo útil. Só estou dizendo que parecia que você queria se recompor e seguir em frente, mas nunca ouvi mencionar o que quer fazer a seguir. Eu nem sei o que você fazia *antes*.

— Antes eu morava com minha família e aprendi a cuidar de cavalos.

— *Durante*, então. Não faço ideia do que aconteceu com você durante a guerra.

Ele cerra os dentes.

— Durante a guerra, perdi os dentes e ganhei uma careca na cabeça.

— Josef. Você sabe que não é isso que eu...

— Eu ficaria triste se você fosse embora — ele me interrompe.

— O que você disse?

Ele termina com a corrente e limpa as mãos no pano.

— Eu quero que vá com Breine e Chaim, se você quiser. Eu sei que acabei de conhecê-la e não pediria nada de você. Mas se alguma parte de você estava me contando sobre o convite de Breine porque queria saber minha reação... minha reação é: eu ficaria triste.

Mordo o interior da bochecha, tentando não sorrir com o que Josef acabou de dizer.

— Acho que também ficaria triste.

— Então, talvez até decidir — ele diz —, você pode continuar deixando pedacinhos de linha que sobraram no meu quarto, que eu posso continuar usando a desculpa de devolvê-los para falar com você.

Recupero a linha da grama onde caiu depois que a joguei nele.

— Você quer simplesmente levar isso com você para que possa me devolver amanhã?

— Eu levo. — Solenemente, ele pega a linha. — Posso beijar você agora? — Josef pergunta.

— Pode.

Em alguns dias, Abek e eu estabelecemos juntos uma rotina. Café da manhã. Uma ou duas horas de ele tentando me ensinar a andar de bicicleta, uma atividade na qual estou implacavelmente sem esperança. E, depois disso — minhas alterações no vestido de Breine tiveram um resultado inesperado. Na noite seguinte ao casamento, uma mulher que eu nunca tinha visto antes passou no chalé com uma saia na mão, perguntando se eu poderia fazer a bainha. No dia seguinte, sua amiga levou uma jaqueta que precisa ser apertada na cintura, e alguns homens levaram camisas com botões soltos, calças com pernas arrastando, ternos que precisavam de remendos nos cotovelos.

Não é um trabalho difícil ou inspirador, mas é trabalho. É útil; é algo que me faz sentir com um propósito e normal. As pessoas quase não têm dinheiro para pagar, então acabo com outras coisas: sapatos com solado novo para Abek, velas, querosene, uma caixa de madeira entalhada para guardar o material.

E, então, uma noite, sento-me no meu quarto e acabo o delicado bordado de um lenço para uma festa de despedida planejada para aquela noite. Miriam. Ela finalmente voltou ao nosso chalé algumas noites depois do casamento, mas logo percebeu que sua razão para permanecer em Föehrenwald havia desaparecido. Agora que sabe que sua irmã nunca mais virá, decidiu voltar para a Holanda. Ela acha que ainda tem amigos lá. Breine e Chaim organizaram a reunião e me pediram para fazer o presente. Bordei flores nas bordas e, depois, no meio, todas as nossas iniciais.

É uma festa de partir o coração, uma festa que está tentando fazer muitas coisas diferentes. Parece estranho pedir a Miriam que se lembre de seu tempo em Föehrenwald quando muito dele é definido por coisas que ela gostaria de esquecer. Mas lhe dou o lenço de qualquer maneira, e ela o dobra com cuidado no bolso.

— O nome da minha irmã era Rose, sabe? — ela informa, triste, passando a mão sobre as flores. — Gosto de pensar que ela sabe que você fez isso para mim.

Terminado o jantar, volto para o chalé com Abek, pensando em Miriam voltando para a Holanda, em começos e fins.

Não há nenhuma razão estrita para que eu precise ficar em Föehrenwald. Eu poderia costurar em qualquer lugar. Poderia fazê-lo em Sosnowiec, e isso liberaria duas camas para outros refugiados que continuam chegando todos os dias. Este lugar não é para ser permanente.

— Você quer tentar andar de novo antes que esteja completamente escuro? — Abek pergunta. — Ou: acho que algumas pessoas vão jogar cartas mais tarde.

Estamos na metade do caminho para o chalé, andando pela trilha de terra. Está frio esta noite, de volta às temperaturas normais de outono, e cruzo os braços na frente do peito.

— Na verdade, eu estava pensando que deveríamos falar sobre o futuro.

— O futuro?

— O que fazer a partir de agora. Você está aqui há pouco tempo, e agora que nos encontramos, devemos ter um plano.

— Tudo bem — ele concorda. — Quais são as opções?

— Bem, nós poderíamos voltar para Sosnowiec agora — digo lentamente. — Essa é a primeira opção. É o que eu sempre presumi que faríamos. Poderíamos morar em nosso antigo apartamento e tentar encontrar nossos velhos amigos. Você se lembra do seu antigo quarto? Eu sei que Gosia gostaria de ver você e…

— O que mais? — ele interrompe. — Você também disse que poderíamos ir com Breine e Chaim no barco deles.

— Nós poderíamos ir com eles no barco — continuo, um pouco desconcertada com a rapidez com que ele pareceu descartar a opção de ir para casa. — Ou... há navios, suponho, para qualquer lugar do mundo. Nós poderíamos ir para outro lugar — deixo escapar. — Nós poderíamos ir para... para a Suécia. Ou Argentina, ou América.

— Eu queria ir para a Noruega — Abek diz de repente.

— Noruega? Desde quando? — Rio. — Por quê?

Ele olha para baixo.

— Havia um homem que era bom para mim. Ele era da Noruega. E me disse que existem todos aqueles... não são rios, mas são parecidos. E montanhas.

— Fiordes — esclareço. — São golfos estreitos, acho. Ok, poderíamos adicionar a Noruega à nossa lista. Algum outro lugar?

Josef quer ir para a Noruega?, uma parte do meu cérebro se pergunta, mas rapidamente afasto o pensamento. Esta conversa é sobre Abek e eu. Não sobre Josef.

— O mais importante é que você precisa voltar a estudar — digo. Ele faz uma careta. — Você precisa. Você provavelmente não teve aulas regulares de qualquer tipo desde a sra. Schulman, quando tinha oito anos, e nunca esteve em uma escola de verdade.

— Você não pode me ensinar?

— Isso não é realmente uma solução permanente. Preciso pensar em como ganhar dinheiro e cuidar de nós.

— Eu poderia trabalhar também — ele sugere.

— Eu não quero que você trabalhe. Você é muito jovem. Eu quero que você ainda tenha uma infância normal. A escola era importante para papai e mamãe, você lembra...

Ele revira os olhos.

— Não sou uma criança. — Há uma irritação em sua voz, como ouvi quando não o deixei tomar o vinho no casamento.

— Bem, quero que você ainda tenha uma *vida* normal — emendo minha declaração. — As crianças normais de doze anos vão à escola.

— As crianças normais de doze anos não sobreviveram a Birkenau pulando em latrinas para se esconder do comandante toda vez que havia uma seleção. É tarde demais para eu ser uma criança normal de doze anos.

SEPARADOS PELO HOLOCAUSTO

— Não me importo com crianças *normais* de doze anos — digo, exasperada. — Eu me importo com o meu irm... espere. Espere, Abek, o que você disse agora? — Na minha cabeça, repito o que ele acabou de dizer, tentando descobrir por que isso soa errado para mim.

— Nada. Deixe pra lá.

— Mas sua função era trabalhar *para* o comandante. Foi isso que eu arranjei para você. Por que você teria que se esconder dele em latrinas?

— Eu disse que não importa. Apenas falei errado. Posso falar errado?

— Claro que pode, eu só...

— Não gosto de falar sobre o passado — ele insiste, irritado. — E você sempre quer falar sobre isso.

— Não é verdade.

— Sobre papai assumir o negócio, ou o que mamãe costumava dizer sobre alguma coisa quando íamos a algum lugar em determinado momento, ou por que tia Maja não era casada, ou que velhos amigos gostariam de me ver.

Um casal conversando se aproxima, mas ambos ficam quietos ao passar. Nós subimos o tom de voz sem querer. A mulher nos observava até perceber que noto e, de repente, retoma a conversa, em um tom mais alto do que o normal.

— Não é minha intenção fazer isso — digo, baixando a voz.

— Você está sempre me testando para ver o que lembro e o que não lembro. Como se você achasse que há algo errado comigo.

— Eu não faço isso.

— *Parece* isso para mim. — Abek se vira, ombros curvados protetoramente perto de suas orelhas. — Por que importa se eu me lembro das mentiras que você contou?

— Porque é a nossa *história*. Porque é *importante*.

— Porque é importante para *você*. É mais importante para você do que para mim.

— Abek! — Estou surpresa com as palavras que saem de sua boca e com a veemência repentina com que as está dizendo. — Isso absolutamente não é verdade.

Minha primeira reação à agitação de Abek é lhe dizer que está apenas imaginando coisas; é claro que não estou fazendo o que ele diz que estou fazendo. Mas mesmo quando quero fazer isso, não posso deixar de ficar confusa e alarmada.

Como essa conversa saiu de controle tão rapidamente? Não consigo identificar o que deixou Abek tão zangado de repente nem posso deixar de me preocupar que a raiva esteja encobrindo outra coisa. Não gosto do jeito que essa conversa está fazendo eu me sentir. Não gosto do que está atraindo, do que está provocando no meu cérebro.

Por que Abek não se lembrava do acordo que fiz para ele trabalhar para o comandante? Parece tão básico, uma peça tão básica da nossa história. Há algo que ele não está me contando? Algo tão horrível que acha que eu não posso lidar com isso? Ou algo que ele não está lembrando? Como poderia não se lembrar de um detalhe tão importante do nosso passado?

— Vamos voltar — digo, exausta pela conversa. — Vamos voltar para o chalé.

— Você está perdida em pensamentos.

Uma mão toca meu braço suavemente, e eu pulo. É Josef. Ele ergue as mãos se desculpando.

— Estou chamando o seu nome há alguns minutos. Eu não queria assustá-la.

— Você não... quero dizer, você está certo. Eu estava apenas perdida em pensamentos.

Acabei de deixar Abek no chalé. Como o constrangimento entre nós não pareceu diminuir, disse a ele que precisava dar um passeio. Meus pés me levaram imediatamente para os estábulos, o mesmo lugar para onde me levaram várias vezes nos últimos dias. Estou parada na porta, distraída demais para entrar.

Josef volta para o seu banquinho de três pernas e recomeça a limpar algumas escovas e pentes. Toda vez que venho aqui, Josef está no meio de alguma coisa — limpando uma baia, consertando uma ferramenta — e sempre me cumprimenta como se estivesse, ao mesmo tempo, surpreso e não surpreso em me ver. No começo, interpretei isso como indiferença, mas logo percebi que ele está apenas tentando não criar expectativas de que eu apareça. Eu ainda nunca o vi no jantar.

Vejo-o *depois* do jantar. Vejo-o nas caminhadas da meia-noite, quando ele para e me beija contra a parede áspera dos estábulos. Eu o vejo no escuro de seu quarto, quando suas mãos já não se atrapalham nos botões do meu vestido. Mas, então, depois, esgueiro-me de volta para o meu chalé. E janto com Breine, Esther e Chaim. E o que Josef e eu temos juntos parece mal definido e importante, mas na maioria das vezes ele fica longe de todos, menos de mim.

Hoje, enquanto Josef faz seu trabalho, pego uma maçã do saco de estopa e a coloco abaixo das ventas de Pluma. Sua boca é quente e felpuda na palma da minha mão enquanto ela pega a fruta e me cutuca para outra.

— Alguma coisa a está incomodando? — Josef pergunta.

— Não, estou bem — respondo.

Mas acho que espero um pouco antes de responder, porque em vez de assentir e seguir com a conversa, Josef olha para mim com uma sobrancelha erguida.

— Há algo em particular sobre o qual você gostaria de falar? — Há inquietação em sua voz. Está preocupado, percebo, que o que não está bem possa ter algo a ver com ele.

— Acabei de ter uma conversa estranha com Abek — respondo. — Ele disse algumas coisas que eu não entendo.

Josef parece ao mesmo tempo aliviado e preocupado.

— Que tipo de coisas?

— Ele estava com raiva de mim porque disse que estou pensando demais no passado. Mas me pergunto se ele não quer falar sobre o passado porque não se lembra de coisas, coisas que acho que ele *deveria* se lembrar. Isso é importante para a minha família.

Percebi que não era apenas a história sobre o comandante. Em nossa primeira noite, ele não conseguiu completar as lacunas de uma história que eu estava contando. E, então, no casamento, perguntou se papai havia acompanhado tia Maja até sua khupá, como se não se lembrasse de que Maja não era casada. Presumi que era apenas o copo de vinho, mas poderia ter sido outra coisa? Eu deveria ter achado estranho que ele houvesse se confundido nisso? Também é um detalhe básico sobre nossa família.

Mas ele *tinha* apenas nove anos quando nos separamos. Quantas lembranças fortes eu tinha do período antes dos nove anos? Tia Maja não era a única tia que eu tinha. Meu pai também tinha uma irmã. Ela se mudou para Londres quando eu tinha seis anos, casou-se com um inglês, converteu-se ao cristianismo por ele, perdeu o contato. Nem sei o sobrenome de casada dela. Mas, antes de tudo isso, tenho lembranças nebulosas de ela indo jantar lá em casa. Estava namorando o inglês na época? Eles já eram casados? Ela foi à nossa casa sozinha? Sinceramente, não consigo me lembrar.

— Que coisas, Zofia? — Josef cutuca meu pé com o dele. Passei um minuto inteiro olhando para o nada sem concluir meu pensamento. A segunda maçã na minha mão também se foi, e eu nem sabia que Pluma a estava comendo. — Você disse que ele não se lembrava das coisas.

— *Algumas* coisas — eu o corrijo. — Ele tem lembranças específicas de algumas coisas... só que de outras, não.

Não sei por que estou sendo tão tímida, tão reticente. Quando dou meus exemplos a Josef agora, saem hesitantes e parecem bobos, no mesmo momento em que os estou dizendo.

— E, algumas vezes, ele fica irritado comigo. Do nada, por motivos que não entendo. E, como eu realmente não entendo por que ele está chateado, não sei se devo me desculpar. É apenas... confuso.

Enquanto Josef me ouve, ele pega a ferramenta que acabou de limpar, um objeto com cabo de madeira e dentes de metal serrilhados. Se eu o tivesse visto sobre uma mesa, pensaria que era uma arma ou um instrumento de tortura, porém, em vez disso, ele o move suavemente sobre o flanco de Franklin Delano Roosevelt, soltando carrapichos e torrões de terra, seguindo o caminho do pente com a mão para ter certeza de que não perdeu nada.

— E então? — pergunto quando termino de explicar minhas preocupações. — Isso soa como algo com o qual eu deveria me preocupar?

Ele morde o lábio, pensando.

— Não tenho certeza se você está ouvindo a si mesma.

— O que quer dizer?

— Você está preocupada que Abek não se lembre das coisas. Mas essa não foi uma das primeiras coisas que você me disse, no primeiro dia em que conversamos? Sua memória tem buracos. Você não se lembra de coisas que deveria. Fica confusa sobre o que realmente aconteceu e não tem certeza do que é real e do que não é. Talvez ele esteja um pouco confuso também. Do jeito que você estava.

— Você acha que é isso?

— Não sei. Parece que poderia ser verdade para você? O cérebro das pessoas não funciona da mesma maneira. Só porque os lapsos de memória dele não se parecem exatamente com os seus, não significa que não sejam reais.

A teoria de Josef poderia explicar o que está acontecendo com Abek e também por que me sinto tão visceralmente preocupada com isso. Ele é como eu, vítima dos mesmos buracos na memória? Eles correm em nosso sangue, todos os nossos lapsos e pontos em branco viajando em nossas veias? Estamos ambos doentes; nós dois estamos danificados?

Minha própria memória tem buracos. Por que a dele deveria ser perfeita?

— Zofia, Buchenwald é um lugar horrível — diz Josef.

— Estávamos todos em lugares horríveis.

— Eu sei — diz Josef. — Mas Buchenwald... ouvi dizer que havia um trecho de floresta chamado "floresta cantante". Chamava-se assim porque eles torturavam homens lá. Amarravam as mãos dos prisioneiros atrás das costas, depois os penduravam pelos pulsos e os deixavam lá. Do campo, você podia ouvir os homens gritando. A floresta cantante.

Meu estômago se revira. Foi isso que meu irmão teve que testemunhar? Eram esses os sons que o acompanhavam para dormir todas as noites? Os sons de homens torturados implorando para morrer?

De repente, tenho vergonha. Acabei de passar essa conversa me preocupando se Abek se lembrava das coisas certas de antes da guerra e tenho ignorado tudo o que poderia ter acontecido durante ela. Tudo o que poderia tê-lo dilacerado.

— Acho que você tem razão — digo lentamente. — Obrigada.

— Há mais alguma coisa que você queria falar?

— Não — respondo —, quero encontrar Abek novamente. Vou deixá-lo com seu trabalho, e talvez... vejo você mais tarde?

— Espere. Eu também estava me perguntando uma coisa. — Josef para o que estava fazendo. Suas mãos pendem frouxamente ao lado do corpo, e noto que ele está ficando rosado ao redor do colarinho.

— Sim?

— Eu estava me perguntando... se eu poderia jantar com você amanhã. Se preferir que não, tudo bem, é claro, mas, se houvesse espaço, eu estava me perguntando se poderia jantar com você.

Sua timidez parece retrógrada, assim como tudo sobre minhas interações com Josef parece retrógrado, e, por um breve segundo, penso em dizer não... não quero arriscar atrapalhar o que temos. Mas também o que tenho está sempre mudando, de qualquer maneira. O que mais há para atrapalhar?

— Nós nos encontramos às cinco e meia — digo a ele. — E nenhum de nós vai esperar por você caso se atrase.

Abek não está de volta ao chalé. Eu o encontro no pátio, logo atrás do prédio da administração. No crepúsculo, ele está assistindo a um grupo de homens jogarem uma partida de futebol, os joelhos dobrados até o peito, o queixo apoiado em cima deles. Eu me aproximo lentamente, preparada para abrir a boca e me desculpar, mas ele fala primeiro.

— Dobrotek. — Abek ainda não está olhando para mim; deve ter me visto com o canto dos olhos. Esta palavra sai de sua boca como um latido relutante.

— O quê?

Agora ele se vira para olhar para mim.

— Na história que você costumava me contar. Aquela com a princesa Ladna. Seu nome era príncipe Dobrotek.

Ainda levo um momento para entender sobre o que ele está falando: a conversa de sua primeira noite aqui, quando me contou sobre ficar com uma velha chamada Ladna, e quando eu o lembrei de que Ladna também era um nome num conto de fadas que eu costumava lhe contar.

— Isso mesmo — digo. — O rei disse ao príncipe que, se não conseguisse encontrar sua filha sequestrada, ele seria morto.

— Mas o príncipe Dobrotek a encontrou — acrescenta Abek. — E eles herdaram o reino e viveram felizes para sempre. Eu me lembrei disso.

Ele ergue as sobrancelhas, como se dissesse: *Você está feliz agora?*

E estou feliz. Estou aliviada de uma forma que nem faz sentido. Problema resolvido, meu cérebro diz a si mesmo. *Acalme-se; você está preocupada com nada.*

— Abek, me desculpe. — Cuidadosamente, deslizo para me sentar no banco com ele, mas certificando-me de deixar espaço, vários centímetros, para que ele não se sinta sufocado. — Estou mesmo me esforçando. Desculpe se parece que estou tentando forçar alguma coisa. É que eu queria encontrá-lo há muito tempo. Todavia, na minha cabeça, você sempre foi exatamente quem era antes. E eu deveria ter percebido que você seria diferente. Porque eu também sou diferente.

Ele mexe na barra da calça. A vinte metros de distância, ouço o baque de uma bola de futebol, a alegria de um time marcando um gol.

— Eu sei que você gostaria que pudéssemos voltar a ser como éramos antes — diz ele. — Eu sei que é decepcionante.

— Não. — Começo a estender a mão para tocar seu braço e depois penso melhor. — Quero dizer, claro que sim. Eu queria que o mundo voltasse para onde estava antes. Mas não por sua causa. Estou tão feliz que você está aqui! Você não está? Você não está feliz por ter vindo para cá?

Ele faz uma pausa longa o suficiente para que eu não saiba o que vai sair de sua boca. Eu me preocupo que ele diga que não está feliz, ou que está indo embora, ou que sou uma decepção para ele. Mas finalmente ele curva o pescoço para baixo no colarinho da camisa e diz:

— Estou. Eu acho que estou.

Você não tem razão para estar preocupada, repito para mim mesma. *Veja, está tudo bem.*

Na manhã seguinte, um dos funcionários do escritório de Föehrenwald me traz um bilhete: eu poderia passar no prédio da administração naquela tarde para falar sobre acomodação?

Já posso antecipar a conversa. No quarto da frente do chalé, Miriam saiu, mas foi substituída quase imediatamente por mais duas moças, em um espaço que agora está tão cheio de camas de armar que é quase impossível contorná-las. Sei que todo o campo está lotado. Esther e eu recebemos acomodações relativamente luxuosas por causa da presença de Abek. Esther teve a gentileza de não reclamar de dividir seu espaço com um menino, mas eles não colocariam outras mulheres nessa situação. A administração provavelmente quer saber quais são nossos planos, se eles devem nos transferir para moradias familiares ou fazer arranjos diferentes.

Antes que eu possa entrar no prédio da administração, porém, vejo Breine na beira do pátio, replantando algumas espécies da horta de ervas. Está orgulhosamente usando sua nova aliança, mesmo que suas unhas e mãos estejam cobertas de terra. Chaim está a apenas uma fileira; trabalham em uníssono. Eles já parecem um par combinado, e ela acena quando me vê.

Devo-lhe uma resposta sobre se Abek e eu iremos com eles. Ela me disse que eu precisava pensar rápido, que não havia um tempo infinito.

A ideia de que não há um tempo infinito me parece louca. Durante anos, parecia que não havia nada além de tempo, estendendo-se como um pesadelo, dias que pareciam anos enquanto todos orávamos por um fim e pelo reencontro com as pessoas que amávamos. Nada acontecia, e agora tudo está acontecendo ao mesmo tempo.

Devo uma resposta a Breine, mas ainda não posso lhe dar uma, por isso, em vez de parar para falar com ela, retribuo seu aceno de longe e grito:

— Prometo que falo com você em breve.

Dentro do prédio da administração, passo pelo escritório da sra. Yost, e a porta está entreaberta. Ouço um farfalhar de papel lá dentro e entro para dizer olá, mas ela não está em sua mesa. O farfalhar vem do sr. Ohrmann, o homem de sobrancelhas de lagarta da organização de auxílio humanitário. A mesa à sua frente está novamente cheia de livros de contabilidade e cadernos de redação.

— Sr. Ohrmann! Desculpe-me por perturbá-lo; estou aqui para um compromisso com outra pessoa e pensei em dizer olá para a sra. Yost.

— Ela me disse que está apenas alguns minutos atrasada; um pequeno incêndio para apagar.

— Volto para vê-la outra hora — digo, já recuando pela porta. — Eu não queria atrapalhar seu trabalho.

— Senhorita Lederman; é a senhorita Lederman, não é? Espere um momento. A sra. Yost me disse que você reencontrou seu irmão.

Não há nada de acusatório na declaração, mas ainda assim faz eu me sentir culpada. O sr. Ohrmann tentou me ajudar com minha busca, e nem consigo imaginar em quantos casos ele deve estar trabalhando, fazendo malabarismo. Parece exausto, olhos avermelhados. Eu deveria ter encontrado um meio de avisá-lo que poderia me tirar de sua lista.

— Eu sei. Preciso entrar em contato com as organizações, a sua, especialmente, e dizer a elas que podem fechar meu arquivo. Peço desculpas. É só que... aconteceu rápido, apenas uma semana atrás.

Ele já está agitando a mão, despreocupado.

— Não consigo ouvir tantas histórias felizes quanto gostaria, muito menos pessoalmente — diz ele. — Estou contente que esta seja uma delas. Já decidiu o que vai fazer a seguir?

— Estamos tentando descobrir isso agora. É em parte por isso que estou no prédio.

— Eu lhe desejo o melhor. Vou dizer à sra. Yost que você passou aqui.

Já atravessei a porta quando escuto o sr. Ohrmann chamando meu nome novamente. Quando volto para o escritório, ele está segurando uma única folha de papel com apenas alguns parágrafos datilografados.

— Senhorita Lederman? Se vou fechar o seu arquivo, acho que nenhuma notícia relacionada a Alek Federman é relevante agora, não é?

— Alek Federman? Suponho que não. Obrigada por verificar. — Começo a sair de novo, mas desta vez sou eu mesma quem me impede. — Por que o senhor pergunta?

O sr. Ohrmann já está deslizando a carta de volta para uma pasta.

— Encontramos algumas notícias sobre ele. No entanto, obviamente, não é uma notícia que lhe diga respeito. A semelhança de nome deve ser apenas uma coincidência burocrática.

— Só por curiosidade, porém, quais são as novidades? Ele… está vivo?

— Acredito que sim — afirma o sr. Ohrmann. — Acontece que ele não estava em nenhum dos registros, morte, transferência ou liberação, porque realmente escapou alguns meses antes da liberação. Ele e outro menino.

— Então, você falou com Alek?

— Meu colega conversou com o outro menino. Eles não ficaram juntos depois da fuga. Não havia sido planejada e eles nem se conheciam antes. Ambos foram designados para trabalhar fora do campo, e o caminhão os deixou para trás. Eles achavam que a separação daria a cada um uma chance melhor de sobreviver. O outro garoto não sabia onde Alek está agora, mas responde à pergunta de por que ele não estava em nenhum registro.

— Eu não sabia que alguém havia escapado — comento.

O sr. Ohrmann assente com a cabeça.

— É incrivelmente raro.

— Como você ficou sabendo sobre isso?

— Eu estava conversando com um colega sobre sua busca, e ele se lembrou de uma entrevista que havia realizado meses antes. As notas ainda estavam em um arquivo. O jovem, parceiro de fuga de Alek, mencionou o nome de Alek. Também por ele.

— Mas o nome dele era realmente Alek — quero confirmar. — Não foi um erro de ortografia; afinal, o nome dele era realmente Alek, náo Abek?

O sr. Ohrmann parece aflito.

— Acreditamos que sim. É um pouco complicado. A entrevista foi realizada por meio de um intérprete. O menino era romeno, uma língua que nenhum de nós fala. Estava ficando confuso com os nomes estrangeiros. De qualquer forma, isso não é problema seu agora — ele termina de forma alegre. — O seu é um arquivo que posso fechar.

— Mas parece que o arquivo de Alek Federman é um que você terá que abrir? Ainda vai encontrá-lo? Alguém está procurando por ele?

— Você não pode se envolver nas buscas de todos os outros — o sr. Ohrmann me avisa.

— Eu sei, estava só pensando. Alguém vai descobrir onde aquele garoto está?

— Acredite em mim, esta é uma lição que eu mesmo tenho que aplicar. — O sr. Ohrmann embaralha mais papéis, uma pilha que nunca parece ficar mais arrumada, apesar de suas tentativas de organização. — Você só precisa dizer a si mesma: o seu é um arquivo que posso fechar.

O escritório de alojamento está vazio quando passo para perguntar sobre o bilhete que recebi. Há tempo para eu voltar para o chalé antes do jantar, mas acho que não quero fazer isso. Estou tendo problemas para me concentrar depois da minha conversa com o sr. Ohrmann; eu me sinto inquieta.

À minha frente, duas moças carregando livros saem da biblioteca, que deve estar aberta agora. Esse parece ser um lugar reconfortante para uma mente perturbada — uma sala silenciosa, nada além do som de páginas virando.

Mesmo agora, com tudo desempacotado, é evidente que "biblioteca" era uma designação otimista. Ao longo de duas paredes, apenas algumas prateleiras empenadas contêm volumes de capa dura que emitem um vago cheiro de mofo e bolor. Alguém chegou a organizá-los por idioma, contudo, afora isso, estão uma confusão: um guia para observação de pássaros está enfiado entre uma biografia histórica e um volume de enciclopédia para a letra *N*. Cadeiras incompatíveis estão enfiadas em uma mesa solitária. Eu sou a única aqui.

Puxo uma das cadeiras para me sentar enquanto olho a seção polonesa, que está cheia de títulos, em sua maioria chatos, que me fazem suspeitar de que esses livros permaneceram em sótãos por um longo tempo sem serem lidos antes de terminarem neste campo.

Eu deveria tentar encontrar algo, no entanto. Eu costumava gostar de ler, às vezes — minha mãe passava adiante seus romances de fantasia.

Agora, não consigo me lembrar da última vez que li um livro inteiro de capa a capa. No hospital, as palavras nadavam na frente dos meus olhos. As outras garotas e eu às vezes deitávamos de costas e ouvíamos poemas que as enfermeiras liam durante o descanso.

Talvez eu pudesse lidar com algo básico agora. Folheio os dois únicos livros que parecem promissores: um romance que acaba sendo rebuscado e enfadonho, e o que parece ser o segundo volume de uma série de aventuras. Sem o primeiro volume, porém, o enredo é confuso e não consigo acompanhar os personagens. Talvez ainda não esteja pronta para ler nada, afinal.

Quando empurro a cadeira de volta para onde ela pertence, vejo outro livro polonês, já sobre a mesa: *O bom barqueiro e outras histórias clássicas*. Este é um livro infantil, as páginas são metade ilustrações e todas têm orelhas de manuseio. Doação de uma família, talvez, com filhos crescidos, que não precisavam mais de contos de fadas. Abro no índice.

"A Princesa da Montanha de Bronze". "O Urso na Cabana da Floresta".

Folheio ilustrações de dragões e crianças transformadas em pássaros. No início da história seguinte, uma imagem de um homem cuja barba se transforma em um grande ciclone. Começo a ler.

Em um país distante, além do mar e das montanhas, viviam um rei e uma rainha com uma linda filha. Muitos príncipes vinham cortejá-la, mas ela gostou apenas de um deles.

Meus olhos viajam pelas frases seguintes antes de eu registrar lentamente o que estou lendo. É *O Redemoinho*.

Levei alguns parágrafos para me dar conta do que estava lendo porque nunca tinha visto isso escrito antes. Meus pais sempre a recitavam como uma história de ninar quando eu era pequena, e a aprendi com eles. Os detalhes mudavam um pouco dependendo de quem estava contando — mamãe enfatizando as aventuras fantásticas; papai, a vitória do bem sobre o mal, e a história se transformou um pouco ao longo do tempo, pois minha família criou uma versão que era toda nossa.

Mas aqui está a versão oficial. Impressa. Em uma biblioteca a apenas algumas centenas de metros do chalé onde meu irmão provavelmente está se preparando para o jantar.

Seu nome era príncipe Dobrotek, Abek me disse.

Abek não conseguia se lembrar do nome do príncipe. Até que pôde. Até que, do nada, ele disse que de repente se lembrava: o nome do príncipe era Dobrotek. E eu fiquei tão feliz. Tomei essa lembrança como um sinal. Tomei essa lembrança como significativa de algo importante.

Meus dedos esfriaram. Ainda estou virando as páginas, mas mal presto atenção ao que está nelas.

Abek realmente se lembrava do nome? E se lembrou assim do nada?

É apenas uma coincidência este livro estar aqui na mesa em vez de na prateleira, como se alguém o estivesse lendo recentemente?

Sob minhas mãos, a capa se fecha.

Qual é a verdadeira pergunta que estou tentando fazer? Qual é a teoria que estou tentando provar? Qual é a coisa que continua cutucando o meu cérebro?

Se este livro está sobre a mesa porque Abek veio aqui ontem e o estava lendo, então por que simplesmente não mencionou para mim que o fez? Ele poderia ter dito *Adivinhe só? Fui à biblioteca e encontrei um livro de contos de fadas, e tinha o nome do personagem que não conseguíamos lembrar. Isso não é interessante?*

A menos que lembrar o nome do príncipe realmente não importasse, e sim mostrar a mim que ele se lembrava. Mostrando que tinha recordações de nossa leitura da história juntos. Que tinha lembranças de mim antes da guerra. Provando algo.

Provando o quê?

Isso não significa nada, digo a mim mesma. Tudo isso é especulação inútil. Eu nem sei se Abek olhou este livro, e isso não importaria de qualquer maneira, porque este livro está aqui para ser visto, e Abek é meu irmão, e ele está aqui, e isso é o que significa alguma coisa, e isso não significa nada, porque tudo isso é especulação inútil, e eu nem sei se foi Abek quem olhou o livro, e mesmo isso não importaria de qualquer maneira, porque este livro está aqui para ser visto, e Abek é meu irmão, e ele está...

Prrrrrr. Prrrrrrr.

Meus pensamentos são perfurados por um som alto, metálico e estridente. Meus joelhos cedem. Meu cérebro está pegando fogo.

Antes que eu possa processar o que é o som, meu corpo reagiu. Estou no chão. Estou debaixo da mesa de quatro, tremendo, e não consigo me controlar.

SEPARADOS PELO HOLOCAUSTO

Você está na biblioteca em Föehrenwald, digo a mim mesma, mas digo a mim mesma mais alto: *Corra*.

Respire, eu me instruo. Minha mente não ficara presa em um loop como esse em mais de uma semana. Não desde que Abek chegou. Eu esperava que isso significasse que eu tinha superado. Esperava que estivesse melhor. Estou pingando de suor.

Não há nada a temer, repito.

De onde estou, embaixo da mesa, vejo um par de sapatos masculinos marrons aparecer na porta. Os sapatos param, e eu me afasto deles, lutando para não gritar.

Em seguida, o corpo ligado a eles se abaixa.

O rosto que aparece é gentil. Um jovem que nunca vi, observando-me tremer debaixo da mesa. *Você está em Föehrenwald. Você está segura.*

— Você está bem? — o jovem pergunta.

Faço que não com a cabeça.

— Fique aí. Vou buscar ajuda.

Faço que não com a cabeça novamente, e um gemido sai da minha boca. *Não vá embora.*

— Você caiu? Precisa de ajuda para ficar de pé? — Ele estica os braços, e eu estico os meus também. Ele coloca as mãos sob meus cotovelos e me ajuda a ficar de pé. — Tem certeza que está tudo bem? Você parece um pouco pálida.

— Um barulho. — Minha voz sai rouca e vacilante. Limpo a garganta para começar de novo. Eu não larguei os braços daquele rapaz. Ainda os estou segurando e sei que deve parecer estranho, mas também tenho medo de que, se largá-los, não serei capaz de me manter firme por conta própria. — Eu ouvi um barulho. Isso me assustou.

O entendimento surge em seu rosto; ele puxa uma corrente prateada enrolada no pescoço.

— Era eu. Este apito... eu o estava testando para usar com trabalhadores nos campos na hora das refeições.

— Para os trabalhadores — repito.

— Para chamá-los de volta para o jantar. Lamento que tenha assustado você. Eu não deveria ter testado aqui dentro.

Um apito para os trabalhadores nos campos.

Mas não foi isso que ouvi. Ouvi o apito de guardas de capacete quando o trem parou em Birkenau. Ouvi mil gritos que eram todos o mesmo grito, eu me ouvi sussurrando *Vai ficar tudo bem*, quando, na verdade, gritava por dentro.

— Está tudo bem — eu repito. — Eu estava apenas assustada.

— Devemos fazer um check-out? — o rapaz sugere, prestativo. — Você gostaria que eu a levasse até a enfermeira?

— Não! Quero dizer, não, obrigada. Acho que vou me deitar.

É tão bobo, mas realmente não quero ficar perto do apito dele. Seu assobio é parte da porta que não quero que se abra, parte do caminho que não quero que meu cérebro percorra.

— É tão bobo — digo a ele em voz alta agora. — Eu não sei por que estava sendo tão tola.

Quando solto os braços do rapaz, certifico-me de estar encostada na mesa, caso minhas pernas não me sustentem. A mesa range um pouco no chão sob o peso do meu corpo, mas consigo não cair. Então, gesticulo com a mão cautelosamente, para mostrar a ele que estou bem, estou bem, estava exagerando, tola, e, enfim, ele se retira, olhando uma vez por cima do ombro.

Lentamente, pego o livro de contos de fadas da mesa e o coloco na prateleira. Então, fico diante da estante, endireitando as lombadas, nivelando as fileiras. É uma tarefa inútil. Tenho certeza de que, depois da hora do jantar, quando a sala da biblioteca estiver mais movimentada, as prateleiras rapidamente ficarão bagunçadas de novo. Eu sei que o que estou de fato procurando é uma tarefa mecânica para me acalmar e me distrair. No hospital, às vezes envolvíamos meadas de lã nas mãos e as enrolávamos em novelos. Era melhor ter isso para focar do que qualquer coisa que atormentasse nossos cérebros.

Não quero pensar no apito do trem.

Não quero pensar em um livro de contos de fadas poloneses.

Não quero pensar por que meu irmão pode não ter se lembrado de um específico ou por que sentiu a necessidade de fingir que se lembrava.

Não quero pensar no que tive medo de dizer em voz alta, no que tive medo de pensar comigo mesmo.

Não quero pensar que ele pode não ser o meu irmão.

Estou fora do edifício da administração e nem sei como cheguei lá. Pisco para a luz do sol, vagamente consciente do som de vozes, o farfalhar de tecido enquanto as pessoas passam por mim a caminho do jantar. Eu ando com elas porque é mais fácil do que lutar contra a multidão e andar na outra direção e porque não sei para onde eu iria, de qualquer modo.

Por que eu me permitiria perguntar isso sobre Abek? Até onde estou deixando minha imaginação correr? À medida que repito essas perguntas para mim mesma, elas lentamente se transformam na mesma pergunta que venho me fazendo desde o fim da guerra. Não *sou louca*, mas *quão louca estou?*

Perto das portas fechadas do refeitório, vejo rostos familiares. Breine e Chaim. Esther, esperando as portas serem abertas, colocando os óculos de volta depois de limpá-los na saia, acenando para que me junte a ela na fila. E Josef. Josef também está lá, porque esta é a noite em que ele perguntou se poderia se juntar a nós para jantar. Ele levanta a mão e sorri. Espera que eu esteja feliz; mal consigo acenar em sua direção. Seu rosto desanima, mas não tenho tempo para me preocupar com seus sentimentos.

Abek também está no grupo. Escondido atrás de Chaim; não o vejo até estar quase lá. Ele e a jovem ao lado dele estão jogando algum tipo de jogo de palavras em um pedaço de papel, passando-o de um para o outro entre eles. Ele olha para cima e me vê, e seu rosto se abre em um sorriso.

Bagunce o cabelo dele, uma voz dentro de mim instrui, então eu faço isso. Eu despenteio seu cabelo e digo:

— Você ainda sabe como penteá-lo? — Porque isso parece o tipo de coisa fraternal que eu diria para Abek.

Ele ri e volta ao jogo.

Este é meu irmão ou não é? Quando ele chegou pela primeira vez, aparecendo neste mesmo local, notei coisas sobre ele que pareciam diferentes. Estava mais alto, mas é claro que ele estaria mais alto. Seu cabelo estava mais escuro, mas é óbvio que estaria mais escuro.

Mas eu poderia pegar essa mesma informação e usá-la para chegar a conclusões diferentes?

Pela centésima vez, desejei ter uma fotografia. Algo que eu pudesse analisar para fazer comparações. Uma fotografia ou as mechas de cabelo que minha mãe guardava de nossos primeiros cortes, amarradas com fita e enfiadas em seu guarda-roupa. Eu gostaria de ter minha mãe aqui, para que pudesse falar sobre isso comigo, para que pudesse olhar para esse menino e dizer com certeza se era filho dela.

Não há nada, no entanto. Tudo nos foi tirado e, portanto, não há mais nada como base para se comparar o presente com o passado. Nada que possa me ajudar a medir quão louca estou. *É mais louco acreditar que alguém é seu irmão quando realmente não é ou encontrar uma pessoa que você está tentando encontrar há anos, apenas para se convencer de que, afinal, não é a pessoa certa? Jogar fora sua chance de felicidade?*

As portas do refeitório se abrem. Um suspiro mundano de alívio surge da multidão. *Com tanta fome*, as pessoas murmuram. *Espero que o repolho esteja melhor hoje.* Vou para dentro com todo mundo, entro na fila formada diante dos panelões gigantes, aceito a comida no meu prato, sento-me no lugar da mesa que de alguma forma se tornou meu. Coloco meu guardanapo no colo.

Nem pensei em dar um jeito para poder me sentar ao lado de Josef. Ele está sentado diagonalmente em relação a mim, ainda me olhando, certo de que agora algo está errado, mas não tem certeza do que é.

Se esse menino não é Abek, o que ele poderia querer? Dinheiro? Não tenho nenhum. Se espera que eu o leve de volta para uma casa cheia de móveis bonitos e tapetes confortáveis, está cinco anos atrasado.

O que mais ele poderia querer? Passaporte para algum lugar? Uma passagem de primeira classe para algum lugar? Eu também não tenho

SEPARADOS PELO HOLOCAUSTO

251

isso. Tenho a oferta de Breine de um barco frágil, mas nem isso tinha quando Abek chegou.

Ele só quer me atormentar? Porque essa é a única explicação que posso imaginar agora. É um vigarista que tem prazer em ver uma garota crédula e louca desfilando com ele, estupidamente feliz por tê-lo encontrado.

— Como foi seu dia, Zofia? — Esther, à minha direita, pergunta agradavelmente enquanto me passa um copo de água.

— Fui à biblioteca. — Olho Abek para ver se ele reage de algum modo a isso. Mas seu foco está no prato, cortando a batata diante dele.

— Eu ia lá mais tarde — um rapaz do outro lado da mesa comenta. — Ia ver se eles tinham um...

— Fui à biblioteca e encontrei um livro de contos de fadas poloneses — continuo em voz alta.

— Oh, sério? Isso parece...

— O livro tinha muitas histórias que minha família costumava contar quando éramos pequenos — digo ainda mais alto.

Ao meu redor, a conversa anteriormente alegre se transforma em um silêncio constrangedor, enquanto as pessoas trocam olhares, imaginando se há algo errado comigo.

Ao meu lado, Esther também parece preocupada, mas responde com cuidado:

— Isso é bom — diz ela. — Você quer nos contar sobre elas? Eu me pergunto se há alguma história que todos nós reconheceríamos.

— Parecia que o livro estava sendo lido por outra pessoa — continuo, passando por cima da tentativa de Esther de guiar meu descontrole. — Estava ali, aberto, como se outra pessoa tivesse acabado de lê-lo antes de mim.

— Bem. *É* assim que as bibliotecas funcionam — diz Breine. Ela está rindo, mas agora tem que dar duro para fazer o riso soar como uma piada e não como nervosismo. — A menos que as bibliotecas de onde você nasceu sejam muito diferentes das que conheço. Certo?

Ela dirige a pergunta para toda a mesa, e quase todos aproveitam para olhar para ela e rir.

Agora acho que vi alguma coisa. Abek ergue os olhos do prato. Para mim e depois de volta para o prato novamente.

É porque está preocupado pela forma estranha com que estou me comportando ou porque foi ele quem leu o livro?

Ao meu lado, Esther mantém a cabeça e a voz baixas enquanto se inclina.

— Você está se sentindo bem?

— Estou bem — digo brevemente, não querendo me envolver em uma conversa que me forçaria a tirar os olhos de Abek. Mas ele não encara meu olhar. Quero bater com o punho na mesa, fazer um barulho que o obrigue a olhar para cima. Mas do que isso adiantaria, além de alarmar a todos os outros na mesa?

O que o meu comportamento está conseguindo? Sinto pânico na boca do estômago. Sinto-me aterrorizada por um pavor mal definido.

— Por favor, com licença — digo, levantando-me abruptamente, deixando cair meu guardanapo sobre a mesa. — Vou me deitar.

— Você precisa de ajuda? — Esther baixa seu guardanapo. — Posso levá-la de volta.

— É só uma dor de cabeça chegando — improviso, tentando soar de forma tranquilizadora. — Uma enxaqueca.

— Oh, *oh*. Minha mãe costumava ter dessas. São terríveis. — Esther e o restante da mesa produzem exclamações de solidariedade. Mas também, penso eu, alívio por terem uma explicação para meu comportamento estranho. — Eu definitivamente vou acompanhá-la.

— Não, acho que só preciso ficar quieta. — Levanto as mãos, impedindo-a de me acompanhar. — Em um quarto muito silencioso — acrescento, esperando que a última frase sinalize que quero ficar sozinha e que ela e Abek não devem vir me ver. — Vou me deitar por algumas horas e depois espero me sentir melhor.

— Você não está com dor de cabeça, está?

Sobressalto-me com a mão no meu braço. Josef me seguiu para fora do refeitório, avaliando-me com conhecimento de causa.

— Acho que há algo errado com a minha cabeça. — É a afirmação mais verdadeira que posso fazer.

Ele avalia o que acabei de dizer.

— Você quer falar sobre isso?

— Não agora.

— É sobre...

— Não é sobre você — eu o interrompo. — É sobre algo que eu preciso descobrir — continuo antes que ele possa oferecer a ajuda que dá para ver que está prestes a oferecer. — E você não pode me ajudar a descobrir, e eu nem sei se há uma forma de descobrir. Só sei que preciso fazer isso sozinha.

Ele tira a mão do meu braço.

— Não tenho certeza de como fazer isso — diz ele.

— Fazer o quê?

— Eu não tenho certeza se devo simplesmente deixar você ir ou se devo insistir em ajudá-la porque nós... porque nós somos...

— Você deveria me deixar ir desta vez, Josef — digo, olhando ansiosamente para o caminho em direção ao meu chalé. — Talvez não todas as vezes, mas agora você deveria me deixar ir.

Ele recua, relutando, porém. Posso vê-lo lutando consigo mesmo, querendo me dar ouvidos, mas ainda convicto de que algo está errado. Finalmente, ele força um sorriso nos lábios.

— Tudo bem. Mas você vai me dizer se precisar de alguma coisa? Acho que provei que estou disposto a cometer violência por você. E isso foi antes de eu gostar de você. Agora estou disposto a ser ainda mais brutal. Estou disposto a socar todas as latrinas.

Ele se inclina e me beija. E, por um momento, eu o beijo de volta; por um momento, considero que isso é o que eu poderia fazer em vez de me preocupar. Poderia ficar aqui e beijá-lo de volta, seus dedos entremeados no meu cabelo, seus lábios urgentes contra os meus. Poderíamos voltar ao refeitório e eu poderia me comportar normalmente perto de Abek. Esta noite, poderia beijar Josef de novo, e a vida poderia continuar. Seguindo em frente, como Breine sugeriu. Por um momento, esta versão parece uma possibilidade. Por um momento, minha vida segue em duas direções diferentes.

Mas, então, me afasto. Coloco minha mão no coração de Josef e dou um passo para trás. Não acho que essa versão seja uma possibilidade. Não importa quão profunda e desesperadamente eu a queira, acho que nunca foi uma possibilidade para mim.

O chalé está arrumado e vazio. Nossas três camas estão bem-feitas. O livro de estenografia de Esther está em sua mesa de cabeceira, aberto onde ela estudava para uma prova, e meus materiais de costura estão na minha. Não há nada na de Abek. Ele não coletou nenhum objeto pessoal desde que chegou.

Com o que ele veio? Tento lembrar. Estava segurando uma bolsa quando apareceu pela primeira vez no refeitório. A princípio, pensei que fosse uma fronha, mas, de perto, percebi que era uma bolsa. Suja, mas bem-feita e de lona. Abek a protegia. Ele não me deixou carregá-la quando me ofereci para fazê-lo.

Do outro lado da cama, lá está ela, encostada na parede.

Depois de apenas um momento de hesitação, desabotoo a aba e esvazio o conteúdo: a camisa que ele vestia quando chegou. Dois pares extras de roupa de baixo. Um par de meias sobressalente. Um pedaço de papel amassado com caligrafia meticulosa fornecendo direções para Föehrenwald.

Outra folha de papel, que desdobro. A caligrafia deste também não é familiar, mas as palavras são: é o aviso sobre Abek que compus para a Irmã Therese no Kloster Indersdorf. Não sei dizer se esta é a caligrafia dela ou se é uma das cópias que ela prometeu ditar ao pessoal das outras instalações para crianças.

Alguma vez perguntei a Abek exatamente de onde ele veio, em qual delas viu o aviso. Eu não creio que tenha feito isso. Acho que não queria fazer muitas perguntas. Lembro-me de bloquear fisicamente a porta com os pés porque estava com muito medo de que ele fosse embora. Eu precisava tanto que essa história terminasse do jeito que eu queria...

A bolsa está vazia. Não há mais nada dentro. Viro-a de cabeça para baixo para ter certeza, sacudindo-a repetidas vezes, passando a mão sobre o forro do fundo para ter certeza.

O forro — algo poderia ser costurado no forro?

Corro para a minha mesa de cabeceira e abro a gaveta, jogando todos os meus pertences no chão até encontrar minha tesoura, deixando a gaveta aberta enquanto a levo de volta para a bolsa. Seguro a tesoura no alto. Estou prestes a perfurar a lona quando paro e imagino como devo estar. Desgrenhada. Respiração pesada. Tesoura no ar.

O que estou esperando encontrar? Que evidência poderia responder às minhas perguntas, de todo modo? Uma carta de confissão detalhada? Um diário? Nada disso seria costurado em um forro. Não há nada. *O que eu estou fazendo?*

O que eu estou fazendo?

No que estou caindo de volta? Meu corpo se sente, de uma vez, do jeito que se sentia no hospital meses antes. Meu coração está pesado com nada. Meu cérebro está doendo com nada. Não tenho nada, não peso nada, não sou nada além do peso e da dor que carrego pelo que parece uma eternidade.

Caio contra a parede, deslizando para o chão, minha cabeça raspando contra o gesso.

E é aí que eu vejo: um triângulo sujo. Um pedaço de pano, espreitando entre o colchão e a armação da cama de Abek.

Rastejo até ele de quatro e o pego entre os dedos.

Musselina. Reconheço imediatamente o tecido como musselina. Mas é velho, esfarrapado, sujo. Outrora branco, agora cor de ferrugem e manchado. Quando o retiro, vejo que é um pedaço de tecido muito maior do que eu esperava. O embrulho parecia minúsculo porque estava enrolado em um pequeno tubo. Eu o espalho no chão e começo a desenrolá-lo.

Feliz aniversário, meu pequeno caracol! Que você nunca esqueça quem você é. Que sempre encontre o caminho de casa.

A *é de Abek, o mais novo Lederman, filho mimado de Helena e Elie, e irmão mais novo de Zofia, que está lhe fazendo este magnífico presente...*

B *é de Baba Rose, a avó cujos dedos são ágeis e cuja mente é mais ágil ainda, que mantém a família unida com paciência e amor no lindo apartamento onde todos moramos. Ela é a melhor costureira da cidade e também a mais exigente...*

C *é de Chomicki & Lederman, a empresa que será sua um dia, que faz as roupas mais bonitas da Polônia. Foi fundada por Zayde Lazer, e seu melhor funcionário era um jovem chamado Elie, a quem ele convidou para jantar em casa certa noite. A noite em que ele conheceu...*

Continua. Continua, até Z. É toda a história da minha família. Mais detalhada do que eu me lembrava. Tudo sobre minha família que uma pessoa precisaria saber. Esqueci como minha caligrafia podia ser pequena e bonita, o quanto consegui colocar naquele pedaço de pano.

Não sei exatamente como esse tecido foi parar embaixo desse colchão.

Tudo o que sei é o seguinte: na manhã antes de sairmos para o estádio, peguei este tecido da parede onde estava pendurado e rapidamente o costurei no forro da jaqueta de Abek.

Eu costurei na jaqueta dele e, algumas horas depois, partimos para o estádio. Alguns dias depois, os nazistas nos fizeram tirar todas as nossas roupas e colocar novas e disformes que não serviam. E todas as nossas roupas velhas foram postas em uma pilha, onde foram conferidas em busca de dinheiro ou objetos de valor e depois vendidas ou reaproveitadas.

A questão é que Abek não estaria de posse desse pano. Pelo mesmo motivo que não tenho nenhuma das minhas antigas roupas, fotos ou lembranças: porque não nos permitiram guardar nada depois daquele dia.

A questão é que a pessoa que mais provavelmente descobriu esta carta foi o prisioneiro com a tarefa de separar as roupas, de rasgar nossas vidas pelas costuras, ponto por ponto.

— Eu lhe trouxe um chá.

Assusto-me com o som de batidas à porta e, sem pensar, enrolo e escondo o pano em minha mão fechada. Mas não é Abek; é Josef quem está ali parado, os nós dos dedos ainda no batente.

— Eu lhe disse, você não precisava vir comigo — consigo dizer, sua imagem ajustando-se à minha vista, seus cabelos encaracolados, os olhos penetrantes, o corpo esguio.

— E prometo que não vou criar o hábito de pensar que sei melhor do que você o que você precisa — diz Josef. Ele deposita a caneca de chá na mesa de cabeceira. — Mas, neste caso, eu realmente queria ter certeza de que você está bem.

— De que estou... bem? — Não posso nem começar a pensar em como responder a essa pergunta. Um som escapa da minha boca, um ruído situado entre um ganido e a risada mais vazia do mundo.

— Zofia? — Agora ele sente que algo deve estar mesmo errado. Então atravessa o quarto e se ajoelha ao meu lado no chão. Sinto seu calor, a poucos centímetros de distância, e estou feliz por ele estar aqui. Eu o quero aqui, a realidade de outro corpo.

— Abrace-me — peço. Minha intenção não é que o faça de forma romântica. É no sentido de *segure-me junto a você*. No sentido de *eu sou mesmo real? Será que isso está de fato acontecendo?* Josef também não interpreta isso de forma romântica. Quando deitamos na cama e ele me segura em seus braços, é com a urgência que se empregaria para aquecer alguém com hipotermia. Ou alguém que houvesse sofrido um grande choque. O tipo de abraço que você dá quando seu objetivo é manter a outra pessoa viva.

Ele coloca os braços em volta de mim com força suficiente para que seja quase difícil respirar, e esse desconforto é inexplicavelmente reconfortante. O gesto me lembra de que estou aqui, presa a esta terra. O esforço de minha respiração me lembra de que tenho um corpo.

— Alguma coisa aconteceu, algo sobre o qual você não está pronta para falar — diz ele. Silenciosamente, eu assinto. — Vou parar de falar. Vou ficar aqui até que você queira que eu vá embora, mas vou permanecer em silêncio.

Ele apoia o queixo sobre a minha cabeça, de maneira firme e deliberada. Sinto como se estivesse enfrentando uma tempestade comigo, preparando nós dois para o açoitar do vento. Tento me equilibrar sentindo a batida do coração de Josef. Tento emparelhar minha respiração com a dele. Tento me firmar pela pressão e pelo peso reconfortantes.

Tento me sentir firmada, mas a sensação dos braços de Josef agora está competindo contra seis anos de sofrimento girando em minha mente sem nada para abafá-los, já que Josef prometeu permanecer em silêncio.

Permaneça em silêncio.

A é de Abek. B é de Baba Rose. Logo eles irão embora, disse Baba Rose sobre os nazistas em seus tanques, mas eles não foram, não foram, eles ficaram por anos. Permaneça em silêncio. Os cachorros da minha vizinha, a sra. Wójcik, latiam em seu apartamento, e os cachorros dos nazistas latiam em Birkenau. Descarreguei as pastilhas de Zyklon B, e Bissel caiu da janela, e eu costurei o vestido de noiva de Breine, e costurei os uniformes nazistas, e meu braço latejava por causa da lançadeira, e trabalhei todos os dias porque todos trabalhávamos todos os dias, porque não queríamos morrer, só que alguns dias eu queria morrer. Alguns dias eu morri.

Caminhei até o estádio de futebol porque não tínhamos permissão para utilizar carros. Caminhei de Neustadt a Gross-Rosen em um inverno gelado, enregelante, quando não conseguia imaginar como um pé continuava a avançar na frente do outro. E meus dedos foram amputados por um médico de branco, e meu pai correu para ajudar o farmacêutico na lama. E o soldado usou a mão para quebrar a traqueia do meu pai. Permaneça em silêncio. Comi uma ameixa com Josef, e tirei um vestido cor de ameixa da caixa de doações e enterrei um nabo no chão, só que talvez não, talvez nunca tenha feito isso.

Esperei em filas. Esperei em filas para receber alta do hospital. Esperei na fila por cascas de batata mofadas. Esperei na fila por pão. Esperei na fila para pegar o trem para Föehrenwald. Esperei em filas com todos os outros judeus de Sosnowiec para conhecer nosso destino no dia 12 de agosto de 1942, e meu pai correu para ajudar o farmacêutico na lama, e Josef deu um soco na traqueia de Rudolf no pátio. E o soldado deu um soco na traqueia do meu pai no estádio de futebol, só que nenhum dos dois foi soco, foi corte na garganta com a parte carnuda da mão formando um L. Permaneça em silêncio.

Volto lentamente ao foco. A sala volta ao foco. Josef volta ao foco, seus braços ainda ao meu redor.

— Assassinato silencioso — sussurro.

— O quê? — Josef pergunta. Mas sua respiração fica suspensa. Estou bem perto de conseguir falar.

Minha voz está estranhamente calma.

— É como os soldados alemães chamavam seu treinamento de combate. Assassinato silencioso.

Stilles toten. O Exército Alemão tinha seu próprio estilo de combate corpo a corpo. Apenas o básico, o básico mais desprezível: joelho na virilha. Um golpe com os dedos nos globos oculares. Ou mão firme como uma faca, uma punhalada cruel na garganta, antes que o adversário prestasse atenção, antes mesmo de saber que você estava lutando. Foi o que deixou meu pai de joelhos no estádio. Quando ele tentou ajudar o farmacêutico, um soldado o golpeou no pescoço, e em seguida atiraram nele.

Eu nunca tinha visto o ato de lutar para matar até que o Exército Alemão chegou a Sosnowiec.

E eu nunca tinha visto isso em nenhum outro lugar até chegar em Föehrenwald e ver Josef fazê-lo com o homem no pátio na manhã em que cheguei.

— Você não esteve em um campo — sussurro.

— Zofia.

Minha pele começa a arrepiar. Eu me desvencilho devagar de seus braços.

— É por isso que você não gosta de falar sobre onde esteve durante a guerra.

— Zof...

— Você não é judeu, não esteve em um campo. Você esteve no Exército Alemão.

Ainda estou me afastando na cama; ele estende o braço para me puxar para perto de novo, e eu me afasto mais.

— Você esteve no Exército Alemão? Só responda à minha pergunta.

As palavras são uma ordem, mas minha voz sai como um apelo. Estou esperando que ele me diga que não é verdade; estou apenas confusa. Ele não.

— Diga, Josef.

— Zofia. — Ele pronuncia meu nome pela terceira vez, um nome que amava ouvi-lo dizer antes, sussurrado no escuro. Mas agora meu nome soa somente como Josef não querendo me contar a verdade.

E eu já sei qual é a verdade.

Afasto-me mais rapidamente agora, tropeçando na cadeira da escrivaninha, quase caindo. Josef levanta-se para me ajudar, mas, antes que possa dar meio passo à frente, ondas de náusea percorrem meu estômago. Eu cambaleio até a bacia de lavar e vomito na tigela.

— Não se atreva a chegar perto de mim, seu doente, *doente*. — Torno a vomitar, minhas mãos pressionando firme a tigela, e Josef finalmente para de chofre. — Por que você não me contou? Queria me torturar um pouco mais? Não achou que eu já tinha sofrido o bastante?

— Eu juro que não foi — ele diz, aflito. — Zofia, eu juro que não foi isso.

— Você estava apenas procurando alguém para levar para a cama? Você pensou o mesmo que Rudolf quando cheguei, que talvez eu fodesse por um pedaço de pão?

— Eu tentei ficar *longe* de você. Eu ia contar a você, eu *tentei* contar, naquela noite no meu quarto. Eu devia — diz ele. — Eu devia ter dito a você.

Eu me endireito novamente.

— O que você *devia* ter feito é se entregar.

Uma risada amarga escapa como um latido da boca de Josef. Ele abre os braços e olha ao redor do quarto.

— Entregar-me... *onde*? Não cometi nenhum crime, Zofia. Eu era um garoto de dezoito anos que foi convocado para lutar.

— E agora você é um homem de vinte e dois anos.

— E eu sou *diferente* agora do que era naquela época.

Do lado de fora, ouço o ressoar de uma gargalhada, um grupo retornando do jantar. O barulho me desperta o suficiente para me fazer perceber que quero sair dali. Recompondo-me, passo por ele em direção à porta.

— Vou contar a todos. Direi a cada pessoa aqui quem você é.

— Conte a eles.

Com a mão na maçaneta, eu me viro para ver se a última frase de Josef era um desafio, se não acredita que vou mesmo fazer isso.

— Conte a eles — repete ele. — Por favor.

O Josef atrás de mim é um Josef que nunca vi antes, seus olhos arregalados, desesperado.

— Por favor, conte a eles. Há meses que não sei como fazer isso. Conte a eles. Faça o que quiser fazer. Mas você poderia me ouvir primeiro, só por um minuto? — Ele se apressa a acrescentar, sem me dar a chance de dizer não. — Eu *estive* no exército. Porém, depois de um tempo, eu sabia que não queria estar. Eu era um desertor, você entende? Eu fugi. No meio da noite, simplesmente parti com a roupa do corpo. Dormi em celeiros vazios, em porões de velhas senhoras. A SS teria atirado em mim se soubesse quem eu era. Eu era um desertor, um inimigo deles também.

Tudo está começando a fazer sentido de uma forma terrível. Josef não é judeu. Quando disse que não queria dançar no casamento, foi porque não conhecia as danças da cerimônia. Quando disse que não pertencia ao barco com Breine e Chaim, não era porque havia perdido a fé, era porque nunca a teve.

Eu me choco contra a porta, grata por minha mão já estar na maçaneta, porque eu preciso dela para me segurar. *Existe alguma possibilidade de que isso não esteja acontecendo? É o que eu preferiria. Que essa conversa que estamos tendo agora não estivesse acontecendo. Que estivesse sentada em outro quarto em algum lugar enquanto meu cérebro está tendo essa ilusão. Eu preferiria estar confusa. Por favor, que eu esteja louca. Que eu esteja louca; eu iria preferir isso.*

— Mas você me mostrou — grito para ele, minha voz se desfazendo em lágrimas — seus ferimentos. Você me mostrou onde seus dentes caíram porque o soldado bateu em você.

— Os ferimentos... eles são todos verdadeiros — ele se apressa em dizer. — O soldado me golpeou. Eu o vi assediando uma garota e tentei impedi-lo. Ele me acertou com a coronha de seu rifle, e meus dentes voaram. Isso aconteceu, só não aconteceu em um campo. Eu tive picadas de pulgas. Perdi o cabelo. Meu ombro foi deslocado porque alguns homens me bateram por não lhes entregar minha comida. Eu sofri como você sofreu.

— *Não*, Josef. Não sofreu como eu. Eu quase morri. Todo mundo que eu conhecia foi torturado, passou fome e foi espancado, todos os dias, durante anos. *Anos.* — Minha voz está trêmula diante da audácia de sua comparação. — Você não pode imaginar um sofrimento desses. Por acaso toda a sua família foi arrancada de você e levada para o abate como a minha? Toda a sua família está morta?

— Independentemente de estarem ou não mortos, eu estaria morto para eles — responde Josef. — Eles apoiaram o Reich. Eles acreditavam naquilo.

Klara. Ele me disse que, depois que sua irmã morreu, sua família se tornou algo que ele não reconhecia. Será que é isso que quis dizer?

— Eles devem ter ficado tão orgulhosos — eu zombo. — Tão orgulhosos de seu filho soldado.

Ele dá um passo cauteloso em minha direção.

— Zofia, eu juro que pensei e repensei no que poderia ter feito diferente, mas fiz a única coisa que poderia, saí para não fazer parte daquilo. Eu não tentei recusar meu recrutamento, e você está certa, tinha a ver com meus pais. Mas comecei a pensar com clareza quase imediatamente e, então, saí para não fazer parte daquilo.

Ele está olhando para mim, com seus olhos profundos e belos e sua expressão ansiosa, e está implorando para que eu compreenda.

Consigo compreender? Sair foi suficiente? Desertar foi suficiente? O que eu consideraria suficiente? Seria ele atirar em seus oficiais superiores antes de desertar? Esconder-se em vez de se alistar? Tentar espionar para os Aliados? Qual é a expectativa mínima que tenho de decência humana em uma guerra que foi totalmente desumana?

Por um minuto, eu gostaria de retroceder o relógio. Gostaria de voltar uma hora quando Joseph me seguiu do refeitório e me beijou. Gostaria de sentir isso de novo. Ou gostaria de encontrar uma linha do tempo totalmente diferente: uma em que eu aceite a explicação de Josef de que ele fez a melhor coisa em que podia pensar no que via como circunstâncias impossíveis. Eu gostaria de perdoá-lo.

Por um minuto, sinto a pressão da minha mão na maçaneta afrouxar. Josef dá um suspiro rápido e esperançoso.

Mas ele nunca me contou. Isso não para de me vir à cabeça.

Nós nos deitamos de bruços com quase nenhuma roupa na escuridão de seu quarto, conversamos e rimos e ele nunca disse *eu não sou quem eu fiz você pensar que sou*. A lembrança dessas noites produz uma nova onda de náusea, uma nova profundidade em meu horror. Este homem me beijou. Este homem esteve *dentro* de mim.

— Zofia. — Ele estende a mão para me tocar, e eu me retraio, minha decisão consolidada.

— Não.

— *Por favor.*

— Nunca mais volte a me tocar — sibilo. — Você mentiu para todos nós, para cada um de nós, porque sabia que isso tornaria as coisas mais fáceis para você. E isso era mais importante para você do que… — Aqui minha voz começa a tremer de emoção. — Facilitar a vida para você mesmo era mais importante do que entender que ela foi um inferno para nós.

— Você está certa. Está — ele diz com brandura. — Eu fui um covarde.

Sinto que nem estou mais olhando para Josef. Estou olhando para uma pessoa que se parece um pouco com alguém que eu conhecia, e me dou conta de que a coisa toda era um disfarce.

— Vá embora — digo, por fim, retirando a mão da maçaneta, percebendo algo. — É você quem deve sair agora. O chalé é meu.

— Zofia…

— Saia *daqui*. Não me peça para perdoá-lo.

— Eu não estou pedindo a você que me perdoe — ele diz amargamente. — É provável que nem eu devesse me perdoar.

— Não deveria mesmo — digo. Eu seguro a porta aberta para Josef e, quando ele parte, finalmente choro.

A última vez que vi minha mãe foi indescritível e triste.
A última vez que vi meu pai foi indescritível e triste.

A última vez que vi Baba Rose e a animada tia Maja foi indescritível e triste.

A última vez que vejo Josef é indescritível e triste. Acho que foi a última vez. Como isso poderia ter sido outra coisa senão a última vez?

Estou exausta por uma tristeza indescritível, vestindo-a como um manto.

A primeira vez que vi Abek, ele pesava três quilos e trezentos gramas. Meu pai e eu andamos de um lado para o outro na rua em frente à nossa casa. Ele disse que poderíamos ir andando comprar sorvete, mas nunca chegamos à loja. Toda vez que chegávamos ao fim do quarteirão, ele decidia que deveríamos correr de volta, rápido, caso houvesse novidades. Nós voltávamos para o nosso prédio, e então tia Maja ou Baba Rose se inclinava para fora da janela e balançava a cabeça. *Ainda não.*

Você estava tão nervoso assim quando eu nasci?, perguntei ao papai. *Eu era muito jovem para ficar nervoso*, disse ele. *Com você, eu estava apenas animado. Mal podia esperar para conhecê-la.*

Na terceira ou quarta vez que voltamos de nossa missão sorvete fracassada, tia Maja se inclinou para fora da janela e disse: *Não vá embora de novo; achamos que será em breve.* Depois, ela se inclinou para fora da janela outra vez e disse: *É um menino*, e, então, nós dois corremos para dentro e subimos as escadas, até onde estava Abek, mais vermelho e menor do que eu imaginava, gemendo como um gatinho, envolto em um tecido branco. Minha mãe o passou para meu pai, que deu a Abek seu dedo mindinho para chupar, e eu o observei para descobrir o que fazer quando chegasse a minha vez.

Faça um berço com os braços, mamãe me disse enquanto papai colocava o pequeno e quente pacote em minhas mãos desajeitadas e estendidas. *Este é o seu irmão*, ela disse, enquanto eu olhava para seus dedos enrugados e o fino punhado de cabelo cobrindo seu couro cabeludo. *É sua função protegê-lo*, disse ela. Isto é o que as irmãs mais velhas fazem: protegem seus irmãos e irmãs do começo ao fim.

Eu tentei, mamãe. Eu tentei, papai e tia Maja e Baba Rose. Sinto muito por ter falhado.

A última vez que vi Abek não foi quando saí de Auschwitz-Birkenau, agarrando seus dedos pela cerca de arame farpado. Não foi quando caminhávamos em direção aos chuveiros e eu disse a ele que não se preocupasse por tirar a roupa, porque ele receberia novas. Não foi quando deixei um nabo e ele me deixou um desenho na lama em troca. Essas coisas não aconteceram. Elas nunca aconteceram.

Quando chegamos a Birkenau, os velhos e os doentes entre nós haviam morrido na viagem. Baba Rose havia morrido na viagem. Estava no vagão comigo e Abek. Minha mãe e tia Maja foram empurradas para o seguinte e eu não sabia se elas estavam vivas ou mortas.

Abek me implorava por água. Eu não tenho, continuei dizendo. Eu gostaria de ter, gostaria de ter. A tosse que ele pegou de mamãe, aquela que era apenas uma cócega quando estávamos no estádio, piorou cada vez mais. Aquilo sacudia seu corpo — tosse convulsa. Ele tossiu bile e depois não tossiu nada. Ele chorava por causa da dor que aquilo causava em suas costelas, e eu sabia que suas costelas deviam estar quebradas.

E então ele não implorava mais por água com a voz, implorava apenas com os olhos. Ele se tornou fraco demais para falar.

Um balde de água foi finalmente enfiado no vagão, mas quando chegou até nós, nos fundos, estava vazio.

E então ele já não implorava mais.

Ele mal conseguia levantar a cabeça. Eu disse seu nome, e ele piscou, lentamente. Nem sei se ele se deu conta de que era eu. Ele desapareceu tão rápido; ficou irreconhecível tão rápido.

Um segundo balde foi finalmente passado, mas, quando coloquei um pouco na boca de Abek, ela escorreu de volta pelo queixo. Ele não foi capaz de engolir.

Cem anos se passaram naquele momento, ao perceber que meu irmão estava fraco demais para engolir, e eu não sabia como poderia forçá-lo. Eu mesma devia estar com sede. Devo ter sentido dor, mas só me lembro de que meu irmão não conseguia engolir, e eu vivi um século naquele momento.

A lateral do vagão era ripada até o alto. Eu conseguia ver através das ripas o que estava acontecendo. Pude ver um guarda enfileirar três pessoas, da frente para trás, e disparar uma arma através de todos eles de uma vez para usar apenas uma bala. Eu podia reviver, em minha mente, a lembrança de meu próprio pai recebendo uma bala na cabeça, e a maneira suave como caiu no chão. Quanto tempo levaria até eles atirarem em nós?

Eu podia ver o futuro. Eles finalmente abririam a porta do nosso vagão. Eles nos descarregariam e eu teria que carregar Abek, porque ele não conseguia andar. E o levaria para a morte. Eu o colocaria aos pés dos guardas nazistas que o separariam de mim e depois o matariam sozinho.

Eu sabia que seu fim, naquele momento, era inevitável. Ele estava muito fraco. Sua morte era o ponto-final de uma peça de roupa que estava quase completa. O único controle que eu tinha sobre o assunto era que tipo de ponto deveria ser usado.

Eu tinha tirado a jaqueta de Abek para usá-la como travesseiro, e agora eu a enrolava em minhas mãos. Comecei a contar suas histórias favoritas. Coloquei a jaqueta sobre seu nariz e sua boca. Ele não lutou. Não estava mais consciente. Eu nem sei mais se estava vivo. Ele já podia ter ido. Estava tão quieto que eu não conseguia mais ver seu peito subir e descer.

Ainda levava pedaços da minha alma a cada segundo que passava. Ainda era, creio, uma misericórdia.

Foi o que eu disse a mim mesma, o que eu tinha que acreditar que era verdade. Foi uma misericórdia. Estava protegendo-o. Era uma coisa impossível que era mais horrível do que qualquer outra escolha no universo, exceto a escolha de deixar os guardas fazerem isso. Pelo menos assim, ele não estaria sozinho.

Quando terminou, abri um espaço para ele no chão do vagão. Beijei suas bochechas. Eu o cobri com sua melhor jaqueta, porque todos nós tínhamos usado nossas melhores roupas, e eu tinha costurado minha melhor mensagem nela. Era a história de vida de Abek, bordada na minha letra mais miúda e elegante: meu nome e os nomes de nossos pais, as músicas que cantávamos e as histórias que contávamos.

Mas é claro que ele não tinha permissão para ser enterrado em paz. É claro que ele não teria permissão para baixar à terra envolto em uma jaqueta de aparência cara que os nazistas poderiam ter vendido, roubado ou vasculhado. Alguém teria de despi-lo, pegar e separar aquelas roupas. Outro prisioneiro.

Outro prisioneiro que também era um garotinho. Meu irmão se foi, mas, no fim, sua história não.

Deixei pedaços de mim naquele vagão. Deixei pedaços que nunca terei de volta. Eu os deixei a contragosto, enquanto minha mente se forçava a bloquear aqueles minutos impossíveis, impossíveis. Deixei-os de bom grado para minha própria proteção, porque lembrar dessa história teria demolido todas as razões que eu tinha para sobreviver.

E para além de toda razão, para além de qualquer explicação possível, eu ainda queria sobreviver.

Ele está na biblioteca. Eu me perguntei se estaria aqui. É para onde eu teria ido se fosse ele, depois do que aconteceu no jantar. O livro de contos de fadas não está fora da estante. Mas Abek está sentado ali, na pequena cadeira, diante da pequena mesa, com as mãos enfiadas debaixo das pernas. É a posição sentada de um garotinho. Seu rosto parece que poderia ter cem anos.

— Abek — digo e então imediatamente analiso isso em minha mente. O garoto que eu continuo chamando de Abek. O menino que não pode ser Abek. Não tenho mais nada com que chamá-lo.

É isso que eu deveria perguntar a ele: *Como devo chamá-lo? De onde você veio? Qual é o seu nome verdadeiro?*

Ele olha para mim com olhos opacos e pesados.

— Pensei em ir embora — ele diz. — Depois que você disse que veio aqui e encontrou o livro, pensei que talvez fosse melhor se eu fosse embora imediatamente.

— Por que você não fez isso?

— Não sei. Eu deveria, no entanto, certo? Eu deveria simplesmente ir?

Agora é quando eu deveria dizer sim. Ele deveria ir. Esse garoto deveria ir embora e me deixar. Mas estou exausta de tanta tristeza indescritível. E assim, quando abro a boca, o que sai é:

— Conte-me uma história.

Ele me olha, confuso.

— Do livro de contos de fadas?

— Não.

— Então, o quê?

Eu puxo a outra cadeira, sento-me nela, arrasto-a para a mesa. Meu primeiro impulso é cruzar as mãos para que não tremam, mas me preocupo que isso pareça muito calculado. Em vez disso, coloco-as sobre a mesa. Palmas para cima. Não tenho mais nada a esconder.

— Conte-me uma história que você inventar — digo. — Uma que eu nunca ouvi antes, um novo conto de fadas. Conte-me... conte-me uma história sobre um garotinho que teve um final feliz.

Nós nos encaramos. Acho que dá para ele ver o que estou perguntando, mas não tenho certeza. Acho que sei o que estou perguntando, mas, sinceramente, também não tenho certeza.

— Era uma vez — ele começa, mas sua voz sai fina e vacilante, por isso ele limpa a garganta e começa de novo. — Era uma vez um menino que perdeu todo mundo.

Ele olha para mim. *É isto o que você queria?* Seus olhos perguntam, e eu assinto. *Prossiga.*

— O menino viu todos que ele amava morrerem na frente dele. Uma mãe e um avô que foram mortos assim que chegaram a Birkenau. Um tio que um dia não conseguiu se levantar para trabalhar e, no dia seguinte, não se levantou definitivamente. Um pai que gritou de dor por dias antes de enfim fechar os olhos. E o menino se perguntava: levar água para o seu pai doente era a coisa certa a fazer ou isso só o mantinha vivo por mais tempo; isso só fazia seu sofrimento durar?

E finalmente... e finalmente, o menino perdeu sua irmã.

SEPARADOS PELO HOLOCAUSTO

Ele tenta conter as lágrimas, e sua voz falha, e então, não tenta contê-las, apenas as deixa fluir.

— Ele perdeu uma irmã mais velha. Antes de morrer, ela ainda conseguiu enviar bilhetes para ele do outro lado do campo. Ela ainda tentava guardar rações para seu irmãozinho, mesmo quando mantê-las poderia tê-la salvado. Ela permaneceu viva por muito mais tempo do que parecia possível, por tanto tempo que parecia que ela poderia sobreviver. Mas não conseguiu. No fim, simplesmente não conseguiu. O último bilhete que ele recebeu foi da colega de beliche dela dizendo que ela tinha partido.

Meus próprios olhos estão pinicando porque não é a minha história, mas é a minha história. É desconhecida e familiar ao mesmo tempo. Ele começa de novo.

— Era uma vez... aquele menino, que estava sozinho, ouviu falar de outra irmã e se perguntou se talvez duas pessoas pudessem ser família novamente. Ele leu uma história sobre a família Lederman. Ele leu e achou que soava como sua própria família. E durante todo o tempo em que estava nos campos, pensava nos Lederman. Pegava a história deles e a lia de novo e de novo. Ele fingia que talvez eles tivessem sobrevivido mesmo que sua própria família não tivesse, e poderia fazer parte da deles. Talvez o que ele percebeu é que todas as famílias são muito parecidas, aquelas que se amam. Ele pensou: *A irmã Lederman que escreveu a história deve amar muito seu irmão.* E, então, um dia, depois que todo o resto de sua família morreu, aquele menino decidiu que, se sobrevivesse à guerra, tentaria encontrar aquela família.

— Então ele fez isso — sussurro.

— Então ele fez isso. — Ele furtivamente enxuga uma lágrima do canto do olho.

— Se aquela irmã tivesse encontrado o próprio irmão, ele a teria deixado em paz — continua ele. — Se a família Lederman já tivesse uns aos outros, ele não os teria incomodado. Ele nem esperava que funcionasse. Era apenas uma busca, apenas uma razão para continuar. E, então, assim que ele conseguiu, começou a perceber o erro que cometeu. Quão perigoso tinha sido e quão estúpido, e... e quão injusto tinha sido. Mas então ele não sabia dizer a verdade sem piorar as coisas, porque, por muito tempo, pensar em encontrar uma nova família foi o que o manteve. E ele pensou que a irmã poderia sentir o mesmo. Ela poderia estar tão sozinha quanto ele.

Aquele garoto não estava tentando me atormentar. Não estava tentando tirar dinheiro de mim. Não estava tentando obter um passaporte de mim. Ele estava tentando obter uma família de mim. Estava tentando agarrar algo pequeno que tornaria seus dias um pouco mais suportáveis.

Eu olho para o garoto derrotado, sentado em sua cadeira na biblioteca, e vejo escolhas se espalhando na minha frente.

O pano de musselina da jaqueta de Abek está enfiado em meu bolso. Eu poderia retirá-lo agora. Eu poderia sacudi-lo para ele, com raiva, ou jogá-lo em seu rosto. Eu poderia me levantar e ir embora ou poderia dizer a ele que o fizesse.

Mas, enquanto estamos sentados aqui nesta mesa, duas pessoas desesperadamente solitárias, o que continuo pensando é o seguinte: é um milagre único. O menino encontrar minha carta de musselina, anos atrás, e conseguir guardá-la durante todo esse tempo. Ter vindo me procurar depois da guerra. E ele ficar sabendo de outra carta que escrevi, três anos depois e a centenas de quilômetros de distância, e prendi em um quadro no meio de um campo onde todas as crianças procuravam algo.

Eu ter conhecido a freira em um convento que por acaso estava no comando naquele dia e que por acaso se lembrava de um menino que parecia meu irmão. Eu ter conhecido um comandante russo que me contou sobre a existência de Föehrenwald. Eu ter convidado uma velha amiga da família para aquele jantar, que falava russo e poderia ajudar a traduzir.

Para me trazerem a este momento, centenas de coisas teriam que acontecer em ordem, e todas aconteceram.

Nenhum desses são os milagres que eu estava procurando. Mas são milagres mesmo assim.

O garoto diante de mim me olha com olhos desesperados e famintos. Eu engulo em seco.

— Qual era o nome do menino? Na sua história, qual é o nome dele?

Sua boca forma uma linha firme. Ele mal hesita antes de responder.

— Seu nome é Abek.

— Antes disso. Antes disso, qual era o nome dele?

— O nome dele costumava ser Łukasz. Mas apenas no início da história. No fim da história, é Abek.

— Não é realmente uma história feliz — digo a ele.

— Você não disse que tinha que ser uma história feliz. Você acabou de dizer que tinha que ter um final feliz.

— Um final feliz — repito.

O garoto na minha frente ainda está esperando uma resposta, e eis o que me pego pensando.

Estou pensando, eu consegui, mesmo sem querer. Pensei que depois que a guerra acabasse, eu encontraria o meu irmão e nós encontraríamos um novo lar, e só então, depois de tudo isso, começaríamos a construir nossa família novamente, completaríamos nosso alfabeto.

Mas acabei construindo-o no caminho. A maior parte, eu completei ao longo do caminho.

A é de Abek.

B é de Baba Rose. *Não. B* não é mais de Baba Rose. Baba Rose se foi. *B* é de... *B* pode ser de Breine, efervescente e esperançosa, planejando seu lindo casamento dentro de um campo de refugiados. E *C* é de Chaim, seu tímido noivo húngaro.

D é para Dima, que me salvou me levando ao hospital e depois me levando para casa em Sosnowiec.

E é de Esther, bondosa e firme, aplicando ruge nas bochechas de sua amiga que protesta.

F é de Föehrenwald, onde Esther e Breine e todos eles foram forçados a viver, e onde nenhum deles tinha estado antes, e o local que todos eles tentaram tornar um lar a qualquer custo.

G é de Gosia, amiga da tia Maja, que sobreviveu e que sempre será uma conexão com o meu passado.

H pode ser de Hannelore, a menina amada pela família que ela chama de padrastos, e *I* pode ser de Inge, a mãe que ela nunca deixará de procurar.

J é para Josef.

K é para o comandante Kuznetsov, trazendo uma garrafa de vodca e me mandando para Föehrenwald.

L é para a família Lederman, os Chomicki e os Lederman, e todas as pessoas da família, porque mesmo que tenham partido, carregarei seu nome e sua história para sempre: minha mãe, meu pai, a linda tia Maja, Baba Rose.

Ł é para Łukasz. Um menino que não fazia parte da família Lederman. Que eventualmente desejou que fizesse.

M é de Miriam, que eu mal conheci, mas que também procurava a própria irmã e escrevia carta após carta nessa busca.

N é para as garotas-nada, tentando se tornar algo novamente.

O é para o sr. Ohrmann, viajando pelo continente, tentando reunir famílias da melhor maneira possível.

P é para a Palestina, Eretz Israel, que poderia ser o nosso futuro.

R é para Ravid, tentando organizar seu pessoal para ir até lá, mesmo quando parece impossível.

S é para Sosnowiec. Farei com que *S* seja sempre para Sosnowiec, porque você não pode apagar o lugar de onde veio, e ninguém mais pode apagá-lo também, mesmo que mudem o nome e derrubem as placas de rua.

Ś é para o tio Świętopełk, um velho cavalheiro que pode carregar lembranças do passado, de muito antes dessa coisa terrível acontecer conosco, e que pode dizer que ainda está vivo depois que as coisas terríveis finalmente terminaram.

T é de Irmã Therese, a freira que me deu esperança.

U é de enfermeira Urbaniak, a enfermeira que me deu pão.

V é para a sra. Van Houten, uma velha senhora que se ofereceu para levar uma jovem que ela mal conhecia ao noivo na noite de seu casamento e que representa as pequenas e ternas gentilezas que tentamos dar uns aos outros. *V*, embora nem exista no alfabeto polonês, normalmente, como também não há *Q* nem *X*, mas estou conhecendo pessoas que existem fora do meu alfabeto agora; meu alfabeto é novo.

W é para a família Wölflin, que representa as bondades heroicas maiores. As pessoas que acolheram crianças, que arriscaram as próprias vidas.

X é para cortar com um *X*, riscar coisas fora. Para riscar as coisas que vou esquecer de propósito. Algumas coisas podem ser esquecidas de propósito.

Y é para a sra. Yost, tentando administrar Föehrenwald. E para todas as outras pessoas tentando administrar todos os outros lugares nesta terra terrível depois da guerra.

Z é para Zofia.

SEPARADOS PELO HOLOCAUSTO

Eis aqui o que estou pensando, sentada nesta biblioteca improvisada diante de um menino cuja vida tem sido tão difícil quanto a minha.

Acho que devemos encontrar milagres onde pudermos. Devemos amar as pessoas à nossa frente. Devemos nos perdoar pelas coisas que fizemos para sobreviver. Pelas coisas que quebramos. Pelas coisas que nos quebraram.

Eu escolho minhas próximas palavras com muito, muito cuidado.

— Talvez eu possa conhecer Łukasz um dia — digo. — Não agora, se ele não quiser. Mas um dia. Talvez um dia ele possa me contar mais de sua história. — Eu me levanto e estendo a mão.

Seu rosto se enche da mais tênue esperança.

— Isso significa…

— Sim, Abek. — O nome do meu irmão, falado em voz alta, carrega muita coisa nele agora. É uma oferta, é uma aceitação, é uma mentira, é um adeus. Limpo a garganta e começo de novo. — Sim. Isso significa que, por enquanto, devemos ir para casa.

Epílogo

Londres, 1946

Está quase na hora. Abek e eu já falamos isso tantas vezes um para o outro que se tornou uma piada. *Não se preocupe, estamos quase lá*, ele disse quando estávamos na traseira do caminhão e eu estava desesperada para usar o banheiro, e então acabamos permanecendo no caminhão por quase mais três horas enquanto éramos conduzidos pela Alemanha e depois pela França, passando por postos de controle e por cidades arruinadas. *Não se preocupe, estamos quase no começo da fila*, eu o consolei enquanto aguardávamos por horas para que nossa documentação fosse processada, mas então os agentes humanitários mudaram de turno e tivemos que continuar esperando. Agora, *quase* se tornou a nossa forma jocosa de dizer *nunca*, e dizemos isso o tempo todo. O pneu está quase consertado. Eu quase poderia comer um polvo vivo.

Mas agora estamos mesmo quase lá, creio eu. Porque, conforme estamos próximos do cais, sentindo o cheiro de maresia enquanto o sal racha meus lábios, o navio começou a soar seu apito. As pessoas ao nosso redor — as centenas de outras pessoas segurando malas — também o ouvem, e todas começam a tagarelar.

Ottawa. Este é o nome do lugar para o qual estamos indo, o lugar onde a federação judaica local ofereceu patrocínio a nós e a outras famílias sortudas o suficiente para serem selecionadas na loteria. Pegamos um mapa, percorremos nossos dedos ao longo da fronteira sul do Canadá e encontramos a cidade no leste, na fronteira de uma província chamada Ontário.

— Como estão seus pés? — pergunto a Abek, porque seus sapatos são grandes demais para andar muito, e não nos ocorreu com antecedência que ele calçasse pares extras de meias a fim de evitar que se formassem bolhas.

— Quase bons — diz ele.

— Sério, quase? — pergunto, preocupada.

— Estão bem, juro — ele me tranquiliza.

Eu gostaria de ter apanhado algumas coisas do armário do apartamento da minha família quando saí de Sosnowiec — as recordações costuradas, as lembranças de uma vida anterior. Eu teria feito isso, se tivesse percebido que estava indo embora para sempre. Agora, na minha maleta, tenho mudas de roupa, agulhas e linha, e um novo par de tesouras de costura que alguém, por incrível que pareça, enviou em uma caixa de doação. É até melhor do que a que havia na fábrica da minha família, com lâminas de puro aço polido. Estamos todos viajando com pouca bagagem. Estamos todos carregando apenas energia suficiente para começar de novo.

Talvez um dia eu possa escrever para Gosia e pedir-lhe que envie as relíquias de família. Talvez um dia eu tenha uma nova vida que me permita abrir espaço para a anterior.

Na minha maleta, também trago um pedaço quadrado de tecido cinza, recortado de uma camisa que encontrei na porta do meu chalé em Föehrenwald na manhã seguinte à minha última conversa com Josef. Passara a noite anterior tentando decidir o que iria fazer. Como se mede o perdão — quem o merece, quem pode concedê-lo? Como se mede se alguém está se punindo o suficiente? Pensei muito se contaria à sra. Yost ou se era possível que ela já soubesse. Se contaria a Breine e Esther, pelo menos.

Mas acordei naquela manhã e a camisa estava na minha porta, e Josef, não. Ele havia partido. Então, não tive que decidir se deveria perdoá-lo. Eu só tive que decidir que sua absolvição não seria tarefa minha. Isso me deixou aliviada e me deixa triste.

Penso nele mais do que gostaria. Eu me pergunto onde ele está e se há um mundo em que eu voltaria a vê-lo.

Dei um beijo de despedida em Breine, Esther e Chaim várias semanas depois, quando eles partiram para encontrar seu novo começo em seu próprio navio. Eu havia lhes explicado por que não iríamos nos juntar a eles. Abek e eu queríamos algo novo em folha, algo que teríamos escolhido inteiramente por conta própria. Uma decisão nova para uma família nova.

E, de certa forma, encontramos um grande conforto em escolher algo com que não tínhamos familiaridade alguma. Um lugar sobre o qual não sabíamos quase nada, onde não haveria lembranças de dor e nenhuma expectativa para se viver de acordo ou com as quais viver. Lemos um livro sobre hóquei no gelo. Pedimos a um dos voluntários canadenses em Föehrenwald que cantasse seu hino nacional.

A embarcação é um transatlântico com três chaminés, quase do tamanho de uma cidade flutuante. A prancha de embarque é longa e ziguezagueia pela lateral, e, no início, os passageiros param e apresentam seus documentos, aguardando para serem verificados em uma lista.

Abek sobe na prancha na minha frente, mas se vira quando percebe que não o segui.

— Você não vem?

— Quase — respondo e, então, acrescento rápido: — Quero dizer, sim.

Pego sua mão estendida e continuo a andar. As tábuas balançam um pouco sob meus pés, mas permaneço seguindo em frente.

Uma nota sobre
História e pesquisa

Escrevi este romance, meu terceiro ambientado durante o período da Segunda Guerra Mundial, porque, depois de cinco anos pesquisando sobre aquele momento terrível, percebi que a maioria dos livros que li e documentários que vi terminavam no mesmo lugar: o fim da guerra. Eles encerravam com a liberação de um campo de concentração. A desmobilização de uma unidade do exército. Uma comemoração nas ruas. Pouco se falava sobre o que aconteceu nas semanas e meses subsequentes à guerra, quando um continente inteiro teve que encontrar uma forma de se recuperar do sofrimento que experimentou e das atrocidades que cometeu.

Vários anos antes, em férias melancólicas, fiz uma longa e sinuosa viagem de trem da Alemanha, passando pela República Tcheca, até a Polônia. A viagem teve início em Munique, onde visitei o local do campo de concentração de Dachau, e terminou em Cracóvia, onde visitei Auschwitz-Birkenau, o mais infame campo de extermínio nazista do Holocausto, no qual mais de um milhão de pessoas foram assassinadas.

Tarde da noite, eu percebi, enojada, que meu confortável trem de passageiros seguia uma rota que um trem diferente poderia ter percorrido em 1941 ou 1942, cheio de pessoas aterrorizadas se dirigindo para a morte. Meu trem fez uma breve parada em uma cidade chamada Sosnowiec, e o nome ficou na minha cabeça. Cheguei em casa e li um pouco sobre ela, e quando comecei a escrever este livro, procurei tentar recriar, da melhor maneira que pude, o que poderia ter acontecido com uma jovem que havia sido levada daquela cidade no início da guerra e que agora tinha que retornar a ela.

A Alemanha invadiu Sosnowiec em 1939, e a vida mudou imediatamente para o povo judeu que vivia lá. As pessoas foram proibidas de exercer suas funções e de frequentar as escolas, e obrigadas a viver em um gueto. Elas foram usadas para trabalhos forçados para o regime nazista. No começo, trabalhos forçados nas ruas — remoção de neve, limpeza de vias — e, depois, nas fábricas, porque Sosnowiec, sendo uma cidade industrial, possuía muitas fábricas das quais os alemães se apoderaram para sua própria produção.

Por fim, os judeus foram usados para trabalhos forçados em campos de concentração. Em agosto de 1942, milhares de famílias judaicas foram obrigadas a se apresentar no estádio de futebol, onde foram informadas de que receberiam uma nova identificação, mas que, em vez disso, foram classificadas em filas e, depois, deportadas para campos.

Eu li em algum lugar que uma das razões de ser tão complicado escrever ficção sobre o Holocausto é porque as atrocidades foram tão extensas e tão monstruosas que relatar coisas verdadeiras pode acabar soando como ficção. Nossas mentes simplesmente se recusam a processar que aquelas coisas aconteceram; presumimos que o autor deve estar exagerando para causar impacto. Direi apenas que os detalhes que mencionei sobre os campos são verdadeiros. Incluindo a "floresta cantante" de Buchenwald, onde prisioneiros torturados eram abandonados para gritar e morrer. Incluindo também as cenas caóticas de chegada, quando os prisioneiros descreveram ter seus filhos recém-nascidos arrancados de seus braços e mortos à mão. No meio da guerra, um pequeno grupo de mulheres jovens com habilidades de costura foi levado de Birkenau, forçado ao trabalho escravo em uma fábrica têxtil chamada Neustadt e, depois, obrigado a marchar, no inverno, até o campo de concentração Gross-Rosen para fugir dos Aliados, que se aproximavam. Eu tirei inspiração para o aprisionamento de Zofia dessa jornada.

Antes da guerra, a população judaica de Sosnowiec era de vinte e nove mil indivíduos. Após a guerra, somente setecentos retornaram. E, em muitos casos, retornaram para uma perseguição menos sistemática do que sob a ocupação nazista, mas não menos odiosa.

O antissemitismo ainda era desenfreado; a guerra não acabou com o preconceito das pessoas.

Vários incidentes do retorno de Zofia a Sosnowiec foram inspirados em relatos de sobreviventes poloneses: Sala Garncarz escreveu sobre tentar embarcar em um trem para a casa de sua família em Sosnowiec, apenas para ouvir do condutor que os judeus não eram bem-vindos em seu trem ou em seu país. Quando ela finalmente chegou ao apartamento de sua família, ele havia sido tomado por estranhos que não demonstraram solidariedade. Michael Bornstein contou a história de ser acordado na cama quando criança pelo som de homens bêbados batendo à porta porque ouviram falar que uma família judaica havia retornado. A família foi salva apenas porque a prima de Bornstein passara a guerra escondida em um convento católico: ela podia recitar orações suficientes para convencer os homens de que a família era cristã.

A Europa do pós-guerra ainda era um lugar aterrorizante. Em 1946 — um ano após o fim do conflito —, na cidade de Kielce, Polônia, quarenta e dois judeus foram assassinados por uma multidão enfurecida de policiais e civis. Massacres como esses não eram casos isolados e todos tinham a mesma intenção: deixar claro que os judeus não eram bem-vindos para retornar. E assim, depois de suportar anos em campos de extermínio e campos de concentração, os sobreviventes agora descobriam que seus pesadelos ainda não haviam terminado. A Polônia não mais parecia segura e muitos partiram de lá para recomeçar em novas terras. Nos meses e anos após a guerra, uma rede de campos de deslocados surgiu na Alemanha. Algumas das pessoas que foram para eles não tinham escolha: suas residências haviam sido destruídas ou ocupadas por outras famílias. Suas próprias famílias se foram. Suas pátrias tornaram-se locais estrangeiros para se viver. Em busca de segurança, chegavam a esses campos, localizados em conventos, complexos de escritórios e, às vezes, nos próprios campos de concentração dos quais haviam acabado de ser liberados.

Föehrenwald foi um lugar real, nos terrenos reaproveitados da fábrica farmacêutica I.G. Farben, famosa por produzir o Zyklon B. Foi um dos campos mais importantes, abrigando milhares de pessoas no auge de sua existência e incorporando cursos de formação profissional e idiomas. O Kloster Indersdorf também foi um campo de verdade, para menores, administrado por um convento e ocupado por crianças que precisavam reaprender a comer e dormir em paz. Estima-se que 1,5 milhão de crianças morreram no Holocausto.

Usei Föehrenwald e o Kloster Indersdorf como modelos brutos para *Separados pelo Holocausto*, mas modifiquei alguns detalhes e incorporei particularidades de outros campos. Havia vários, por exemplo, que funcionavam principalmente como fazendas de treinamento para jovens judeus que planejavam emigrar para Israel e estavam aprendendo a trabalhar a terra. Um dos mais famosos foi o Kibutz Buchenwald: um grupo de prisioneiros tomou o pedaço de terra que deveria ser sua destruição e o transformou em sua salvação. Muitos deles acabaram, de fato, pegando navios, alguns autorizados e outros secretos — *Aliyah Bet* — a partir do outono de 1945.

O primeiro livro que li sobre campos de deslocados foi *The Rage to Live: The International D.P. Children's Center Kloster Indersdorf*, de Anna Andlauer, um testemunho comovente da vida pós-guerra para as crianças. Para outros relatos da vida pós-guerra, recomendo *The Hidden Children: The Secret Survivors of the Holocaust*, de Jane Marks; *We Are Here: New Approaches to Jewish Displaced Persons in Postwar Germany*, de Avinoam Patt; *Life Between Memory and Hope: The Survivors of the Holocaust in Occupied Germany*, de Zeev Mankowitz; *Kibutz Buchenwald: Survivors and Pioneers*, de Judith Tydor Baumel; e o documentário *O longo caminho para casa*, dirigido por Mark Jonathan Harris.

Estou mais uma vez em dívida com o Museu Memorial do Holocausto dos Estados Unidos (USHMM), em Washington, D.C., e, em especial, com sua inestimável coleção de relatos orais. Para citar alguns poucos: Bella Tovey, Sonia Chomicki e Zelda Piekarska Brodecki, todas deram descrições ricamente detalhadas de como foi crescer em Sosnowiec durante a ocupação. Hana Mueller Bruml descreveu a liberação de Gross-Rosen. Regina Spiegel falou sobre aprender a se tornar costureira em Föehrenwald. Escritos de Henry Cohen, que ocupou o cargo de diretor de Föehrenwald em 1946, descreviam a vida no campo: o fato de que havia uma biblioteca, por exemplo, e uma força policial judaica, e que os moradores recebiam oitenta e cinco gramas de carne enlatada por dia. Ele também escreveu sobre mercados clandestinos, tensões no campo e outras facetas do tempo e lugar que eu não tive a chance de abordar.

E uma história que não me saía da cabeça enquanto escrevia este livro: Alice Cahana falou de sua irmã Edith. Ela contou como as duas, quando adolescentes, sobreviveram juntas à seleção em Auschwitz-Birkenau, quando o restante de sua família foi enviado para as câmaras de gás. Ela contou como ela e Edith conseguiram permanecer unidas durante toda a guerra, quando foram transferidas para Gross-Rosen e, por fim, para Bergen-Belsen. Elas comemoraram a liberação lado a lado. E, então, Edith, fraca e doente, foi levada em uma ambulância para se recuperar. Alice viu a ambulância partir com a irmã e nunca mais a viu. Ela nunca mais soube dela, mas jamais parou de procurar.

O USHMM tem um banco de dados on-line que permite aos pesquisadores buscar pelas vítimas do Holocausto por vários critérios: nome, idade, campo em que foram aprisionadas ou cidade em que nasceram. O primeiro nome de todos os meus personagens partiu desses registros, das listas de pessoas reais que nasceram em Sosnowiec, que foram presas em Dachau e Auschwitz ou que tinham, como Zofia, dezoito anos em 1945, tentando recomeçar a vida com corações devastados em um continente devastado, em um período devastado em que o mundo inteiro parecia ter enlouquecido.

Além de tais relatos, eu li em minha vida provavelmente uma centena de biografias narrando o Holocausto e sei que trouxe fragmentos de cada uma delas para a obra. Eu sei, por exemplo, que a ideia de uma cobiçada garrafa de Coca-Cola veio de Thomas Buergenthal contando seu primeiro gole da estranha bebida estrangeira depois de sobreviver a Auschwitz quando jovem. Eu sei que Gerda Weissman descreveu quão surreal foi uma vizinha pedir-lhe emprestado uma fita para que ela pudesse costurar uma suástica em uma bandeira. Tenho uma grande dívida de gratidão para com todos os sobreviventes que encontraram formas de contar suas histórias e aos jornalistas e historiadores que facilitaram essa narrativa.

Preenchi este livro de tristeza porque houve muita tristeza. Concluí este livro com esperança porque, provavelmente, havia muito disso também nos campos de deslocados: romances, bebês, novos começos, nova vida. Algumas das minhas fotos preferidas de olhar enquanto pesquisava para *Separados pelo Holocausto* foram as de casamentos que aconteceram em campos de deslocados. Contemplei imagem após imagem de noivas e noivos otimistas, vestidos com qualquer roupa que pudessem fazer ou pegar emprestado, cercados pelos novos amigos que transformaram em família, preparando-se para enfrentar o futuro juntos.

Não sei o que é mais inimaginável para mim: se o mal e a crueldade viscerais do Holocausto ou se a esperança inabalável que os sobreviventes conseguiram extrair dele. Não sei qual é mais inimaginável, mas sei a qual devemos aspirar.

Agradecimentos

Este livro, como muitos de meus projetos criativos, surgiu por causa de minha agente, Ginger Clark. Ao longo de uma única tarde, esbocei por e-mail a ideia muito vaga de uma trama. Ela continuou escrevendo de volta... *E aí acontece o quê? Que tal isto?* — até que os personagens se tornaram pessoas e a ideia vaga se tornou uma história que eu estava desesperada para contar.

Lisa Yoskowitz foi minha editora em três livros até agora e, a essa altura, devo citá-la como coautora. Suas observações incisivas tornam cada parágrafo melhor; sinto-me sortuda todos os dias por trabalhar com ela e com o restante da equipe da Little, Brown Books for Young Readers.

Magdalena Cabajewska respondeu pacientemente às minhas muitas perguntas sobre as complexidades da língua polonesa.

Minha mãe, costureira equestre, Dawn Dannenbring-Carlson, conferiu minhas descrições de costura e cavalos.

Minha querida amiga Rachel Dry deu um feedback cheio de ideias sobre um rascunho inicial.

Meu marido, Robert Cox, proporcionou-me amor, risadas e tudo mais.

Sobre a autora

Monica Hesse é a autora best-seller de *A garota do casaco azul*, *American Fire* e *The War Outside*, além de colunista do *The Washington Post*. Mora nos arredores de Washington, D.C., com o marido e o cachorro deles. Monica convida você a visitá-la on-line em monicahesse.com e no perfil no Twitter @MonicaHesse.